이상적인 기둥서방 생활

11

루크레치아는 어린아이 같은 천진난만한 미소를 유지한 채 확실하게 말했다.

「저는 샤로와 왕가로 복귀하고 싶습니다」

渡辺 恒彦
와타나베 츠네히코
illustration 아야쿠라 쥬

「네, 폐하의 기대에 부응할 수 있도록 전력을 다하겠습니다」

젠지로는 붉은 양탄자로 시선을 떨어뜨린 채, 옥좌에서 일어선 여왕 아우라가 머리 위에서 하는 말을 들었다.

「젠지로 카파. 귀공을 비르보 공작으로 임명한다」

페는 익숙한 손놀림으로 작은 침대에 누워 있는 아기의 사진을 찍었다.

『그릇 안의 물은 나의 명령에 따르는 인형으로 변하라』

주문의 효과는 즉시 나타났다. 물이 은제 컵 안에서 일어섰다.

그렇게 말하며 프레야 공주는
스윽 오른팔을 푸른 하늘을 향해 높이 들었다.
다음 순간, 갑판 위에 폭발음이 울려 퍼졌다.
프레야 공주의 뒤에서 대기하던 선원들이
일제히 목소리를 크게 높인 것이다.

『황금나뭇잎호』에

「어서 오십시오,

『황금나뭇잎호』에」

대항해의 시작?!

INTRODUCTION

쌍왕국이 이상할 정도로 프레야 공주를 환대하는 모습에 위화감을 느낀 아우라는 북대륙의 동향을 탐색하기 위해 젠지로가 웁살라 왕국을 방문해 주길 부탁한다.

프레야 공주의 츨실 입성은 어디까지나 카파 왕국에서의 구두약속에 지나지 않는다. 웁살라 왕국과 그 일에 관해 직접 교섭하는 것과 동시에 누구보다도 신뢰할 수 있는 젠지로가 북대륙를 보고 온다는 점이 아우라로서는 큰 장점이었다.

하지만, 이미 「진수화」와 「잔잔한 바다」 마법 도구 덕에 항해의 위험도가 크게 줄어든 「황금나뭇잎호」라고는 해도 목조 범선으로 백 일 가까운 항해를 해야 하기에 젠지로로서는 불안하기만 했다.

그래서 아우라는 혈통마법인 「순간이동」 마법 도구 제작을 제안한다. 드디어 양산화가 가능해진 유리구슬을 사용해 프란체스코 왕자에게 비밀리에 마법도구 제작을 의뢰하는데—.

이상적인 기둥서방 생활 11

이상적인 기둥서방 생활

와타나베 츠네히코

길찾기

이상적인 기둥서방생활 11

[프롤로그] 재상과 원수와 공작 ·13

[제1장] 야심과 사업과 안전책 ·23

[제2장] 늙은 현자와 마법 연구자와 지켜보는 사람 · · · · · · · ·79

[제3장] 공간 차단 결계와 순간이동과 부동화구 · · · · · · · · · · 131

[제4장] 둘째 탄생과 세 번째 약속과 네 개째 마법 도구 · · · 180

[제5장] 출산과 출장과 출항 · 219

[에필로그] 여왕과 왕자와 뒷거래 · 266

[부록] 주인과 시녀의 간접교류 ^{장 기 부 재} · 280

CONTENTS

일러스트 아야쿠라 쥬　**장정·본문 디자인** 5GAS DESIGN STUDIO

교정 아이카와 카오리(도쿄출판서비스센터)　**편집** 다카하라 히데키·시시도 나나에(주부의 벗)

한국어판 번역 문기업　**교정** 정성학 김일철　**마케팅** 김정훈 정다움　**편집** 백진화　**주간** 박관형

[프롤로그] 재상과 원수와 공작

달력상으로는 활동기에 들어간 지 약 20일 정도가 지났다.

혹서기에서 활동기로 달력이 바뀌자마자 즉시 날이 풀릴 정도로 남대륙의 햇살은 상냥하지 않았지만, 역시 20일이 넘게 지나니 피부로 실감할 수 있을 정도의 변화가 일어났다.

젠지로가 가지고 온 온도계가 정확하다면, 최근에는 한낮의 최고 기온도 인간의 체온 이하로 내려가게 되었다.

그런, 지내기 편하다고 할 수는 없어도 버티기 쉬워졌다고는 말할 수 있게 된 어느 날 오후.

카파 왕국 왕궁의 알현의 방에서는 매우 중대한 의식이 거행되려 했다.

그 증거로 알현의 방에는 더 이상은 들어가지 못한다고 해도 과언이 아닐 엄청난 수의 귀족들로 북적거렸다. 왕도에 자리를 잡은 귀족 전원이 지금 이 공간에 모여 있는 것이 아닐까 하고 착각할 정도였다.

물론 귀족들의 대부분은 그냥 호기심 어린 구경꾼으로, 이 의식의 당사자는 아니었다.

이 자리의 당사자——주역은 세 명.

한 명은 몸집이 작은 중년 남자. 젠지로의 눈대중이 올바르다면

160센티미터 대 초반 정도로 보였다. 거기에 커다란 검은 눈동자. 칠흑 같은 머리카락은 곱슬곱슬했고, 피부도 갈색보다 검은색에 가까웠다.

카파 왕국 사람의 대부분은 젠지로의 눈에 동남아시아 계열과 라틴 계열을 섞어 2로 나눈 것처럼 보이지만, 이 인물의 외견은 흑인에 가까운 인상이었다.

몸집은 조금 호리호리했지만, 매우 민첩해 보여서, 몸집이 작음에도 결코 얕볼 수 없는 무시무시함이 떠돌았다.

레갈라도 자작 피델. 이 인물의 이름이다.

몸집은 작은 편이지만 그 개성과 몸에서 떠도는 분위기는 집단 안에 있어도 매몰되지 않았다. 오히려 한층 사람의 눈을 끄는 인물이라 할 수 있었다. 그런 위압감을 지니고 있었다.

하지만 그런 레갈라도 자작마저도 지금 이 자리에서는 옆에 서 있는 남자 탓에 거의 그 존재감이 날아가 사라져버렸다.

극한까지 단련한 2미터 가까운 거대한 몸을 의례용 군복으로 차려 입고 서 있는, 영웅 같은 모습의 남자. 새삼스럽게 설명할 필요도 없지 않을까.

카파 왕국이 자랑하는 영웅, 푸죠르 기젠 장군이다.

평소부터 주변에 압박을 가하는 듯한 위압감을 내뿜는 푸죠르 장군이지만, 오늘은 계속 눈을 날카롭게 번뜩이고 입매에 웃음을 계속 띠고 있는 탓에 솔직히 말해 가까이 다가가기 힘든 위엄이 느껴졌다.

기뻐서 어쩔 수가 없는 모습. 기다리고 기다리던 것을 지금, 손에 넣으려고 하는 자의 기쁨.

그렇게 말하면 흐뭇하게 들리기도 하지만, 그 웃음은 가능하면 모나지 않게 말한다고 해도, 굶주린 대형 육식룡이 먹잇감을 앞에 두고 입을 벌리고 있는 것처럼 보이기만 했다.

그리고 불행하게도 그런 푸죠르 장군의 옆에 선 세 번째 주역이 바로 젠지로 자신이었다.

몸에 두른 것이야 왕족의 정장이었기 때문에 레갈라도 자작이나 푸죠르 장군과 비교해 봐도 몇 단계 이상의 화려함을 자랑했지만, 이렇게 세 사람이 나란히 서니, 틀림없이 가장 사람들의 눈길을 끌지 못하는 사람이 젠지로였다.

확실히 말해 박력이 없었다.

푸죠르 장군은 물론 레갈라도 자작도 어디를 어떻게 봐도 젠지로 보다 강해 보였고, 지위가 높아 보였다.

그런 사실을 누군가가 지적해주지 않았는데도 강하게 자각하고 있던 젠지로였지만, 그렇기에 힘껏 위엄 있는 태도를 취할 수 밖에 없었다.

태생이야 어쨌든, 지금 젠지로는 왕족이다. 지위가 높아 보이게 행동하는 것은 권리가 아니라 의무였다.

젠지로는 소에게 지지 않겠다고 배를 부풀린 개구리 이야기를 떠올리면서 가슴을 펴고 허세를 부렸다.

평소보다 쓸데없는 힘이 들어간 탓인지, 젠지로가 목과 등에 따끔따끔한 통증을 느끼기 시작했을 즈음.

단상의 문관이 징을 때렸고, 그 소리를 신호로 의식이 시작되었다.

"지금부터 취임식을 거행한다. 호명한 자는 옥좌 앞으로 나와라. 레갈라도 자작 피델 경. 앞으로."

"넷."

맨 처음으로 이름을 불린 사람은 레갈라도 자작이었다.

레갈라도 자작은 가벼운 발걸음으로 단상으로 올라가 여왕 아우라가 앉아 있는 옥좌 앞에서 무릎을 꿇고 예를 갖췄다.

옥좌 위에서 레갈라도 자작을 내려다보던 여왕은 천천히 일어섰다. 그리고 여왕 아우라는 시선을 레갈라도 자작에 고정한 채, 오른손을 옆으로 뻗어 말없이 재촉했다.

옥좌 옆에 대기하고 있던 문관은 손짓 하나만으로도 충분히 이해했다.

지체 없이 문관은 손에 들고 있던 용피지를 여왕의 오른손에 올렸다.

크기는 그다지 크지 않았지만 멀리서도 금색 테두리 장식이 보이는, 화려하고 찬란한 문서였다.

여왕은 그것을 양손으로 얼굴 앞에서 펼치더니, 그곳에 적혀 있는 말을 유창하게 읽어 내려갔다.

"레갈라도 자작 피델. 카파 왕국 국왕 아우라 1세의 이름으로 그대를 재상으로 임명한다. 중책을 철저히 수행하도록."

그렇게 고한 여왕 아우라는 그 임명서를 눈앞에서 무릎 꿇은 몸집이 작은 중년 남자──레갈라도 자작에게 내밀었다.

"네엣! 삼가 받들겠나이다."

레갈라도 자작은 한쪽 무릎을 꿇은 채, 흥분을 감추지 못한 목소리로 그렇게 말하더니, 여왕이 내민 임명서를 머리 위로 올린 양손으로 공손히 받들었다.

그에 더해 여왕 아우라는 왼쪽에 대기하고 있던 다른 문관에게서 금색으로 빛나는 작은 덩어리와 은색으로 빛나는 작은 병을 받아 레갈라도 자작에게 건네주었다.

금색 물건은 '재상인(宰相印)', 은색 물건은 잉크 단지였다. 은으로 만든 잉크 단지에 들어가 있는 것은 특수한 제법(製法)으로 만든 주홍색 잉크였다.

재상이 된 사람은 앞으로 이 인(印)과 주홍색 잉크를 사용해 재상으로서 서류를 발행할 수 있다.

재상의 권한은 매우 폭넓고 강하다.

제정된 법을 파기하거나, 새로운 법을 제정할 수는 없지만, 법이 허락하는 범위 내에서라면 대략적인 것은 재상의 권한으로 움직일 수 있다.

극단적으로 말하면, 지금까지와 마찬가지로 나라를 움직인다고 하면, 왕에게 묻지 않고 나라를 운영할 수 있기에, 최고 책임자와 유사한 지위가 카파 왕국의 재상이라고 할 수 있었다.

그리고 취임을 마친 레갈라도 자작이 임명 후에 단상의 아래로 돌아가자, 문관이 조금 전과 똑같이 큰 목소리로 다음 이름을 불렀다.

"기젠 후작 푸죠르 경, 앞으로."

"넷."

이번에 호명된 푸죠르 장군은 그 거대한 몸을 배신하듯이 체중이 느껴지지 않는 매끄러운 발걸음으로 왕좌가 있는 단상으로 올라갔다.

그 이후로의 흐름은 조금 전과 같았다.

여왕 아우라도 일부러 옥좌에 다시 앉은 뒤, 푸죠르 장군이 올라오기를 기다렸다.

어차피 의식은 서서 거행하니 굳이 다시 앉는 것은 성가시지 않을까? 하고 젠지로는 생각했지만, 아마 그런 점도 의식의 일부인 것이겠지.

"기젠 후작 푸죠르. 카파 왕국 국왕 아우라 1세의 이름으로 그대를 원수로 임명한다. 중책을 철저히 수행하도록."

"네, 삼가 받들겠나이다."

다른 점은 임명서 다음에 건네주는 것이었다.

재상의 경우에는 재상인과 잉크 단지였지만, 원수의 경우에는 짧은 지팡이였다.

길이는 기껏해야 어른의 팔길이 절반 정도일까.

하지만 그 전신은 눈부신 황금제. 전체에 멋들어진 나선 세공이 새겨져 있었고, 머리 부분에는 아기의 주먹 정도나 되는 루비가 장식되어 있었다.

이것이 카파 왕국 원수의 증거, 원수봉였다.

원수의 권한은 군사 부면의 전권 대리인이다. 한마디로 말해 재상의 군사판이라고 할까.

이렇게 재상과 원수를 임명하였으니, 극단적으로 말하면 여왕 아우라가 후궁에 틀어박혀 아무것도 하지 않아도, 카파 왕국의 정치도 군사도 막힘없이 움직일 수 있게 되었다.

예를 들자면 지금까지의 카파 왕국이 여왕 아우라가 운전하는 수동 자동차였던 반면에, 앞으로의 카파 왕국은 레갈라도 자작과 푸죠르 장군이라는 AI를 탑재해 완전히 자동으로 운전되는 자동차가 된 것이다.

왕의 명령이 모든 것에 우선한다는 대원칙은 흔들리지 않기 때문에 유사시에는 아우라가 브레이크를 밟아 카파 왕국이라는 자동차를 멈출 수 있고, 액셀을 밟아 가속시킬 수도 있다. 핸들을 꺾으면 그쪽 방향으로 움직인다.

하지만 아우라가 운전석에서 졸기라도 하면 카파 왕국이라는 나라는 제멋대로 달리기 시작한다.

그것은 아우라의 중책이 줄었다는 것을 의미하며, 아우라의 노림수 대로라고도 할 수 있었다.

하지만 동시에 그것의 의미는 앞으로 방심하면 아우라가 원하지 않는 방향으로 나라가 제멋대로 나아갈 수 있는 위험성도 지니고 있었다.

'아우라도 큰일이야. 내가 조금이라도 힘이 될 수 있다면 좋을 텐데.'

그런 생각을 하는 사이에 젠지로의 차례가 왔다.

"다음, 젠지로 님. 앞으로 나와 주십시오."

역시 왕족이라 정중한 말투로 호명하는 문관의 말을 듣고, 젠지로는 아무 말 없이 걸음을 내디뎠다.

현재 젠지로의 입장은 극히 복잡하게 얽힌 균형 위에 성립되어 있다.

　사위라고 하더라도 당연히 남자가 가장이 되는 남성 중심의 카파 왕국에서, 젠지로는 나라의 최고 권력자인 여왕 아우라의 반려자다.

　왕인 아우라보다 신분이 높은 것처럼 행동할 수는 없겠지만, 그렇다고 남편인 젠지로가 여성인 아우라에게 자신을 낮추는 것도 이상했다.

　그렇기에 가능한 한 경의를 표하면서도 기본적으로는 대등하다고 하는, 무시무시할 만큼 섬세한 자세를 지킬 필요가 있었지만, 오늘 이 자리에서 젠지로는 망설임 없이 옥좌 앞으로 나아가 한쪽 무릎을 꿇었다.

　젠지로는 붉은 양탄자로 시선을 떨어뜨린 채, 옥좌에서 일어선 여왕 아우라가 머리 위에서 하는 말을 들었다.

　"젠지로 카파. 카파 왕국 국왕 아우라 1세의 이름으로 귀공을 비르보 공작으로 임명한다. 동시에 카파 왕국 왕위 계승권 2위를 부여한다. 앞으로도 카파 왕가의 일원으로서 빛나는 행동을 하길 기대한다."

　왕의 배우자인 젠지로는 여왕의 남편이기 때문에 여왕을 상대로 한다 해도 너무 자세를 낮추면 문제가 있지만, 비르보 공작 젠지로는 같은 왕족이라고는 해도 어차피 분가 왕가의 가장에 지나지 않는다.

설사 여성이 상대라도 직계 왕가 사람에게 자세를 낮추는 것은 아무런 문제가 없다.

"네, 폐하의 기대에 부응할 수 있도록 전력을 다하겠습니다."

그렇게 말하고 젠지로는 여왕 아우라의 손에서 비르보 공작을 증명하는 '명부 사본'과 작위를 나타내는 순금제 장식 핀 같은 것을 받아들었다.

그 장식 핀의 정식 사용처는 터번 핀이었다. 카파 왕국의 민족의 상인 터번을 고정할 때 장식 핀을 사용하면 약식 왕관 같은 역할을 한다.

하지만 북대륙의 양복 문화가 들어온 이후로는 아주 중요한 공식 식전 이외에서는 북대륙에서 유래한 양복도 정장으로서 인정을 받게 되었기 때문에, 그럴 때는 망토 핀이나 가슴 장식으로 대체해서 사용할 수 있도록 만들어졌다.

'명부 사본'과 장식 핀을 받아든 젠지로는 예법을 깨지 않도록 세심한 주의를 기울이며 단상에서 무사히 내려갔다.

이렇게 무사히 '재상', '원수', '비르보 공작'의 취임 의식이 끝났다.

레갈라도 자작, 푸죠르 장군, 그리고 젠지로.

새로운 지위를 하사받은 세 사람은 지금까지도 이 나라의 중추에서 중요한 지위에 있던 사람들뿐이었다. 그곳에 새로 더해진 직위, 그것도 그중 둘은 매우 커다란 권력이 동반되는 직위였다.

대국 카파 왕국의 권력 구조에 커다란 움직임이 발생했다.

    확정된 그 미래를 자신에게 있어 좋은 것으로 만들기 위해, 왕국의 귀족들은 각각의 의도 아래 움직이기 시작했다.

[제1장] 야심과 사업과 안전책

카파 왕국에 재상과 원수와 비르보 공작이 탄생한 지 며칠이 지난 어느 날.

여왕 아우라는 왕궁의 한 방에서 주치의 미셸과 이자벨라 왕녀의 진찰을 받았다.

현재 둘째를 임신 중인 아우라였지만, 경과는 순조로웠다.

주치의 미셸의 진단에 따르면 아우라의 출산 예정일은 2개월하고 며칠 정도 후인 듯했다.

당연히 현재의 아우라의 배는 딱 봐도 알 수 있을 만큼 불러 있었다.

임신은 두 번째지만 배에 아이가 있는 상태에 익숙해질 리가 없었다.

만에 하나라도 배 속의 아이에게 지장이 있지 않도록, 평소보다 조금 가볍게 소파에 걸터앉은 여왕의 모습을 초로의 의사와 중년 여성 치료술사는 좌우에서 살폈다.

"폐하. 손을 실례하겠습니다……. 네, 됐습니다. 맥도 정상이고, 태아의 성장도 매우 순조로워 보입니다. 이자벨라 전하의 견해는 어떠십니까?"

주치의 미셸의 말을 듣고 옆에서 아우라의 모습을 살피던 이자벨라 왕녀는 사람 좋은 미소를 띤 채, 고개를 위아래로 움직여 동의를 표했다.

"네, 미셸 님의 말씀대로가 아닐까 합니다. 지금 상태라면 오늘은 특별히 아무 일도 하지 않아도 괜찮을 겁니다. 만약을 위해 '정신 피로 제거'만 실시해 두겠습니다."

"그래, 부탁하오."

이자벨라 왕녀의 말을 듣고 여왕 아우라는 소파에 느긋이 몸을 묻은 채, 고개를 끄덕였다.

앞서 미셸 의사와 이자벨라 왕녀가 말한 대로, 아우라의 두 번째 임신은 현재로서는 맥이 빠진다고 할 정도로 순조로운 상태 그 자체였다.

초산과 비교해 봐도, 입덧이 거의 없었고, 많이 자라서도 첫째만큼 배 속에서 날뛰지도 않았다.

혹시 배 속 아이에게 무슨 문제가 있는 건가? 하고 불안해지기도 했지만, 미셸 의사와 이자벨라 왕녀의 말을 믿는다면, 이상한 곳은 전혀 찾아 볼 수 없다고 한다.

미셸 의사가 말하길, 많은 아이들 중에는 그렇게 얌전한 아이도 나름대로 있다는 모양이었다.

어머니의 배 속에 있는 단계에서부터 '개성'이 있다고 생각하니, 조금 재미있었다.

그렇지만 지난번의 임신 때와는 다르게 비교해 증상이 가벼운 데다, 이자벨라 왕녀라는 실력이 뛰어난 치유술사까지 옆에 대기하고 있는 덕분에 지금, 아우라는 배가 걸려 움직이기 힘들다는 것 외에는 거의 문제가 없는 건강한 몸이라고 할 수 있었다.

오히려 평소에 국정으로 골치를 썩었던 것으로 인한 정신적인 피로를 '정신 피로 제거'로 없애는 만큼, 이전보다 컨디션이 좋다고 해도 좋을 정도였다.

여왕은 소파 위에서 조금 앉은 자세를 고치고, 몸의 상태를 확인하듯이 몇 번 목을 돌리다가 말했다.

"고맙소, 이자벨라 전하. 평소와 마찬가지로 훌륭한 시술이오."

"과찬이십니다, 아우라 폐하. 그럼 저는 이만 실례하겠지만, 조금이라도 몸 상태의 변화가 있다고 느끼신다면 직접 판단하지 마시고 부담 없이 저를 불러 주십시오."

"그래, 그렇게 하지. 수고했소, 이자벨라 전하."

"네. 그럼 실례합니다."

인사를 하고 이자벨라 왕녀가 물러나자, 여왕은 소파에 앉은 채 크게 기지개를 켰다.

"후우. 정말로 지르벨 법왕가의 '치유마법'은 굉장하군. 이 정도라면 무리하게 재상과 원수를 임명할 필요도 없었을지도 몰라."

"폐하."

무심코 입에서 새어나간 말을 소파 앞에 서 있던 주치의 미셸이 듣고 나무랐다.

여왕은 쓴웃음을 지으며 고개를 움츠렸다.

"농담이네, 미셸. 그렇게 무서운 표정은 짓지 마."

"무서운 표정을 지을 만한 말씀은 하지 말아 주시길 부탁드립니다. 정치에 관해서는 제가 참견할 수 있는 일이 아닙니다만, 폐하와 배 속의 아이를 생각하면 현재의 작업량조차도 추천할 수 없습니다."

건강에 관련된 일에서만큼은 여왕을 상대로도 전혀 물러서지 않는 왕궁 의사의 엄격한 말에, 여왕은 항복했다는 듯이 양손을 들었다.

"그래, 알았네, 알았어. 무리는 하지 않아. 나도 자신의 몸이 중요하다는 것을 자각하고 있으니 말이야."

여왕 아우라는 뛰어난 위정자였지만, 그 분야에 관해서는 대신할 사람이 없지는 않았다. 한편 '시공마법'의 혈통을 다음 세대로 전달한다는 역할에 관해서는 지금, 카파 왕국에 아우라를 대신할 여성은 존재하지 않았다.

왕으로서의 아우라와 여성으로서의 아우라 중 어느 쪽이 중요한가 하면, 후자라고 말할 수밖에 없었다. 물론 그것은 극단적인 이야기일 뿐, 왕인 아우라의 능력도 매우 중요하다는 것은 틀림없었지만.

애당초 재상도 원수도 이미 임명을 해 버렸다. 이제 와서 없었던 것으로 할 수는 없으니, 앞으로의 미래에 대해 탐색해 보는 것이 건설적이다.

"그럼 신참 재상과 신참 원수의 동향에 대해서 물어봐 둘까, 파비오?"

여성의 목소리를 듣고 지금까지 침묵을 지키고 있던 여성의 제1 비서가 한 걸음 앞으로 나섰다.

"네. 먼저 재상이 되신 레가르드 자작입니다만, 이쪽은 현재 큰 움직임을 보이고 있지 않습니다. 국정을 무사히 운영하기 위해 재상의 측근이 될 고관을 몇 명 모집하고 있지만, 그것은 재상의 '정당한 특권'이라고도 할 수 있는 일로서, 음, 허용 범위가 아닐까 합니다."

"확실히 그렇지."

얼굴이 갸름한 비서관의 말을 듣고 여왕은 동의를 표했다.

귀족은 좋든 나쁘든 파벌이 중요한 생물이다.

파벌의 수장이 재상이라는 커다란 먹잇감을 손에 넣었는데, 파벌의 부하들에게 이익을 나누어 주지 않으면 부하들의 사기에 영향이 간다.

물론 요직을 차지할 인물이니 최소한의 능력과 직업윤리를 지니고 있어야 한다는 것은 대전제가 되겠지만, 그 정도의 인물을 재상이 마음대로 할 수 없다면 아무래도 보람이 없다.

이례적이라고 할 정도로 왕가의 힘이 강하다는 평을 듣는 카파왕국이지만, 그 본질이 봉건국가라는 점은 변함이 없었다.

요직에 취임한 사람이 그 권력을 자신이나 파벌을 위해 이용하는 것을 하나부터 열까지 나무라서는 끝이 없다. 카파왕국과 같이 법의 정비가 미성숙한 봉건국가에서는 오히려 필요악이라고 해도 과언이 아니다.

"그럼 재상에 관해서는 잠시 모습을 살펴보기로 하지. 원래 레갈라도 자작은 능력이 높은 것에 비해 위험한 야심을 가지고 있는 사람은 아니야. 얻은 지위에 어울릴 만큼의 보상이면 만족할 가능성이 높지. 물론 방심은 금물이니, 감시는 소홀히 하지 않겠지만."

그렇게 말하고 여왕은 일단 재상에 대한 내용은 뒤로 넘겨 두었다.

그 후에 한 번 심호흡을 하고, 문제를 일으킬 확률이 훨씬 높은 또 한 명의 인물에 대해 언급했다.

"문제는 원수 각하군."

새 원수, 푸죠르 기젠.

지난 대전(大戰)의 영웅이자, 숨길 생각도 없는 어마어마한 야심가. 전의(戰意)와 출세 지향의 덩어리 같은 남자.

신분, 공적, 지금까지의 지위 등, 어디를 어떻게 봐도 원수로 삼으려면 푸죠르 장군 이외에는 선택할 사람이 없었지만, 아우라로서는 푸죠르 장군만은 선택하고 싶지 않았다는 것이 솔직한 감상이었다.

"푸죠르 원수 각하는 어떻게 지내고 있지?"

각오를 다지고 묻는 여왕에게 얼굴이 갸름한 비서관은 표정 하나 바꾸지 않은 채 담담한 말투로 말했다.

"네. 푸죠르 원수는 원수 취임 제일성으로, 국군의 병사 모집을 발표하였습니다."

"⋯⋯⋯⋯푸죠르 원수를 부르게."

"이미 불렀습니다."

머리를 감싸며 무거운 목소리로 말하는 여왕에게 복심인 비서관은 얄밉도록 평탄한 목소리로 준비가 잘 된 현재의 상황을 하나 하나 알렸다.

　원수에 취임한 푸죠르가 국군의 병사를 모집한다.

　그것의 뭐가 문제인가 하면, 실은 전혀 문제는 아니다.

　기사의 모집이라면 그건 귀족 사회가 얽혀 있기 때문에 아무리 원수라도 왕에게 한마디 보고도 없이 증원하는 것은 다소 문제가 있지만(기사라도 법률상으로는 문제가 없다), 평민인 일반 병사의 증강은 원수가 독단적으로 실시해도 아무런 문제가 없는 이야기였다.

　현실적으로 현재의 국군은 병사의 수가 충분히 확보되지 않았다. 전시 중의 최대 동원수는 물론이고, 대전 전의 평시 군대와 비교해도 20퍼센트 정도 부족하다는 계산이었다.

　군의 최고 책임자로서 그 구멍을 메우고 싶다고 생각하는 것은 지극히 당연한 일이었다.

　그것도 국군에 할당된 예산에는 그 나름의 여유가 있었다.

　20퍼센트의 구멍을 완전히 메우는 것은 무리가 있어도 그 절반인 10퍼센트 정도라면 주먹구구식이라도 국군 예산이 적자로 전락하지 않을 정도의 여유였다.

　그런 예산의 여유는 젠지로가 표 계산 소프트웨어를 사용해 밝혀낸 지방 영주들의 탈세를 재징수한 것, 젠지로가 제안한 잘 망가지지 않는 수차와 그와 함께 수차 길드와의 계약 방식을 일신한 것, 젠지로가 가져온 신사업인 증류주의 매상 등이 조금씩 쌓여 만들어진 여유이지만, 그런 점에 관해 자세한 사정을 이해하고 있는 사람은 현재로선 여왕 아우라와 파비오 비서관 정도뿐이었다.

그래서 '국군의 사정만'을 생각하면, 푸죠르 원수의 국군 병사 모집은 지극히 당연한 행동이었다.

다만, 나라 전체를 살피는 여왕인 아우라의 시점에서 말하자면 국군의 병사 모집은 조금 곤란했다.

그것도 국군에 예산의 여유가 있다는 것이 더욱 곤란한 점이었다.

왜냐하면 지난 대전의 상흔이 남아 있는 곳은 국군만이 아니었기 때문이다.

지난 대전에서 카파 왕국의 젊은 남자는 상당수가 전장의 안개가 되어 사라졌다.

현재 카파 왕국에는 군뿐만 아니라 농촌과 도시에서도 남자 일손이 귀했다.

특히 문제인 것이 풍족하지 않은 중소 지방령의 남자들이다.

평소부터 겨우 연명하는 생활을 하는 그들의 귀에 국군 병사 모집 소식은 아마 달콤하게 들릴 것이 틀림없었다.

그것도 지금의 국군은 규모에 비해 예산도 윤택하다. 병사들에게 지불되는 임금도 특별히 허리띠를 졸라매지 않았다. 물론 병사의 훈련은 엄격하지만, 체력적인 엄격함으로 말하자면 기계는커녕 가축조차 제대로 없는 빈촌(貧村)의 농작업이 병사의 훈련보다 더하면 더했지 덜하지는 않았다.

그에 더해 지금은 지난 대전이 종결되어 남대륙에는 전란이 일어날 기적이 없다. 즉, 병사가 되어도 실전에 나서게 될 위험은 매우 낮았다.

이 정도의 좋은 조건이 갖춰졌으니, 무슨 일이 일어날지는 명백했다.

간신히 유지되고 있는 가난한 농촌에서 촉망받는 젊은 노동력이 국군 병사로 빠져나가 농촌이 사라져 가게 되는 것으로, 국력이라는 시점에서 보면 악몽이라고 말할 수밖에 없는 미래였다.

그 사태를 왕인 아우라에게 있어 결코 간과할 수 없는 큰 문제였다.

풍족해질 기회를 짓밟힌 채 빈촌으로 되돌아가야 한다는 것은 당사자인 젊은 남자들에게 있어서는 큰 민폐일 뿐이겠지만, 안타깝게도 그렇게 손해를 보는 사람이 전혀 없이 국체를 유지할 수 있을 만큼, 여왕 아우라의 정무 능력은 탁월하지 않았다.

그렇지만 원수가 취임과 함께 내놓은 첫 번째 명령을 왕이 옆에서 막아서는 것도 앞으로의 국군 운영에 불안을 남기는 행동이다.

어떻게 사태를 원만하게 수습할 것인가. 어떻게 푸죠르를 구슬릴 것인가.

여왕 아우라가 고민을 하는 사이에 푸죠르 원수의 도착을 알리는 보고가 들어왔다.

"……들라 하라."

"알겠습니다."

잠시 뒤, 철컥하고 입구의 문이 열리더니 한 남자가 모습을 드러냈다.

장군에서 원수가 되어 다소 군복의 장식이 늘어나긴 했지만, 그 모습은 질릴 정도로 몇 번이나 봤던 남자였다.

"잘 왔다. 갑자기 불러내서 민폐를 끼쳤군. 일단은 앉게."

여왕은 언짢은 심기를 숨기지 않은 목소리로 소파에 앉은 채, 거한인 원수를 향해 그렇게 말했다.

"네. 실례합니다."

한편 푸죠르 원수는 여왕의 언짢은 심기는 신경도 쓰지 않는지 침착한 표정을 유지한 채, 그 거대하고 무거운 엉덩이를 맞은편 소파에 파묻었다.

원래 여왕 아우라도 푸죠르 원수도 에둘러 말하며 대화하는 것을 선호하는 사람들이 아니었다.

게다가 이번 호출은 예정에 없던 긴급한 것이었다.

조금이라도 쓸데없는 시간을 줄이려는 의도가 나타난 것인지, 여왕은 아무런 운을 떼지도 않고 문제의 서간을 맞은편 소파와의 사이에 있는 테이블에 내던지듯이 내려놓고 입을 열었다.

"이러한 서간이 나한테 도착했는데. 이건 푸죠르 원수의 명령서가 확실하지?"

그렇게 말한 여왕은 번득이는 눈으로 맞은편에 앉은 원수와 시선을 나누었다.

평범한 사람이라면 확실히 뒷걸음질 치게 될 여왕의 압력을 원수는 여유 있게 받아넘기고, 작게 긍정하며 여왕의 발언을 순순히 인정했다.

"네. 틀림없이 제가 원수로서 내린 첫 번째 명령서입니다. 단지 부끄럽지만 원수가 되어 상당히 마음이 들떴던 모양입니다. 매우 말이 부족한 명령서가 되어 버렸습니다. 정식으로 발표한 것은 이쪽입

니다."

그렇게 말하며 푸죠르 원수는 품에서 한 장의 용피지를 꺼냈다.

아무래도 정식으로 완성한 서류는 아닌 듯, 몇 번이나 깎고 고친 용피지에 갈겨 쓴 것에 가까운 문자가 적혀 있었다.

"호오……. 그렇군."

그렇게 나온다라.

그 서류를 훑어본 여왕은 재빠른 대처에 감탄하면서도 내심 혀를 찼다.

푸죠르 원수가 새로 제안한 서류는 이전 서류와 대략적으로는 다른 것이 없었다.

단, 이전 서류에는 기록되어 있지 않은 세세한 정보가 추가되어 있었다.

구체적으로 말하면 모집 정원과 모집 마감 기한이었다.

양쪽 모두 상당히 소극적인 수치가 적혀 있었다.

이 숫자라면 영향은 왕도와 그 주변의 왕령(王領)에만 미치겠지.

변경까지 소문이 전해질 즈음에는 정원이 가득 차 시간이 만료된다.

지방의 농촌에서 귀중한 젊은 일손이 빠져나갈 수도 있다는 아우라의 염려는 불식된다고 할 수 있었다.

"저의 원수 취임에 즈음해, 국군은 건재하며, 앞으로 '적절한 시기에' 옛날과 같은 힘을 되찾을 의지가 있다는 것을 이 명령으로 대내외에 알리고자 하는 것이, 이번 일의 목적입니다."

어떤가요? 하고 묻는 푸죠르 원수의 말은 이치에 맞았다.

요컨대, 이번 병사 모집은 실제 전력을 모으는 것이 목적이 아니고 사실은 원수에 취임한 푸죠르의 의사 표명이었다 라고 말하는 것이다.

그래서 영향이 최소한으로만 미치도록 배려했고, 최소한의 인원만 모이도록 제한했다.

의도적으로 표정을 지운 여왕 아우라는 오른손의 검지로 목제 테이블을 톡톡 두드리더니.

"하고자 하는 말이 뭔지는 알겠어. 말하자면 이번 증원은 자네의 원수 취임의 '축하 선물' 같은 것이라고 해야 하는 건가. 직접 축하 선물을 조르다니 참 자네다워."

그렇게 말하고 작게 어깨를 으쓱했다.

여왕이 자신의 의도를 헤아렸다고 이해한 것인지, 거한인 원수는 씨익 하고 야생의 짐승 같은 미소를 짓고 긍정했다.

"황송합니다. 하지만 일단 실용적인 효과도 기대하고 있습니다. 레갈라도 자작이 재상이 되어 일시적으로 왕도의 경비가 느슨해질 것이라는 점은 충분히 예상할 수 있는 일입니다. 그러니 왕도의 젊고 경박한 녀석들을 국군에서 받아들이면, 조금은 왕도의 치안 유지에도 협력할 수 있지 않을까 하고 어리석으나마 생각하였습니다."

"그건 확실히 그 말대로야."

여왕 아우라도 그 점에 관해서는 푸죠르 원수의 말에 일리가 있다고 인정할 수밖에 없었다.

지난 대전으로 지금의 카파 왕국은 전체적으로 노동력이 부족하지만, 왕도를 비롯한 대도시는 반대로 부랑아가 모여드는 문제도 발생했다.

　전쟁으로 장년인 남자가 죽으면 자동적으로 남는 것이 미망인과 고아다.

　그리고 혼자서는 살아갈 수 없는 고아는 마치 자석에 이끌려오는 사철처럼 왕도 같은 대도시로 모여든다.

　그런 고아도 문제지만, 더욱 큰 문제는 무사히 어린아이 시절을 살아남은 '전 고아'들이다. 부모님을 잃고 힘든 어린 시절을 같은 환경의 고아들과 협력하여 살아남고 성장한 '전 고아'들의 대부분은, 안타깝지만 제대로 된 국민이 되어 주지 않는다.

　대부분은 왕도의 치안을 어지럽히고, 경비대를 골치 아프게 하는 반사회 세력으로 성장한다.

　지난 대전이 끝난 지 몇 년이 지난 지금. 살아남은 고아들의 집합체가 슬슬 '전 고아'인 불량아로 전직을 시도할 나이였다.

　그런 고아들을 국군 소속 병사라는 직업으로 끌어들일 수 있다면, 왕도의 경비라는 측면에서 큰 성과라고 할 수 있었다.

　"레갈라도 자작의 장남도 장래성이 있는 젊은이이긴 하지만 경험 부족은 어쩔 수 없으니까. 몇 년간은 주변 사람이 신경을 써 줄 필요가 있겠지."

　여왕 아우라는 반쯤 혼잣말 같은 말투로 말했다.

　왕도 평민가의 치안 유지를 담당하는 '왕도 경비대'의 사령관은 대대로 레갈라도 자작 가문의 지정석이었지만, 아무래도 재상이 된 레갈라도 자작이 계속해서 그대로 맡을 수는 없었다.

때문에 관례대로 레갈라도 자작 가문의 장남이 다음 사령관에 취임하기로 되었지만, 유감스럽게도 장남은 아직 20대 초반으로 젊었다.

의욕과 장래성은 충분했지만, 현 시점의 능력은 틀림없이 레갈라도 자작 정도는 아닐 테고, 무엇보다 경험이 치명적으로 부족했다.

그렇게 생각하면 왕도의 치안을 어지르는 커다란 요인인 예비 불량아들을 탐나는 조건으로 국군에 끌어들인다는 푸죠르 원수의 제안은 매우 적확한 아이디어였다.

예산면으로도 문제가 없고, 인원도 모집 기간을 좁혀 나라 전체에 미칠 악영향을 막았기 때문에, 여왕으로서도 반대할 이유는 없었다.

"좋아. 다른 누구도 아닌 푸죠르 원수의 첫 번째 명령이 아닌가. 나는 아무 말도 안 하겠네. 해 보게."

그렇게 말하며 아우라는 조금 의미심장한 웃음을 내던졌다.

"네. 감사합니다."

그런 아우라의 표정을 눈치채지 못한 것처럼, 푸죠르 원수는 유들유들한 미소를 지은 채, 작게 고개를 숙였다.

푸죠르 원수가 떠난 방에서 여왕은 크게 한 번 숨을 내쉬었다.

여전히 푸죠르 기젠과의 대화는 지친다.

"참. 이자벨라 전하를 불러 한 번 더 치유마법을 받고 싶은 심정이야."

"모셔 올까요?"

소파 위에서 커다란 배가 버거운 것처럼 흐늘흐늘하게 몸을 내던 진 채 불평을 흘리는 여왕에게 옆에 대기하고 있던 파비오 비서관이 그렇게 말했다.

여왕은 재미없다는 듯이 한 번 코웃음을 짓더니.

"농담이다. 그런데 푸죠르 녀석. 논리 정연한 '변명'을 하다니. 어 설프게 지혜가 붙은 만큼, 이전보다도 폭주할 위험이 줄었으면 좋겠 지만, 동시에 다루기 어려워지기도 했어."

"정확하게는 지혜가 붙은 것이 아니라 지혜자가 붙었다, 라고 해 야겠지요."

여왕의 말을 듣고 얼굴이 갸름한 비서관은 그렇게 말하며 동의를 표했다.

푸죠르 원수의 '변명'이란 다름이 아니라.

조금 전의 명령서에 관한 것이었다.

아무런 증거도 없지만 아우라는 확신했다.

원래 푸죠르 원수는 국군의 예산이 허용하는 한 병사를 증원할 셈이었다는 것을.

하지만 그렇게 하면 국군의 증강은 될지라도 국력의 저하로 이어 져 긴 안목으로 보면 국군의 약체화로도 이어진다는 것을 '누군가' 에게 지적을 받아 궤도를 수정한 것이다.

게다가 그 궤도 수정 방법이 또 훌륭했다.

자신의 잘못은 서류에 작은 모자람이 있었다는 형태로 수습하 고, 최종적으로는 국군의 전력 증강에는 별 도움이 안 되지만 염려가 되었던 왕도의 치안 향상에는 효과적이라고 생각되는 방법으로 마무리를 했다.

여왕은 푸죠르 원수를 돕는 지혜자가 눈앞에 있는 것처럼 날카로운 눈초리로 앞을 가만히 바라보며 중얼거렸다.

"기젠 후작 부인 루신다인가. 현재로서는 왕가에 있어서도 국왕에 있어서도 불이익이 될 만한 움직임은 보이지 않고 있지만, 재능 있는 사람이라는 것만큼은 분명해. 푸죠르를 억누르는 방향으로 재능을 발휘해 준다면 대환영이지만, 녀석의 야심을 가속화할 가능성을 생각하면 주의가 필요하겠어."

"알겠습니다. 지금 이상으로 정보를 면밀하게 모으도록 지시를 내려 두겠습니다."

여왕의 말을 듣고 비서관은 공손하게 고개를 숙였다.

◆

레갈라도 자작이 재상에, 푸죠르 장군이 원수로 취임하는 것과 때를 같이하여 젠지로는 비르보 공작이라는 지위를 얻었다.

하지만 재상, 원수와 비교하면 젠지로가 얻은 비르보 공작이라는 직위는 명백한 차이점이 몇 가지인가 있었다.

하나는 직무상의 직위가 아니라 귀족으로서의 직위라는 것이었다.

재상은 정치, 원수는 군사의 최고 책임자로, 당연히 그 권한은 강하고, 그와 비례해 일해야 하는 양도 많았다.

한편 젠지로가 얻은 비르보 공작이라는 작위는 한없이 명예 칭호에 가까워, 작위를 얻은 덕에 늘어난 권한은 있었지만, 명백히 의무화된 일은 매우 적었다.

즉, 지금의 젠지로는 축하해야 할 기쁜 일이 있었으면서 비교적 한가한, 지위가 높은 사람이었다.

그런 유리한 입장의 사람을 매의 눈을 지닌 귀족들이 놓칠 리가 없었다.

결과적으로 젠지로는 야회(夜會), 입식회(立食會) 등이라고 이름 붙은 사교계의 모임에 매일 밤 불려가게 되었다.

"이야, 이번에는 정말로 축하드립니다. 젠지로 님. 아니, 이제부터는 비르보 공작님이라고 부르는 편이 나을까요?"

이날 야회의 주최자인 중년 남작이 부리는 간살스러운 말을 듣고 젠지로는 위엄을 잃지 않는 정도로 형식적인 웃음을 지으며 대응했다.

"고맙네, 판토하 남작. 오늘은 비르보 공작으로서 초대받았으니 그렇게 불러도 상관없지만, 평소에는 이름을 불러주게. 아우라 폐하에게 과분하게도 공작이라는 작위를 받은 몸이지만 나는 비르보 공작이기 이전에 아우라 폐하의 남편이니 말이야."

비르보 공작이 된 지 아직 오래 지나지 않았지만, 벌써 몇 번째인지 모를 설명을 젠지로는 반복했다.

아무래도 카파 왕국 귀족들의 가치관 기준으로는 '여왕의 남편' 같은 직위보다 '자신의 작위'를 전면에 내세우는 것을 선호하는 듯했다.

그 가치관은 젠지로의 입장에서도 어느 정도는 이해할 수 있었지만, 그 '자신의 작위'라는 것도 사랑하는 아내에게 받은 것이니, 자랑스럽게 내세운다고 한다면 젠지로로서는 역시 '여왕의 남편'이라는 직위가 낫다고 생각했다.

자신의 가치관이 카파 왕국의 귀족 사회의 그것에서 벗어나 있다는 자각이 있는 젠지로는 그렇기에 이런 자리에서 자신의 의견을 열심히 공언하려고 노력했다.

"그러십니까. 그럼 지금 이 자리에서는 비르보 공작님이라고 부르겠습니다. 비르보 공작님은 공작부를 설치하신다고 들었는데, 인원은 확보하셨는지요?"

번뜩, 하고 욕심 많은 눈을 반짝이는 남작의 질문도, 젠지로의 입장에서는 최근에 몇 번이나 받은 질문이었다.

당연히 젠지로의 대답은 처음부터 준비해 둔 것의 반복일 뿐이었다.

"그래. 공작부에서 일하는 문관과 시녀에 관해서는 아우라 폐하께 물려받기로 계획되어 있네. 직속 기사단에 관해선 내가 완전히 문외한이라 말이야. 신뢰할 수 있는 자에게 일임했네."

원래 젠지로의 작위는 원수와 재상을 둔 탓에 상대적으로 축소된 여왕 아우라의 권력을 밖에서 보강하기 위한 것에 지나지 않았다.

극단적으로 말하면 '비르보 공작'이라는 작위를 달고 회의에 참석해 '네, 저는 아우라 폐하의 말씀에 찬성입니다' 하고 반복하는 것이 비르보 공작인 자신의 역할이라고 젠지로는 생각했다.

그래서 공작부도, 공작부와 공작의 몸을 수호하는 공작 기사단도, 대외적으로 체면이 서는 최소한의 인원이면 충분했다.

지금까지 젠지로는 여왕의 남편이라는 입장이어서, 남자 왕족이면서도 장식이라고 주변에 어필해 왔다.

처음에는 그래도 문제없었지만 여왕 아우라가 첫째——카를로스 젠키치를 임신한 즈음부터 추세가 수상해지더니, 지금은 젠지로를 무능한 장식으로 봐 주는 사람이 한 명도 없게 되었다.

임신 중인 여왕의 대리로서 각종 식전을 큰 문제 없이 운영하고, 항구 도시 발렌티아에서는 웁살라 왕국 제1 왕녀 프레야 공주와의 교섭을 마무리 짓고, 군룡 소동 때는 총지휘관으로서 무공을 올리고, 가질 변경백령에서는 나바라 왕국 사절단과의 사이에서 일어난 다툼을 이쪽이 압도적으로 우위에 서는 형태로 해결하고, 결국에 가서는 '순간이동' 마법을 습득해 샤로와 지르벨 쌍왕국에서 치유술사를 초빙해 왔기 때문이다.

그 움직임은 겸손하게 말해도 '무능'이나 '장식'이라는 말에는 해당되지 않는 것들이었다.

카파 왕국의 왕족으로서 부족함 없는 역할을 다할 수 있는 정도의 능력을 지닌 자.

사람에 따라 다소 차이는 있지만 젠지로의 평가는 그런 정도로 일치되어 가고 있었다.

그렇기에 젠지로는 지금까지 이상으로 자신의 언동에 주의했다.

왕의 배우자인 젠지로에게는 왕족으로서 살아갈 최소한의 능력이 있다. 그렇게 판단한 귀족 중에는 여자이면서도 상대하기에 버거운 여왕 아우라보다도 남자이면서 다루기 쉽지만 최소한의 능력은 있는 젠지로에게 나라의 주권을 쥐어 주고 싶다고 생각하는 자가 나와도 이상하지 않기 때문이었다.

지금 이 자리에서도 속으로는 그런 생각을 하는 자가 없다고 말할 수는 없었다.

얼굴에는 웃음을 유지하면서 주변에 경계의 시선을 내던지던 젠지로는 그 도중에 여러 사람이 모여 있는 곳을 발견하고 시선을 멈췄다.

이 행사장의 가장 많은 사람이 모여 있는 곳은 젠지로가 중심이 되는 이곳이었지만, 지금 젠지로가 발견한 사람들의 모임도 그에 뒤지지 않을 정도의 상당한 규모를 자랑했다.

그 중심에 있는 호화스러운 금발 여성을 발견한 젠지로는 일단 이 자리에서 도망치기 위한 적절한 구실을 발견한 기분이 되어 입을 열었다.

"쌍왕국에서 온 손님에게 인사를 아직 하지 않았군. 일단 여기서 실례하지."

그렇게 말하고 젠지로는 조금 빠른 걸음으로 그곳을 떠나 그 금발 여성이 있는 곳으로 다가갔다.

매너대로 숙녀를 위협하지 않도록, 일부러 상대의 시선에 들어갈 수 있게 크게 돌아 상대의 정면 방향에서 천천히 다가가면서 젠지로는 천천히 한쪽 손을 올리고 말을 걸었다.

"타라예. 오랜만, 이라고 할 정도는 아니었던가."

왕의 배우자이자 공작이라고 하는 최고 지위에 가까운 사람이 등장하자 그때까지 그 금발 여성——타라예 주변에 모여 있던 사람들의 장벽이 갈라졌다.

사람들의 장벽 너머에서 나타난 사람은 완만한 웨이브가 진 금발과 호박색의 눈꼬리가 처진 눈, 그리고 조금 흐릿한 갈색 피부가 인상적인 미녀였다.

북대륙 계열과 사막 계열의 혼혈이라 어느 민족이 봐도 눈에 띄는 특징을 겸비하고 있으면서도, 동시에 친근감도 느끼게 하는 신기한 매력을 지닌 사람이었다.

이래서는 안 보는 것이 실례가 아닐까? 하고 생각할 만큼, 풍만한 몸을 과시하듯이 가슴 부근이 크게 파인 노란색 드레스를 몸에 두른 타라예는 젠지로에게 붙임성 있는 미소를 짓더니, 드레스의 옷자락을 집고 예의 바르게 인사했다.

"젠지로 폐하 아니십니까. 아니, 지금은 비르보 공작님이라고 부르겠습니다. 배려해 주신 덕에 유의미한 시간을 보내고 있습니다."

기죽지 않고 그렇게 단언한 뒤, 타라예는 주변에 모여 있는 카파 왕국의 귀족들에게 시선을 돌렸다.

타라예 주변에 모여 있는 사람들은 타라예의 여성적 매력에 끌려온 남자들도 물론 많았지만, 의외로 젊은 여성도 많았다.

그 이유는 타라예가 그 몸에 걸치고 있는 장식품이었다.

반지, 팔찌, 귀걸이, 목걸이, 머리 장식, 브로치. 모두 그 재료는 순금이었다.

타라예가 매일 바꿔 가며 몸에 걸치는 그 물건들은 조금이라도 보석을 보는 눈이 있는 사람이라면 무심코 눈을 번쩍 뜰 정도로 우수한 물건들뿐이었다.

카파 왕국에 온 후, 적극적으로 사교장에 참가하는 타라예였는데, 소문으로는 지금까지 똑같은 것을 두 번 걸치고 나온 모습을 본 사람이 없다고 한다.

"그런가. 다행이군. 나나 폐하가 좀처럼 시간을 내기 힘들어 미안하지만, 그렇게 말해 주니 마음이 조금 가벼워지는구나."

젠지로는 그렇게 말하고 작게 웃어 주었다.

타라예가 값비싼 돈을 내고 젠지로에게 '순간이동'을 사용해 달라고 하면서까지 카파 왕국에 온 주된 목적은 '공간 차단 결계'의 마법 도구를 입수하기 위해서였다.

'공간 차단 결계'는 카파 왕가의 혈통마법인 시공마법의 일종이다.

사용할 수 있는 사람은 아우라와 젠지로밖에 없다.

그렇기에 타라예는 여왕 아우라와 직접 교섭을 하고자 신청했지만, 임신을 한 데다 재상, 원수, 공작의 취임 준비로 바빴던 아우라는 전혀 시간을 내지 못하고 있었다.

후궁에서 젠지로가 듣고 느낀 바로는 아우라는 금액에 따라서는 받아들이겠다는 태도였지만, 그것을 이 자리에서 전달할 수는 없었다.

그런 생각을 하며 젠지로가 다음에 할 말을 찾고 있는데, 타라예

는 원래부터 처져 있던 눈초리를 더욱 내리며 웃더니.

"네, 마음 쓰지 않으셔도 됩니다. 역시 남대륙 서부의 패권을 장악한 대국, 카파 왕국이군요. 사업의 씨앗은 다 주울 수 없을 만큼 굴러다니고 있어 따분할 틈도 없습니다."

그렇게 귀족의 딸로서는 조금 문제가 있는 발언을 확실히 입에 담았다.

타라예의 본가인 엘레멘타카트 공작 가문은 대금광을 보유한 금이 산출되는 영지에 있다.

타라예가 대량으로 가져와 사교의 장에 참가할 때마다 과시하듯이 금 세공품을 몸에 걸치는 것도, 그렇게 함으로 판매 루트를 확대한다는 의도를 가지고 하는 행동일 터다.

좋든 나쁘든, 타라예의 목적은 순수하게 사업이라는 사실을 알고 있기 때문에, 젠지로로서는 이렇게 이야기를 하고 있어도 정신적으로는 편한 상대였다.

선정적인 복장도, 너무 상쾌할 정도로 붙임성이 좋은 웃음도, 사업을 위한 것이라고 생각하면 오히려 친근감이 느껴졌다.

"호오, 그 유명한 쌍왕국 엘레멘타카트 공작 가문의 따님이 봐도 그 정도일 줄이야. 이 왕국 사람으로서 기쁜 평가군. 구체적으로 특히 신경 쓰이는 점을 가르쳐 줄 수 있을까?"

젠지로의 질문에 금발 미녀는 미소를 더욱 짙게 지으며.

"그야 물론이지요. 쌍왕국과 카파 왕국은 멀리 떨어진 나라라 가치가 완전히 변하는 것도 많답니다. 특히 주목해야 할 것은 목공(木工) 세공이네요. 카파 왕국의 훌륭함에 쌍왕국은 크게 미치지 못합

니다."

"그렇군. 그렇게 듣고 보니 아주 당연한 이야기야."

타라예의 말을 듣고 젠지로는 맹점을 찔린 듯이 감탄했다.

생각해 보면 당연한 이야기였다.

샤로와 지르벨 쌍왕국은 대국이지만, 그 국토의 80퍼센트 이상이 사막이라는 입지 조건이다.

마법 도구라는 반칙적인 물건의 존재 덕분에 보통이라면 불모의 땅에서 사람이 생활할 수 있게 되었지만, 당연히 카파 왕국 같은 열대우림을 인공적으로 만들어 내는 것은 불가능하다.

결과 쌍왕국에서는 목재가 희소한 재료가 되었고, 목공 세공을 전문으로 하는 기술자의 수도 실력도 카파 왕국과 비교하면 크게 뒤떨어졌다.

카파 왕국의 기술자들이 왕궁이나 고위 귀족의 저택에 납품하는 장식이 파인 목제 의자나 책상 등은 쌍왕국으로 가져가면 10배 이상의 가격이 붙는다고 한다.

향나무로 만드는 빗이나 머리 장식 등도 좋은 가격이 붙겠지.

"남는 것을 부족한 곳으로, 인가."

"그야말로 그게 사업의 기초입니다."

혼잣말처럼 중얼거린 젠지로의 말을 듣고 금발 미녀는 자신의 뜻과 같다는 듯이 환하게 웃었다.

목재 재원이 부족하다.

라는 말을 들으니 젠지로는 문득 목재의 또 다른 사용처를 떠올렸다.

"목재가 귀중하다면, 쌍왕국에서는 연료를 무엇으로 사용하고 있지? 역시 마법 도구인가?"

쌍왕국은 사막 나라. 낮이야 어쨌든 밤에는 쌀쌀해지고, 무엇보다 인간이 생활하는 이상 취사 등을 할 때는 불이 반드시 필요하다. 철을 단련할 때도 연료는 대량으로 소비된다.

그런 젠지로의 물음에 타라예는 조금 애매하게 웃었다.

"그러네요. 왕궁이나 귀족의 저택, 그에 더해 대장간의 불은 불의 마법 도구가 일반적이에요. 단지 알고 계시는 대로 마법 도구는 간단한 것이라도 귀중품이라 서민은 사막 백성에게 전해져 오는 전통적인 수단을 이용하는 듯해요."

사막 백성에게 전해지는 전통적인 수단이란 건조시킨 가축의 변이나 죽은 가축의 쓸모없는 부위를 건조시켜 연료로 사용하는 방식을 말한다.

특히 주룡이나 둔룡 같은 대형 초식룡은 매일 대량으로 변을 배출한다. 풀만 먹는 초식룡의 변은 말려서 태워도 불쾌한 냄새가 나지 않아, 편견만 같지 않는다면 꽤 뛰어난 연료에 속했다.

그렇지만 이런 왕궁 사교장에서 꺼내기에는 조금 어울리지 않기 때문에 타라예는 말을 흐린 것이리라.

그런 사실을 이해한 젠지로는 서둘러 대화의 궤도를 수정하려 했다.

"그런가. 카파 왕국의 농촌에서는 사용할 곳이 마땅치 않지만 성장이 빠른 초목을 '녹색 침략자'라고 부를 만큼 방해꾼 취급하는데 말이야."

실제로 카파 왕국의 농촌에서는 방심하면 논밭을 침범하는 초목이 최대의 적이라 해도 과언이 아니었다.

초목을 제거하는 수단이 인력과 가축화한 용 종류의 힘밖에 존재하지 않는 이 세계에서는 노동력이 부족한 벽지의 경우, 초목의 침략을 어찌하지 못해 밭을 축소할 수밖에 없는 일도 있다고 들었다.

"그렇게 사용할 곳 없는 초목은 방해가 되지 않도록 한꺼번에 태워서 버린다고 들었어."

"……부러울 따름이네요."

그 풍만한 가슴이 흔들릴 정도로 커다란 한숨을 쉰 타라예의 말에는 만감이 깃들어 있었다.

남는 것을 부족한 곳으로.

그렇다면 카파 왕국의 농촌에서는 불태워 버릴 정도로 쓸 곳이 없는 나무들을 연료로 수출하는 것은 어떨까?

순간 그런 생각을 했던 젠지로였지만, 곧장 그게 여의치 않다는 결론을 내렸다.

젠지로는 무심코 현대의 지구를 기준으로 생각하지만, 먼 나라에서 물자를 값싸게 수입할 수 있는 것은 효율적이고 거대한 유통망이 정비된 현대의 지구에서나 가능한 이야기다.

젠지로 자신은 '순간이동'이라는 반칙적인 이동 수단을 몸에 익혔기 때문에 금세 잊어버리기 쉬웠지만, 이 세계의 일반적인 이동 수단은 도보 이외엔 용차밖에 존재하지 않았다.

지구의 큰 말과 비교해도 반칙이라 할 만큼 엄청난 운반력을 자랑하는 용 종류이지만, 그래도 역시 철도, 트럭, 그리고 대형 화물선의 운반력과는 비교가 되지 않았다.

연료용 목재처럼 무겁고 부피가 큰 데다 대량으로 필요하며 너무 높은 값을 매길 수 없는 것을 한 달이나 걸려 운반하면 적자가 날 것이란 사실은 그다지 유통에 관해 잘 알지 못하는 젠지로도 쉽게 상상할 수 있었다.

"카파 왕국과 쌍왕국의 거리를 생각하면 목표는 가볍고 작은 고급품. 장식품이나 기호품 종류인가. 아니, 하지만, 목재를 그대로 가져가는 거야 힘들겠지만, 태워서 숯으로 만들면 결과에 따라서는 상품이 되지…… 않을까?"

젠지로의 중얼거리는 소리를 듣고 타라예는 그 호박색의 처진 눈에 황금빛을 싣고는 입을 열었다.

"흥미로운 이야기이네요. 카파 왕국산 숯이 현재 쌍왕국이 주변 나라에서 수입하는 목재 자원보다 값이 싸다면 그건 큰 비즈니스 찬스가 되리라고 생각합니다."

"아아, 그래."

동의를 표하면서 젠지로는 타라예에게 지적받은 문제를 고려하지 않았다는 사실에 내심 얼굴을 붉게 물들였다.

이것도 어떤 의미에서는 '순간이동'의 폐해였다.

카파 왕국과 쌍왕국을 '순간이동'으로 쉽사리 오간 젠지로에게는 아무래도 양국 사이에 다른 나라들이 포진해 있다는 실감이 크게 들지 않았다.

확실히 쌍왕국은 국토의 대부분이 사막인 나라지만 일부러 멀리 있는 카파 왕국까지 걸음을 하지 않더라도, 더 가까이에 사막이 아닌 국토를 지닌 나라도 있다.

아무리 카파 왕국에서는 공짜나 마찬가지인 목재라도 수송비를 계산에 넣으면 근처 이웃 국가와 경쟁해서 승리하기는 어려울 듯했다.

"거리의 벽은 높구나."

포기했다는 듯이 한숨을 흘리는 젠지로와는 달리, 타라예의 의욕은 전혀 줄어들지 않았다.

"그렇다면 카파 왕국에서도 특히 성장이 빠르고 쉽게 번성하는 초목의 씨앗을 나눠주실 수 없을까요? 그것을 영지에 뿌리내리게 할 수 있다면 무엇보다도 큰 복음이 될 겁니다."

쭉쭉 밀어오는 타라예의 공세에 젠지로는 일부러 숨기지 않고 쓴웃음을 지었다.

"타라예, 역시 그건 무리야. 이상할 정도의 번식력을 자랑한다고는 해도, 그건 카파 왕국에 있을 때의 이야기니까. 기후와 토양은 물론 모든 것이 다른 쌍왕국에 심어 봐야 헛고생으로 끝날 테지."

카파 왕국은 수자원이 풍부하고 토양이 비옥하다.

그런 카파 왕국의 환경에 적응한 초목이 매우 건조한 모래뿐인 쌍왕국의 사막에 뿌리를 내릴 수 있을 리가 없었다.

아니, 절대로 뿌리를 내릴 수 없다는 확신이 있다면 오히려 나눠줘도 상관없다.

문제는 기적이나 자연의 변덕으로 타라예의 기대대로 쌍왕국의 사막에서 이상 번식을 했을 경우다.

조금 전에 타라예는 '현재 쌍왕국이 주변 나라에서 수입하는 목재 자원보다'라고 말했다.

　즉, 현재 쌍왕국은 목재를 자급자족하지 못하고 있다는 말이었다.

　그런데 연료 이외에는 사용할 수 없다고는 하지만, 자급률을 올릴지도 모르는 초목의 씨앗을 나누어 준다면, 쌍왕국의 국력을 증강시키는 꼴이 된다.

　"밑져야 본전. 시험해 볼 수 있다면 시험해 보고 싶어요. 부탁드립니다, 비르보 공작님."

　"안 되지. 번식력이 강한 외래종은 생태계에 치명적인 악영향을 주는 경우도 있으니까. 애초에 내 권한으로 허가할 수 있는 이야기가 아니야."

　"'외래종'? '생태계'?"

　언령이 발휘되지 않는, 즉, 남대륙에서는 아직 존재하지 않는 개념에 타라예는 어리둥절한 표정을 지으며 고개를 갸웃했지만, 일단 강한 거절 의사는 확실히 느꼈다.

　덧붙이자면, 타라예의 본가가 있는 엘레멘타카트 공작령에 한정하면, 원래 사람이 육안으로 확인할 수 있을 수준의 생물은 존재하지 않는, 진정한 의미의 무(無)인 사막이기 때문에 많은 영향은 없을 테지만.

　그런 토지에 어떻게든 공작의 공도(公都)를 구축했으니, 마법 도구라는 물건의 반칙적인 능력이 어느 정도인지 알 수 있다.

　하여간 젠지로 입장에서는 계속 타라예 한 명에게 매달려 있을 수 없었다.

"그럼 타라예. 앞으로도 즐겁게 지내 주길 바라네."

"네. 비르보 공작님. 감사합니다."

두 사람이 웃는 얼굴로 헤어지자, 양쪽 모두 기다리고 있던 귀족들에게 순식간에 둘러싸이고 말았다.

---◆---

여왕인 아우라는 물론, 왕의 배우자일 뿐만 아니라 지금은 공작도 겸임하고 있는 젠지로에게 있어서도, 지금의 왕궁은 '바쁜 직장'으로 변해 있었다.

그런 여왕 부부에게 있어 후궁에서 지내는 밤 시간은 귀중한 평온을 즐길 수 있는 한때였다.

하지만 그런 후궁에도 번거로운 일을 전혀 가지고 오지 않을 수는 없다는 것이 슬픈 점이었다.

평소대로 목욕을 끝내고 낙낙한 실내복으로 갈아입은 여왕 부부는 '마주 보고' 소파에 앉아 대화할 수 있는 자리를 마련했다.

마주보고 이야기하는 것은 진지한 화제가 있을 때였다.

일단 먼저 말을 꺼낸 사람은 젠지로였다.

"그 모습을 보면 괜찮을 거라고는 생각하지만, 혹시 모르니 맨 처음에 이걸 확인해 둘게. 아우라, 몸은 괜찮아?"

일본에서 가져온 블루 스트라이프 파자마 차림을 한 젠지로는 몸을 앞으로 내미는 듯한 자세를 취하고 사랑하는 아내의 몸을 관찰

했다.

아우라는 얇고 낙낙한 잠옷 한 장만 입은 차림이었다. 그 배는 한눈에 봐도 알 수 있을 만큼 커져 있었지만, 그 외에는 특별히 이상한 점은 없는 듯했다.

그리고 아우라의 말은 젠지로의 바람을 긍정하는 것이었다.

"그래, 덕분에 아무 일도 없어. 이자벨라 전하의 치유마법은 굉장하더라고. 오히려 몸이 너무 좋아서 임신하고 있다는 사실을 잊어버리는 게 아닌지 무서울 정도야."

그 대답을 듣고 젠지로는 스윽 어깨의 힘을 뺐다.

거의 매일 밤 반복해서 묻는 질문과 대답이었지만 걱정이 많은 젠지로는 그만둘 수가 없었다.

"그래? 다행이야. 아무튼 미셸 의사와 이자벨라 전하가 있으면 만에 하나라는 것도 없을 거라고는 생각하지만."

"그래. 조금 전에도 말했듯이 몸의 상태 자체는 임신 전과 전혀 다름이 없어. 덕분에 일도 꽤 잘 되고 있고. 물론 곧장 푸죠르 녀석이 일을 저질러서 순조롭다고는 할 수 없지만 말이지."

코 주변에 주름을 만들며 불쾌감을 드러내는 아우라를 보고 젠지로는 쓴웃음을 지었다.

"그래, 여전하구나, 그 사람은. 이쪽은 대략 예상대로야. '비르보 공작'에 붙으려는 귀족들은 무난히 응대하고 있는 중, 이라고 생각해. 문제는 타라예 양이겠네. 사업에 관해서는 정말 생기가 넘치고 적극적이거든."

"호오. 그럼 그 점에 관해서도 자세히 가르쳐 줄 수 있을까."

그리고 여왕 부부는 매일 밤 하는 대로, 그날, 자신들이 보고 들은 정보의 공유를 시작했다.

나름대로 긴 시간을 들여 어긋남이 없도록 정보를 모두 공유했을 때, 젠지로가 크게 한숨을 내쉬었다.

"음, 뭐라고 해야 하지? 푸죠르 장군은 원수가 되어서도 여전하구나."

"푸죠르 자신은 여전하지만, 녀석을 둘러싼 환경은 크게 바뀌었어. 원수라는 지위를 얻은 것도 물론 그중 하나이지만, 역시 결혼한 것이 커."

"결혼. 루신다 씨인가. 확실히 겸손하고 총명해 보이는 사람이긴 했었어."

아우라의 말을 듣고 젠지로는 가질 변경백령에서 만난 현 기젠 가문 당주의 부인인 루신다를 떠올렸다.

용모는 결코 나쁘지 않지만 확실히 말해 수수한 인상이었다.

단, 푸죠르 장군이 나바라 왕국의 마르틴 장군과 인사를 나누고 호전적인 분위가 고조됐을 때나 마찬가지로 나바라 왕국의 크리스 기사장을 꼼짝 못하게 하여 그 신병을 인질로 잡으려 했을 때, 부드럽게 상황을 호전시킨 수완은 확실히 루신다의 높은 지성을 느끼게 했다.

"흐음. 무서운 것은 지성과 견식이 높다는 것뿐만이 아니야. 어디까지나 밖에서 봤을 때의 평가이지만, 현재로서는 그 푸죠르를 뜻대로 잘 다루고 있는 것처럼 보여."

그렇게 말한 여왕은 예삿일이 아니라는 듯이 한 번 혀를 찼다.

지금까지 푸죠르는 야심가이긴 했지만 전속력으로 앞만 보고 쭉 목표를 향해 내달리는 것밖에 모르는 듯한, 어딘가 서투른 점도 있었다.

말하자면 커브에 접어들어서도 감속하지 못해 벽에 부딪치면서 모퉁이를 돌아 오히려 시간을 잃는, 귀염성이 있었다.

그런데 루신다라는 지혜 주머니를 얻어 절묘하게 감속하고 고삐를 쥘 줄 알게 되어 최소한의 시간만을 잃고 커브를 빠져나가게 되었다는 이미지가 생겼다.

솔직히 여왕으로서는 별로 환영하기 힘들었다.

"으~음. 너무 낙관적인지는 모르겠지만, 그게 나쁜 걸까? 폭주하기 쉬웠던 푸죠르 장군……이 아니라 푸죠르 원수를 제어해 주는 사람이 나타났다는 것이 반드시 나쁘다고 생각하기는 힘든데."

말 그대로 낙관적인 말을 하는 남편에게 여왕은 이해를 표하면서도 고개를 좌우로 저었다.

"당신이 말하는 것도 일면 사실이긴 해. 현실적으로 푸죠르가 결혼한 뒤로 녀석의 언동을 내가 나무라는 횟수가 분명히 줄었거든. 현재의 푸죠르는 환영할 만하지만, 그건 녀석의 야심이 원수가 된 순간에 채워졌을 때에만 해당되는 거야. 원수 지위에 머물지 않고, 국군에 관한 더 많은 권력 확대를 푸죠르가 노리고, 그 움직임을 루신다가 정확하게 지원한다고 한다면, 성가시다는 말을 넘는 미래가 기다리고 있겠지."

"그건 확실히……."

아우라의 염려에는 젠지로도 찬동하지 않을 수 없었다.

푸죠르 기젠에게 있어 원수 취임은 큰 목표라는 점에는 의심의 여지가 없다. 하지만 그것이 최종 목표라는 보증은 어디에도 없었다.

푸죠르 기젠이라는 남자를 어느 정도 알고 있는 사람이 보면, 푸죠르 기젠의 야심에 '최종 목표'가 있다는 사실 자체에 위화감을 느낀다.

더욱더, 항상 위를 계속 목표로 하겠다는, 그런 끝없는 의지가 느껴지기 때문이다.

"혹시 갈 데까지 가면 왕위 찬탈이라든가 그런 이야기가 되는 거야?"

머뭇거리며 묻는 젠지로에게 여왕은 무슨 말을 들은 것인지 알수 없다는 듯 어리둥절한 표정으로 잠시 생각에 잠겼다.

아우라치고는 눈치가 없게도 생각하기를 십 몇 초. 이윽고 젠지로가 하고자 하는 말을 이해한 여왕은 크게 웃음을 터뜨리듯이 쓴웃음을 짓더니 딱 잘라 고개를 저었다.

"아, 그러고 보니 당신은 이세계의 사람이었어. 그렇구나. 이런 점에서도 상식이 어긋나다니. 결론부터 말하자면 왕위 찬탈은 있을 수 없는 일이야. 적어도 이곳 남대륙에서는 혈통마법을 지니지 못한 자의 경우 아무리 발버둥 쳐도 왕으로는 인정받지 못하니까. 어떤 의미에서 보면 왕족끼리 횡적으로 연결되어 있다고 해야 할까. 물론 얄궂은 일이지만."

그렇게 말한 여왕은 말 그대로 웃음에 얄궂다는 색을 언뜻 내보였다.

하지만 말하는 것은 전면적으로 사실이었다.

지난 대전을 예로 들 것도 없이, 서로 충돌했고 때로는 상대를 섬멸하는 것도 불사했던 각국의 왕족들이지만, '혈통마법'을 지닌 자만이 왕족이라는 가치관만은 일치했다.

그렇기에 남대륙에서는 '혈통마법'을 지니지 않은 자의 경우, 국내의 유력자까지는 될 수 있어도 나라의 대표자는 되지 못했다.

"그런 점은 푸죠르도 당연히 이해하고 있겠지. 최악 중의 최악의 경우라도 왕가를 괴뢰 정권으로 만들어 푸죠르가 실권을 쥐는 일은 있어도 왕가를 탈취해 바꿔 버리는 것은 할 수 없어."

"그렇구나."

마법이 존재하는 이세계이기에 가능한 상식에 젠지로는 감탄했다는 듯이 고개를 끄덕였다.

그리고 거기서 연상이 되어 오늘 낮에 만났던 금발 여성의 이름을 언급했다.

"그러고 보니 타라예의 엘레멘타카트 공작 가문도 부족 자체는 쌍왕국의 양 왕가보다 오래 전부터 사막이 있었지? 민족적으로도 문화적으로도 훨씬 남대륙의 상식에 가까운 네 부족──지금의 네 공작 가문은 아무래 애써도 왕가로는 인정받지 못했는데, 겉보기부터 생활양식까지 다른 샤로와 왕가와 지르벨 법왕가는 왕가로 인정을 받았으니, 정말로 '혈통마법'의 보유가 대전제구나."

"뭐, 그런 거지. 그런데 엘레멘타카트 공작 가문의 타라예 양은 꽤 활발하게 움직이는가 보지?"

여왕의 말을 듣고 젠지로는 웃으면서 긍정했다.

"응. 뭐라고 해야 하나, 겉보기와는 달리 순수한 사업가야, 그 사람은. 입을 열면 판매와 거래에 관한 것밖에 말을 안 하니까."

"내가 궁정에서 모은 소문으로도 그래. 단, 그런 것치고는 귀족들의 평판도 아주 좋아. 그런 몸매에 그렇게 선정적인 드레스를 두르고 있으면, 남자들에게는 호평을 얻어도 여성에게는 반감을 사는 경우도 있지만, 타라예 양은 놀랍게도 여성들의 평판도 좋은 모양이야."

여왕 아우라는 매우 바쁘고 임신 중이기 때문에 자신은 최근 사교계에 얼굴을 내밀지 못했지만, 소문을 모은 것에 의하면 타라예의 평판은 여성에게도 남성 이상으로 높았다.

젠지로는 그 정보를 긍정해 주었다.

"응, 그런 점도 수완 좋은 사업가다워. 사람의 환심을 사면서 미움을 받지 않도록 굉장히 신경 써서 행동하는 느낌이야. 확실히 남자가 좋아할 만한 옷을 입고 있지만, 철저히 자신을 '살아 있는 마네킹'으로 다루고 있으니, 여성의 반감을 사기 어려운 것인지도 모르지. 그리고 가장 중요한 것이 가지고 온 장식품──금 세공품의 영향일 거야. 귀족 여성들에게 굉장히 인기가 있거든. 꽤 고가인데도 날개 돋친 듯 팔리고 있는 모양이야."

"쌍왕국의 엘레멘타카트 공작령이라고 하면 금의 본고장이니까. 옛날에는 순수하게 금광으로서의 역할에만 집중했지만, 역대 엘레멘타카트 공작이 끈질기게 기술자를 길러 지금은 금 그 자체가 아니라 가공한 금 세공품이나 금화 같은 형태로 출하하고 있어. 마법 기술의 도움도 있어 역시 샤로와 왕가의 기술자들에게는 한 발 미치지

못하지만, 일반적인 기술자로서는 최고봉

이겠지. 나도 추천했을 때 하나 정도는 구입해 두지 않으면 체면이 살지 않을 거야."

여왕은 그렇게 말하더니 성가시다는 듯이 고개를 빙글빙글 돌렸다.

물론 타라예는 여왕 아우라에게 어울리는 훌륭한 제품을 보내주었다. 하지만 그건 그거고, 이토록 왕궁 내의 여성들에게 평판이 좋은 물건이니, 여왕이 직접 지갑을 열어 하나 구입해 둘 필요도 있었다.

그것은 취미라기보다는 외교의 일환이었다. 아우라도 여성으로서 아름다운 장식품에 나름대로 마음을 빼앗기기야 하겠지만, 이런 구매는 솔직히 성가시다는 생각이 앞선다.

아내의 말을 듣고 문득 깨달은 젠지로가 말했다.

"어? 그건 혹시 나도 사 두는 편이 좋은 건가? 그러니까, 아우라의 선물로서, 라든가."

불과 얼마 전까지의 젠지로라면 왕족이라고는 하지만 독자적인 재원도 없는 몸이었기 때문에 필요 없는 생각이었지만, 지금의 젠지로는 '비르보 공작'으로서 적기는 해도 자신의 지갑을 가지고 있었다.

그렇다면 이런 기회에 아내에게 선물을 하지 않으면, 대외적으로 안 좋은 일이 아닐까? 그런 젠지로의 말을 듣고 여왕은 조금 생각을 한 뒤 긍정했다.

"흐음. 내가 직접 이런 말을 하는 것도 뭐하긴 하지만, 확실히 그건 당신의 말대로야. 왕족의 경우, 부부 사이라고 해도 서로가 서로를 알고 있으면 충분하다라고는 할 수 없으니까. 틈을 보이지 않고, 사이가 좋다는 것을 어필해 둘 수 있다면 그렇게 하는 게 좋겠지. 단지, 그런 경우, 당신이 구입해야 하는 것은 하나가 아니라 두 개여야 해."

두 개. 그 말을 듣고 조금 생각하던 젠지로가 그 뜻을 파악했다.

"아, 프레야 전하."

"그래. 이미 프레야 전하는 사실상 당신의 측실로 들어간 몸이니까. 나에게만 선물을 보내면 프레야 전하와 사이가 나쁘다는 소문이 퍼지게 돼. 단, 선물에는 명확한 차이가 필요하지. 여왕인 나와 측실인 프레야 전하에게 같은 선물을 보낸다고 하더라도 확실히 차이를 주어야 해. 그렇지만 프레야 전하도 다른 나라의 제1 왕녀니 말이야. 너무 과한 차이는 그것도 역시 실례가 되어 버려."

"우아악……. 성가셔."

여왕의 설명을 듣고 젠지로는 무심코 하늘을 보고 약한 소리를 내뱉었다.

그래도 간신히 마음을 다잡은 젠지로는 앉은 자세를 고치고, 확인하듯이 아내에게 물었다.

"좋아. 그런 세세한 주문은 타라예에게 부탁해도 괜찮을까?"

"괜찮을 거야. 그렇다기보다는 타라예 양이 당신이 말하는 정도의 상인이라면 틀림없이 미리 당신의 손을 거쳐 나와 프레야 전하에게 보내기에 어울리는 보석품을 특별히 준비해 왔겠지."

"응, 왠지 그럴 것 같아."

타라예가 '매번 감사합니다'라고 웃으면서 준비해 둔 특별한 보석 제품을 두 개, 스윽 내미는 것이 쉽게 상상이 되어 젠지로는 쓴웃음을 지었다.

"그렇게 되면 우리나라에서 쌍왕국으로 흘러가는 재화가 너무 많아져. 저편의 제안을 받아들이는 것은 마음에 들지 않지만, 역시 '공간 차단 결계' 의뢰를 받아들여 지불하는 금액을 상쇄하고 싶어."

"그래. 타라예로서는 그게 진짜 목적이지?"

타라예의 본가인 엘레멘타카트 공작령을 떠받치고 있는 것은 대금광. 하지만 그 금광맥은 지반이 약한 사막 안에 있다.

때문에 흙 마법, 바람 마법의 마법 도구를 사용함에도 낙반으로 인한 사망자가 매년 나오는 모양이었다.

금광산에서 일하는 광부의 수입은 그 위험을 생각해도 일반 서민에게는 충분히 매력적이라 간신히 결원은 매년 보충되고 있었지만, 사망자를 줄일 수 있다면 그보다 나은 일은 없었다.

"그렇다면 '공간 차단 결계' 마법 도구를 만드는 것은 기정 노선인가. 그 경우 이쪽 담당은 나? 아우라?"

'공간 차단 결계'는 젠지로가 맨 처음에 사용 가능하게 된 마법이다. '공간 차단 결계', '끌어당기기', '순간이동'. 젠지로가 사용할 수 있는 마법은 이 세 가지뿐이었지만, 그 세 가지라면 마법 도구화의 협력자는 아우라가 아니라 젠지로라도 문제없다.

그런 젠지로의 질문에 여왕은 조금 시선을 천장으로 올려 생각한 후, 입을 열었다.

"그건 내 할 일이야. 마법 도구화를 담당하는 사람이 프란체스코 전하가 될지 보나 전하가 될지는 모르겠지만, 어느 쪽이든 간에 왕궁 내에서 해결해야 할 일이거든. 그렇다면 항상 왕궁에 있는 내가 더 성가신 일이 적어."

항상 왕궁에 있는 아우라가 담당한다. 뒤집어 말하면 젠지로는 항상 왕궁에 있을 것이라고는 단정할 수 없다.

그런 말투에 지난 예정을 떠올린 젠지로는 웬일로 조금 얼굴을 일그러뜨렸다.

"아, 역시 내가 북대륙에 가는 건 결정된 사항이라고 생각하는 편이 좋을까?"

젠지로의 말을 듣고 여왕은 조금 자세를 고치더니 진지한 표정을 지었다.

"그래. 솔직히 여러 조건을 생각해 보면 그게 최선이야. 당신에게만 부담을 안겨 주는 것은 마음 아프지만 말이지."

내년 초, 프레야 공주 일행의 '황금나뭇잎호'는 북대륙에 있는 웁살라 왕국을 향해 출발할 예정이다.

그때 젠지로가 동승해 웁살라 왕국에 가 줄 수 없겠는가, 하는 것이 여왕 아우라의 제안이었다.

젠지로가 북대륙에 간다는 것은 여러 가지 의미에서 카파 왕국에 이득이었다.

먼저 첫 번째로 프레야 공주의 측실 이야기가 원만하게 진행되기 쉽다.

카파 왕국 측과 프레야 공주 자신 사이에서는 이미 확정된 사항이 된 측실 이야기였지만, 읍살라 왕국의 본국 사람들에게 있어서는 아닌 밤중의 홍두깨인 이야기였다.

게다가 젠지로는 왕이 아니다. 어디까지나 국서(國壻), 여왕의 배우자에 불과했다.

자국의 제1 왕녀를 다른 나라 왕의 배우자에게 측실로 준다는 것에 저항을 느끼지 않을 왕족은 없을 터.

그대로 인정해 버리면 대외적으로는 카파 왕국이 주인이고 읍살라 왕국이 종이라는 인상을 주고 만다.

하지만 프레야 공주를 원하는 젠지로 자신이 100일 가까운 시간을 들여 북대륙까지 간 뒤, 상대 왕족에게 직접 '프레야 공주를 주십시오'라고 자청하는 성의를 보이면, 상대도 이야기를 받아들이기 쉬워지게 된다.

두 번째로 젠지로라는 가장 신뢰할 수 있는 사람이 북대륙의 모습을 직접 보고 올 수 있다는 이점이다.

이것은 거의 반 정도 아우라의 감이었지만, 아우라는 지난 쌍왕국의 대응에서 조금 수상쩍은 느낌을 받았다.

왜 쌍왕국의 샤로와 왕가는 그렇게까지 이쪽이 강한 제안을 했음에도 교섭하려고도 하지 않고 양보했는가?

그와 비슷할 정도로 위화감을 느낀 것이 쌍왕국의 프레야 공주를 향한 환대와 높은 관심이었다.

쌍왕국은 북대륙의 동향에 위기감을 느끼고 있는 것이 아닌가? 그런 의문을 푸는 의미에서도 젠지로가 북대륙에 가 준다면 고마울 듯했다.

게다가 젠지로는 '디지털카메라'와 '휴대전화', 그리고 '휴대용 음악 플레이어'라는 동영상, 정지화면, 음성 등을 기록할 수 있는 기구를 여러 개 가지고 있다.

보고 온 사람의 이야기를 전해 듣는 것뿐만이 아니라, 그런 영상이나 음성을 아우라 자신이 직접 확인할 수 있다면, 얻을 수 있는 정보량은 압도적으로 늘어난다.

그리고 세 번째. 이게 결정적인 것인데, 지금의 젠지로는 '순간이동'을 사용할 수 있다.

물론 웁살라 왕국의 허가를 받아야 하는 것이지만, 웁살라 왕국의 왕궁이나 왕도 일각에 카파 왕국의 대사관 같은 것을 설치한다면, 앞으로 소수이기는 하지만 카파 왕국과 웁살라 왕국은 '순간이동'으로 오갈 수 있을 가능성이 생긴다.

장래에는 프레야 공주가 카파 왕국으로 이주한 후에도 가벼운 마음으로 고향으로 돌아갈 수 있게 된다.

그 전 단계로서도, '순간이동'을 사용할 수 있는 젠지로가 웁살라 왕국에 가 준다면, 상대 대표를 젠지로가 '순간이동'으로 카파 왕국에 데리고 올 수 있다.

역시 프레야 공주의 아버지인 현재의 국왕은 어려울 테지만, 프레야 공주 이외의 왕족을 카파 왕국으로 초대해, 여왕 아우라가 직접 교섭한다면, 교섭도 원만히 진행될 테지.

여러 방향에서 생각해 봐도 역시 젠지로가 '황금나뭇잎호'에 승선하는 것이 최선이라고, 여왕 아우라는 결론을 낼 수밖에 없었다.

젠지로도 그런 논리는 잘 알았지만, 지금까지의 발렌티아행, 가질 변경백령행, 그리고 쌍왕국행과는 달리 간단히 결단을 낼 수 없었다.

"으~음. 하고 싶은 말이 뭔지는 알겠지만, 물론 잘 알지만, 솔직히 무섭지."

그건 젠지로의 매우 솔직한 감상이었다.

측실이 될 소녀도 하는 일인데 자신이 하기 무섭다고 말하는 것은 역시 조금 겸연쩍었지만, 사실이니 어쩔 수 없는 일이었다.

"목조 범선으로 100일 가까운 시간이 걸리는 대륙 간 항행은, 내 감각으로 말하면 솔직히 제정신이 아닌 수준이거든. 일반인은 물론 평범한 행상인도 나서지 못할 거야. 인생이 도박 수준인 모험자, 모험 상인이 할 일 아닐까."

"흐음. 그런가."

별로 실감이 없는 모습으로 여왕은 고개를 갸웃했다.

이 세계의 기본적인 지식은 젠지로보다 훨씬 뛰어난 아우라였지만 장기 항행과 대형 범선에 관한 지식은 예외적으로 상당히 부족했다.

이것은 남대륙 전체가 바다 밖으로 향한다는 것에 관한 의식이 낮기 때문으로, 아우라 탓은 아니지만, 그 탓에 아우라는 대륙 간 항행의 위험이나 그것에 잠재되어 있는 위험을 그다지 이해하지 못하는 점이 있었다.

"응. 진정으로 목숨을 건 위업이야. 하물며 프레야 공주는 북대륙에서도 북부에 위치한 웁살라 왕국에서 남대륙에서도 중서부에 위치한 카파 왕국까지 왔으니까. 내가 있던 세계라면 교과서는 호들갑스러울지 모르지만, 조금 자세한 역사서에라면 이름이 충분히 실릴 수 있을 만한 사람이야."

"그렇군."

여왕은 측실이 될 예정인 여성에게 순수한 경의를 표하는 남편의 말을 듣고 납득이 간다는 듯이 고개를 끄덕였다.

듣고 보니 이해가 되는 이야기였다.

되돌아보면 젠지로는 프레야 공주에게 처음부터 어딘가 모르게 경의를 표했었다.

연애 감정과는 다르지만, 처음부터 경의라는 이름의 호의를 품고 있었던 상대였기에, 프레야 공주의 대시에 저항하기 힘들었던 것인지도 모른다.

젠지로는 팔짱을 끼고 생각했다.

"뭐, 국익을 생각하면 아우라가 하는 말이 옳다는 건 알아. 그래서 가능한 한 받아들이고 싶기는 해. 하지만 왕족으로서 어울리지 않는 말을 하자면, 아무리 국익을 위해서라는 것을 안다고 해도 목숨의 위험을 감수할 만한 배짱은 없거든."

딱 잘라 단언하는 젠지로에게 여왕은 입매에 미소를 지으며 긍정했다.

"그건 그거대로 전혀 부끄러워할 것 없는 가치관이야. 물론 승부처에 자신의 목숨을 걸 수 있는 사람이 더 왕족으로서 주변의 평가가 높은 것은 확실하겠지. 하지만 그것도 정도의 문제야. 겁내는 것을 부끄러워하는 것. 목숨의 위험에 둔감해지는 것. 그것도 도가 지나치면 되돌릴 수 없는 일이 되지……."

그렇게 말하며 조금 먼 산을 쳐다보는 아내를 보고 젠지로는 잠시 할 말을 잃었다.

지난 대전에서 아우라를 남기고 전멸해 버린 카파 왕가. 그 안에는 지금 아우라가 말한 것과 같은 인물도 있는 거겠지.

젠지로와 아우라는 가족이지만 아우라의 기억 속에 있는 그러한 인물은 아우라에게 있어 소중한 가족이라도, 젠지로에게는 일면식도 없는 타인이다.

위로의 말도, 공감의 말도, 피상적이 될까 봐 섣불리 말할 수 없었다.

젠지로가 어떻게 반응하면 좋을지 몰라 침묵을 지키고 있는 사이에 아우라는 직접 그 마음을 떨치더니, 아무렇지도 않다는 듯이 말을 계속했다.

"아무튼 당신의 반응은 전혀 이상하지 않아. 하지만 국익을 생각해 당신이 북대륙으로 가 주길 바라는 것도 확실해. 그렇다면 나로서는 당신이 '이 정도라면 괜찮다'라고 확신을 가지고 '황금나뭇잎호'에 승선할 수 있도록 손을 다 써야 한다고 생각하고 있어. 일단 지난번의 쌍왕국 방문을 계기로 '황금나뭇잎호'에는 '진수화', 그리고 '잔잔한 바다'라는 국보급 마법 도구가 탑재되게 되었지. 물론 마법 도구의 수송은 육로를 이용하니 도착은 조금 더 후가 되겠지만, 프레야 전하가 말하길 그게 있으면 대륙 간 항행은 지금까지와는 비교도 할 수 없을 만큼 안전해진다고 했어. 젠지로, 당신의 의견은 어떻지?"

진지한 표정으로 그렇게 묻는 여왕에게 왕의 배우자는 마찬가지로 진지한 표정으로 고찰했다.

"그렇, 겠구나. 일단 해상에서 물 걱정이 없어진다는 것은 상당히 크다고 생각해. 프레야 전하 자신도 '진수화' 마법은 사용할 수 있다는 모양이기도 하고 말이야. 가져가야 하는 물의 양이 줄어든다는 것은 식량을 비롯한 다른 것을 더 가지고 갈 수 있는 여지가 늘어난다는 것으로, 그런 의미에서도 안전성은 더 올라가. 게다가 '잔잔한 바다'가 정말로 말 그대로의 스펙이라고 한다면 사고 확률은 틀림없이 격감할 거야."

젠지로는 그 점에 관해서는 인정했다.

하지만 이쪽 세계의 바다에는 해룡이라고 하는 용 종류가 있다고 한다.

지구의 대왕고래보다도 크고 공격성은 비교가 되지 않을 정도의 해룡도 있다고 하니, 단순한 항해상의 위험에는 대처할 수 있어도 좀처럼 안전하다고는 단정할 수 없었다.

"그렇다면 그다음으로는 '순간이동' 마법 도구를 프란체스코 전하에게 만들어 달라고 할 생각이야. 당신도 '순간이동' 마법은 습득했지만, 긴급할 때에는 발동할 수 없지? 마법 도구라면 간단한 조작——마법 도구를 강하게 쥔다든가, 손에 들고 마법어로 한마디 외친다든가처럼, 본인의 정신 상태와는 관계없이 발동할 수 있도록 설정할 수 있어. 그것이라면 유사시에 당신 혼자라면 도망칠 수 있겠지."

　그것은 같은 배에 탄 프레야 공주나 젠지로의 호위 기사들을 버린다는 것과 같은 의미였지만, 젠지로도 여기에서는 그 점에 관해 따로 언급하지는 않았다.

　긴급할 경우, 카파 왕국의 입장에서 반드시 살아 돌아왔으면 하는 사람은 젠지로뿐이었다.

　"……'순간이동'은 카파 왕가의 비장의 무기이니까, 어떤 형태이든 마법 도구화하지 않는다는 것이 카파 왕가의 방침이라고 들었는데, 아우라는 이번 일에 그것을 무시할 정도의 이득이 있다고 생각하는 거야?"

　젠지로는 만약을 위해 그렇게 확인해 보았다.

　물론 이번 일이란 젠지로를 북대륙으로 보낸다는 이야기였다.

　젠지로를 북대륙으로 보낸다. 하지만 젠지로는 신변의 안전이 보장되지 않아 망설이고 있다. 그렇다면 '순간이동' 마법 도구를 만들어 안전을 확보하겠다.

　그것은 젠지로를 북대륙에 보내는 것이 카파 왕가가 오래도록 터부시했던 '순간이동'의 마법 도구화를 허용해서라도 성공시킬 가치가 있다고 여왕 아우라가 생각하고 있다는 증거였다.

　실제로 여왕은 고개를 끄덕였다.

　"그래. 아내로서의 의견은 말할 것도 없지만, 여왕으로서도 당신은 절대 잃고 싶지 않은 인재야. 그에 더해 북대륙에 당신을 보내는 것도 왕국의 이익을 생각해 가능한 한 실현시키고 싶어. 당신의 안전 확보와 당신을 위험한 곳으로 보내는 것. 상반되는 두 가지를 동시에 성립시키려면 '순간이동'의 마법 도구화도 작은 문제라고 나는 판단하는 중이야."

"으으음."

아내가 왕으로서 내린 판단을 듣고 젠지로는 조금 서운함을 느끼면서도 그전의 '아내로서의 의견은 말할 것도 없지만'이라는 대목에 자연히 뺨이 누그러졌다.

확실히 긴급할 때, 정신 상태에 상관없이 '순간이동'을 발동할 수 있는 마법 도구가 있다면 젠지로의 위험은 확 낮아진다.

젠지로의 감각으로 따지면, 이 안전장치를 통해서 목숨의 위기 그 자체는 현대 일본에서 비행기에 탑승하는 것보다 낮아진다는 이미지였다.

그에 더해 여왕은 지금 생각났다는 듯이 덧붙였다.

"아, 그렇지. 하나 더 보험을 든다고 한다면, 타라예 양이 원하는 '공간 차단 결계' 마법 도구는 어떨까? '순간이동' 정도는 아니지만 이쪽도 몸의 안전을 지키는 데에는 어느 정도 도움이 될 거라 생각하는데."

아우라의 말을 듣고 젠지로는 놀라움을 감추지 않았다.

"어? 그건 배 위에서 '공간 차단 결계'를 발동할 수 있다는 거야?"

그게 가능하다면 어떤 의미에서는 '잔잔한 바다' 이상으로 마음 든든한 방어 수단이 된다.

환해진 젠지로를 보고 여왕은 웃으며 고개를 가로저었다.

"아니, 그런 건 아니고. 그건 북대륙에 상륙한 뒤의 방비 수단이야. 육상에서 무언가 위험과 조우했을 때, '공간 차단 결계'의 마법 도구를 사용하면 일시적인 '농성'을 하면서, 태세를 정비할 수 있으니까."

"그렇구나……."

젠지로는 이해했다는 듯이 고개를 끄덕이면서도 머릿속으로는 완전히 별개의 사용법을 생각했다.

"젠지로?"

의아한 목소리로 말을 거는 아우라에게 잠시 생각한 후 젠지로는 방금 떠오른 아이디어를 말해 주었다.

"저어, 아우라? 나도 '공간 차단 결계'를 사용할 수 있어 아는데, 그 마법의 효과 범위는 그다지 넓지 않지? 기껏해야 이 거실의 절반 정도일까? 그런데 그 효과 범위를 넓힐 수는 없을까? 구체적으로는 '황금나뭇잎호'가 쏙 들어갈 정도로."

그것만으로도 젠지로가 무엇을 말하고 싶은지 이해한 거겠지.

여왕은 작게 웃더니.

"그래. 그게 가능하다면 확실히 '공간 차단 결계'의 마법 도구는 '잔잔한 바다'와 마찬가지 효과를 가지겠지. 그런데 이론상으로는 가능하겠지만 현실적으로는 불가능하다는 게 내 생각이야. 마법의 개량은 매우 성가시거든. 이게 4대 마법이라면 에스피리디온이나 파스쿠알라의 힘을 빌릴 수 있겠지만, '공간 차단 결계'는 시공마법이 잖아. 개량할 수 있는 사람은 나와 당신밖에 없어."

그렇게 말하며 작게 어깨를 으쓱했다.

그 대답을 듣고 젠지로도 한숨을 내쉬었다.

"아, 그러면 어렵겠네."

젠지로는 물론 여왕 아우라도 마법에 관해서는 별로 자세히 아는 사람이 아니다.

물론 젠지로와는 달리 왕가에 전해지는 '시공마법'은 문제없이 체득하고 있지만, 그것은 올바른 마법어를 통째로 암기하고 있을 뿐으로, 마법어에 정통하여 그 의미를 이해하고 있는 것은 아니었다.

대전 전에는 마법 연구에 정통한 왕족도 있었다는 듯하지만, 젠지로나 아우라에게 그렇게까지 할 만한 여유는 없었다.

"좋아. 우선순위는 낮지만 준비된다면 가지고 가고 싶어. '공간 차단 결계'의 마법 도구도 부탁할 수 있을까?"

젠지로의 무슨 말을 하는지 의미를 이해한 여왕은 조금 놀랐다는 듯이 눈을 크게 뜬 후, 기쁘게 입매를 누그러뜨렸다.

"가 주는 거야?"

가지고 가고 싶다는 것은 젠지로가 북대륙으로 가는 것을 전제로 한 말이다.

여왕의 시선을 정면으로 받으면서 왕의 배우자는 작게 고개를 끄덕였다.

"응. 그렇게까지 대책을 세워 준다면 확실히 목숨의 위험은 최소한으로 억제할 수 있으니까. 그것만 극복하면 나도 처음부터 북대륙에는 가 두는 편이 좋다고 생각했어."

물론 개인적인 생각을 말하면 젠지로서는 설사 목숨의 안전이 보장된다고 하더라도 북대륙에는 가고 싶지 않았다.

일국의 왕을 상대로 여왕의 남편이라고는 하지만 기본적으로는 평범한 회사원에 지나지 않는 자신이 '폐하의 제1 왕녀를 저에게 주십시오. 아, 그런데 저는 이미 결혼했으니 당신의 딸은 측실입니다'라고 말을 하러 가는 것이다.

도망칠 수 있다면 도망치고 싶었다.

하지만 그래도, 경과야 어쨌든, 최종적으로는 프레야 공주를 측실로 받아들이는 것은 젠지로이니, 아버지에게 인사하러 가서 이 특수한 결혼을 허가해 달라고 하는 것은 자신의 역할이라고 젠지로는 생각했다.

"고마워, 젠지로. 당신의 헌신에는 정말로 어떻게 보답하면 좋을지 모를 정도야."

눈을 가늘게 뜨고 웃는 아우라를 보고 젠지로는 쑥스러움을 감추듯 조금 빠르게 말했다.

"아, 응. 그건 지금의 후궁 생활이 그대로 나에게는 잔돈이 되고도 남을 만큼 행복 그 자체니까."

"……기억해 둘게."

젠지로가 쑥스러움을 숨기려고 한 말을 듣고 여왕 아우라는 의외로 진지한 표정을 지으며 고개를 끄덕였다.

아내의 예상과는 다른 반응이 조금 신기했던 젠지로였지만, 지금은 연상 작용으로 인해 떠오른 질문을 던지는 것을 우선했다.

"그러고 보니 문득 생각났는데, 또 다른 손님인 아니미얌 공작 가문의 피크리야는 어떻게 됐을까? 에스피리디온과의 마법 회담을 희망해 이곳으로 왔는데, 아직 실현되지 않았지?"

"그래. 피크리아 양은 타라예 양과는 대조적으로 필요 최소한만 사교장에 얼굴을 내비치니까. 아무래도 정말로 마법 지식을 더욱 갈고닦기 위해서만 이쪽으로 온 모양이야."

생각이 떠올랐는지 어딘가 재미있다는 듯한 표정으로 여왕 아우라는 그렇게 말했다.

"에스피리디온과의 면담은 아직 성립되지 않은 거지?"

"그래. 할아범은 가도 정비를 위해 마침 내 '순간이동'으로 날려보낸 참이었으니까. 돌아오는 길은 군의 용차를 이용하라는 식으로, 잠시 휴식을 줬어. 아무래도 나이가 나이라 무리를 하게 할 수는 없지."

그렇게 말하고 아우라는 떨떠름한 표정을 지었다.

우기로 인한 수해로, 여기저기의 가도가 토사 붕괴와 진흙으로 차단되는 것은 카파 왕국에서는 이제는 매년 일어나는 풍물시에 가깝다고 할 수 있었지만, 올해는 니르다 가질을 시작으로 한 '명부'의 문제도 있었기 때문에, 예전보다 빠른 속도로 가도의 정비를 실시했다.

보통 마력량이 많은 사람은 세밀한 제어를 껄끄러워하는 법이지만, 궁정 필두 마법사인 에스피리디온은 예외였다.

왕족에 준할 만큼의 마력량을 자랑하면서 섬세한 마력 제어도 특기인 것은 물론, 자연에 관한 지식도 풍부해 4대 마법을 폭넓게 습득한 에스피리디온은 가도 정비에 딱 맞는 인재였다.

"피크리야에게서 맡아 둔 마법 연구 논문은 일단 에스피리디온이 출발하기 전에 건네줬지만 벌써 읽었을까?"

생각을 떠올리면서 젠지로가 그렇게 중얼거렸다. 젠지로의 기억으로는 피크리야의 '연구 논문'은 상당한 두께였다. 이쪽 세계의 용피지는 젠지로가 지구에서 가지고 온 복사 용지 등과 비교하면 한장 한 장이 훨씬 두꺼웠기 때문에 단순히 비교할 수는 없었지만, 하루아침에 훑어볼 수 있는 양이 아닌 것만은 확실했다.

하지만 그런 젠지로의 걱정은 아랑곳하지 않고 여왕은 선뜻 가볍게 말했다.

"응, 출발하기 전에 전체적으로 다 훑어본 모양이야. 전체적으로 치졸하고 구멍이 많은 고찰이지만 참신한 발견이 몇 가지인가 있다고 하며 눈을 반짝이더군."

"와아. 그럼 기대할 만할까?"

젠지로가 받은 의뢰는 '순간이동'으로 왕복시켜 달라는 것뿐이었기 때문에 회담이 성립되지 않아도 영향은 없었지만, 피크리야가 목적을 이룰 수 있다면 그보다 나은 것은 없었다.

"글쎄. 아마 가까운 시일 내로 할아범이 피크리야 양을 초대하겠지. 번거롭겠지만 혹시 모르니 맨 처음만이라도 당신이 동석해서 내용을 확인해 주지 않겠어?"

여왕의 말을 듣고 젠지로는 가볍게 고개를 끄덕였다.

"좋아. 확실히 맨 처음 정도는 상황을 봐 두는 편이 좋을 것 같아. 물론 에스피리디온이라면 괜찮을 것 같지만. 피크리야 양도 이지적인 사람이고."

"그래, 만약을 위해서야."

아우라가 그렇게 대답했을 때, 두 사람 사이에 흐르던 긴장감이 탁 하고 끊어졌다.

"……성가신 이야기는 이것으로 끝, 인가?"

"그래. 오늘은 이것으로 충분해 보여."

아내의 대답을 듣고 남편은 맞은편 소파에서 일어나 아내가 앉아 있는 소파의 옆으로 가서 다시 앉았다.

하나의 소파에서 몸을 서로 기댄 젠지로와 아우라.

"잠깐 괜찮아?"

"그래."

젠지로는 그렇게 말해 아우라의 허가를 받더니, 눈에 띄게 부풀어 오른 사랑하는 아내의 복부에 살짝 한쪽 손을 올렸다.

"………정말로 이 아이는 얌전하네. 아, 지금 움직였지?"

"응. 그런데 건강하게 자라고 있다는 것은 미셸과 이자벨라 전하가 보증해 줬어. 미셸이 말하길 이 정도는 개인차의 범위 내래."

아내와 남편의 대화는 평온하게 서로를 사랑하는 가운데 계속되었다.

"얌전하니 역시 여자아이일까? 이름은 이번에도 나와 아우라에게서 하나씩?"

"그래, 그렇게 해야겠지. 나는 이미 정했어. 남자아이의 이름과 여자아이의 이름. 하나씩 후보를 준비해 뒀지."

"우와, 선수를 빼앗겼어. 나는 어떻게 하지? 젠키치처럼 내 이름에서 한 글자를 따오고 싶지만 그러면 읽는 법이 그대로인 이름이 따로 떠오르지 않는데. 남대륙 서방어는 표음문자이니, 하나의 문자에 복수의 읽는 법이 있다는 감각을 다른 사람은 잘 이해해 주지 못할 것 같아."

"그렇다면 아이들이 남대륙 서방어를 다 배운 뒤에 당신의 모국어도 가르쳐 주자. 당신이 가지고 온 도구를 조작하기 위해서도 어느 정도는 당신의 모국어에 정통해 두는 것은 헛수고가 되지 않을 테니까."

"아, 그런가. 그것도 좋을지 모르겠어."

태어나게 될 아이에 대해. 미래에 대해. 젠지로와 아우라는 두서없이 밝은 미래에 대해 계속 이야기했다.

[제2장] 늙은 현자와 마법 연구자와 지켜보는 사람

　그리고 열흘 후.

　카파 왕국의 왕도는 대행렬을 자랑하는 손님을 맞이했다.

　샤로와 지르벨 쌍왕국에서 육로를 타고 멀리서 온 교대 요원들이었다.

　인원수에 비교해 용차가 많은 것은 여행에 익숙지 않은 여성의 비율이 높기 때문일 테지.

　책임자부터가 여성이다. 브로이 후작 가문의 양녀 루크레치아 브로이.

　루크레치아와 자신의 시녀는 물론, 한 발 앞서 '순간이동'으로 카파 왕궁에 들어온 타라예와 피크리야의 시녀, 그에 더해 지난번에 절반 정도를 귀성시킨 보나 왕녀의 시녀 교대 요원 등도 포함되어 있었다.

　며칠 전, 동쪽 국경을 지키는 무주익 요새에 들어온 시점에 소비룡편으로 상세한 내용이 전달되었기 때문에, 루크레치아 일행을 왕도로 받아들이는 절차는 비교적 순조롭게 진행되었다.

　왕도의 경비는 왕도 경비대가 조금 서투른 실수를 저질렀지만, 레갈라도 자작에서 그 아들로 바통터치를 하고 처음으로 맡는 커다란 임무라는 점을 생각하면 그 정도의 실수로 끝난 것은 일단 합격점을 줄만했던 듯하다.

푸죠르 원수 일행이 처음부터 신참 지휘관이 실수를 저지를 것을 전제로 지켜보고 있어 곧장 지원의 손을 내밀 수 있었던 덕에 상처받은 것이 신참 지휘관의 프라이드만으로 끝난 것은 다행이라고 할 수 있을까.

도착 당일은 사무적인 입국 허가를 실시했을 뿐, 본격적인 환영 식전은 이틀 후 이후로 예정되어 있었다.

쌍왕국에는 여행을 쾌적하게 할 수 있게 해 주는 마법 도구가 있기는 했지만, 아무래도 한 달이나 걸린 육로 이동을 막 끝낸 참이라 모두 피로가 쌓여 있었다.

도착 당일과 만약을 위해 다음 날까지. 이틀간 왕궁 침대에서 느긋하게 잠을 자 피로를 푼 루크레치아 브로이 일행은 이틀 후의 밤, 환영 식전의 자리에 초대되었다.

"처음 뵙겠습니다, 아우라 폐하. 그리고 오랜만에 뵙습니다, 젠지로 폐하. 저는 샤로와 지르벨 쌍왕국을 섬기는 귀족, 브로이 후작 가문의 루크레치아라고 합니다. 이번에 이렇듯 저희를 위해 자리를 마련해 주셔서 매우 기쁘고 황송할 따름입니다."

옥좌 앞에서 무릎을 꿇은 루크레치아는 그렇게 말하며 깊숙이 머리를 숙였다.

쌍왕국이 보유한 마법 도구 덕분인지 아니면 본인의 젊음 덕분인지, 이렇게 보는 한은 한 달간의 여행으로 인한 피로가 전혀 느껴지지 않았다.

　단상의 옥좌에 앉은 여왕은 금발 소녀의 말을 듣고 조금 눈을 가늘게 뜬 뒤, 입매에 미소를 지으며 말했다.

　"그래. 공손한 인사 고맙구나. 카파 왕국을 대표해 이 아우라 1세가 그대들의 입국을 환영함을 여기서 선언하노라. 잘 와 주었다, 루크레치아."

　"네. 감사합니다, 아우라 폐하."

　금색 사이드 테일을 흔들 듯이 한 번 더 고개를 숙인 루크레치아에게서 시선을 옆으로 돌린 여왕 아우라의 그 시야에 짧은 청은발(靑銀髮) 소녀가 들어왔다.

　"기왕이면 필요한 절차는 여기서 끝내는 것이 좋겠지. 프레야 전하, 앞으로 오시오."

　"네."

　여왕 아우라의 말을 듣고 '붉은 드레스'를 몸에 걸친 프레야 공주는 자랑스럽게 앞으로 나섰다.

　쌍왕국의 루크레치아와 웁살라 왕국의 프레야 공주.

　금발 소녀와 은발 소녀가 마주보고 '거래'의 최종 확인을 실시했다.

　먼저 입을 연 사람은 루크레치아였다.

　"프레야 전하. 샤로와 지르벨 쌍왕국의 브로이 후작 가문을 대표하여 저, 루크레치아 브로이가 마법 도구 '잔잔한 바다'를 전달해 드립니다. 받아 주십시오."

　그 말을 듣고 프레야 공주가 대답했다.

"확실히 받았습니다. 브로이 후작에게 깊은 감사의 인사 올립니다."

　참고로 현물은 어제 프레야 공주의 손에 전달되었다. 이곳에서의 대화는 정식 소유권에 관한 이야기다.

　무사히 거래가 종료되자, 옥좌에 앉은 여왕이 잘 전달되는 목소리로 말했다.

　"그래. 정체되는 일 없이 끝난 듯하군. 오늘 밤은 작지만 루크레치아 님 일행을 환영하기 위해 야회를 열겠다. 무리를 하라고는 하지 않겠지만, 가능하면 출석해 주게."

　물론 몸이 안 좋다는 등의 명백한 이유가 없는 한 여왕의 직접적인 출석 의뢰는 강제의 의미를 내포하고 있었다.

　"네, 기쁘게 출석하겠습니다."

　루크레치아는 귀족 영애에 어울리는 완벽한 미소를 지으며 녹색 드레스를 집더니, 사랑스럽게 인사를 하였다.

　오늘 밤 열리는 야회의 주역은 루크레치아였지만, 조금 가엾게도 젠지로나 아우라에게 있어 루크레치아 자신은 그렇게까지 중요한 손님이 아니었다.

　루크레치아가 가지고 온 마법 도구 '잔잔한 바다' 쪽이 중요도가 더 높다고도 할 수 있었다.

　그것을 상징하듯이 공식 식전부터 저녁 파티까지의 짧은 시간을 사용해 여왕 부부가 면회를 하게 된 사람은 루크레치아가 아니라 프레야 공주였다.

"야회 준비로 바쁜데 불러서 미안하오, 프레야 전하. 자, 앉으시오."

"아니요, 저도 아우라 폐하와 이야기하고 싶었으니까요. 그럼 실례합니다."

왕궁의 한 방으로 불려 나온 프레야 공주는 짐짓 반듯한 표정으로 여왕 부부의 맞은편 소파에 걸터앉았다. 호위인 여전사 스카디는 평소대로 그 뒤에 섰다.

야회까지는 아직 시간이 꽤 남았지만 여성이 준비하려면 시간이 걸린다. 아우라가 바쁘다고 말한 것은 거짓 없는 사실이었다.

"시간을 절약하기 위해 성가신 인사는 생략하도록 하지. 일단은 바쁘신데 불러낸 사과의 의미로 프레야 전하의 용건부터 듣도록 하겠소."

단도직입적으로 말을 꺼낸 머리가 붉은 여왕의 말을 듣고 은발의 왕녀는 작게 고개를 끄덕였다.

"그럼 감사히 말씀대로 하겠습니다. 사실 저는 발렌티아로 가 보고자 합니다. 허가를 해 주실 수 있을까요?"

프레야 공주의 말을 듣고 여왕과 젠지로는 눈을 마주치고 작게 고개를 끄덕였다.

예상대로의 제안이었다. 프레야 공주라면 그렇게 말할 것이라고 생각했기 때문에 무리를 해서라도 일찍 프레야 공주를 불러낸 것이었다.

두 사람의 모습을 보고 조금 의아한지 고개를 갸웃하는 프레야 공주에게 여왕이 짧게 말했다.

"그건 상관없소만, 구체적으로는 언제 왕도를 떠날 생각이오, 프레야 전하?"

"허가만 내려 주시면 내일이라도 떠날 생각입니다."

한 시도 지체하지 않고 은발의 공주는 딱 잘라 단언했다.

"그렇군. 이유는 '잔잔한 바다' 때문인 것이오?"

"네. 말씀하신 대로입니다."

아우라의 지적에 프레야 공주는 작게 고개를 끄덕였다.

대체로 젠지로와 아우라가 예상했던 대로였다.

프레야 공주의 성격과 생각을 어느 정도 이해하고 있는 사람이라면 쉽게 예상할 수 있는 행동이었다.

'잔잔한 바다'는 광역 공간의 바람과 물의 움직임을 최소한으로 제한해 주는 것으로, 항해를 할 때는 수호신이라고 해도 과언이 아닌 능력을 가진 마법 도구였다.

하지만 그 구체적인 성능을 알지 못해서는 능력을 완전히 발휘할 수 없었다.

현대 지구의 24시간 60분 60초 같은 공통 시간 단위가 이쪽 세계에는 존재하지 않기 때문에 '잔잔한 바다'의 사용 시간은 실제로 선원들이 사용해 보고 몸으로 익힐 수밖에 없었다.

발동시킨 '잔잔한 바다'는 어느 정도 동안 효과를 발휘하는가? 한 번 발동시킨 후, 한 번 더 발동시키려면 얼마의 간격을 두어야 하는가?

그런 정보를 '황금나뭇잎호'의 선원들이 기억할 수 있게 해야만 한다. 그에 더해 말하자면 '잔잔한 바다'를 '황금나뭇잎호'의 어디에 설치할 것인가? 라는 문제도 있었다.

'잔잔한 바다'는 커다란 지구의 같은 형태를 한 마법 도구이다. 새하얀 구체 부분만으로도 가볍게 직경 2미터는 되었다. 낡은 마법 도구여서 정확한 재질은 알 수 없었지만, 그 겉모습 이상으로 무거웠다.

아무리 '황금나뭇잎호'가 장기 항해를 버틸 수 있을 정도의 대형선이라고는 해도, 그래 봐야 목조선. '잔잔한 바다'처럼 무겁고 커다란 마법 도구가 선체의 부담이 안 될 리 없었다.

그 마법도구를 놓아둘 곳을 잘 선정하고, 경우에 따라서는 특별히 보강하지 않으면 갑판에 무리를 줄 수 있다는 점도 충분히 고려해야 했다.

게다가 '황금나뭇잎호'는 외양(外洋)으로 나가는 장기 항행선이다. 당연히 선체는 흔들린다. 때에 따라서는 옆으로 거의 쓰러질 것처럼 기울 수 있다는 점도 고려해야 한다.

'잔잔한 바다'처럼 무겁고 커다란 물체가 배 위에서 튕겨 나가면 선원이 다치거나 선원이 죽어도 이상하지 않고, 만에 하나 그대로 '잔잔한 바다'가 바닷속으로 떨어져 버리면 울고 싶어도 울 수 없는 상황이 되고 만다.

그렇게 되지 않으려면 '잔잔한 바다'를 '황금나뭇잎호'에 확실히 고정해 둘 필요가 있지만, 그 장소도 어느 곳이나 괜찮다고는 할 수 없었다.

폭풍이나 돌풍은 때때로 백전연마의 항해사의 눈마저 속이고 갑자기 찾아온다. 그런 때야말로 '잔잔한 바다'가 나서야 하는데, 급할 때는 사용할 수 없는 배 아래 쪽 등에 설치해 두어서는 돼지 목에 진주 목걸이가 될 뿐이고, 거친 사람이 많은 선원들이 자유롭게 만질 수 있는 곳에 설치하여 만의 하나의 사건이 발생해서도 곤란하다.

프레야 공주로서는 하루라도 빨리 '잔잔한 바다'를 발렌티아로 옮겨 최적의 설치 장소를 모색하고, 문제가 없도록 고정하여 그 성능을 확실히 확인하고 싶었던 것이다.

예정상으로는 '황금나뭇잎호'가 북대륙으로 출항하기까지 이미 2개월이 채 남지 않았다.

하루라도 빨리 '잔잔한 바다'를 발렌티아로 옮기겠다는 프레야 공주의 생각은 이해할 수 있었다.

그렇기에 아우라와 젠지로는 이 타이밍에 프레야 공주에게 이야기를 꺼냈다.

"으음. 프레야 전하가 발렌티아로 가는 것은 이해할 수 있는 일이오. '잔잔한 바다'에 '황금나뭇잎호'의 승무원들이 적응할 수 있을 시간을 더 많이 가졌으면 하는 것일 테지. 나는 바다에 관해서는 잘 알지 못하나, 장비에 익숙해지는 것이 사활을 가른다는 것은 이해하고 있소. 그러니 전하의 '내일이라도 떠나겠다'라는 희망은 들어주고자 하오."

"감사합니다."

감사의 인사를 하면서도 말의 뉘앙스로 봤을 때, 이야기가 그것으로 끝이 아니라는 것을 눈치챈 프레야 공주는 여왕의 다음 말을 기다렸다.

아니나 다를까라고 해야 할까, 여왕은 이어서 계속 말했다.

"그렇기에 나는 서둘러 전하를 부른 것이오. '황금나뭇잎호'가 출발하기까지 이제 2개월도 남지 않았으니까. 최악의 경우 프레야 전하가 더는 왕도에 돌아오지 못할 가능성도 있지 않소. 그렇게 생각하면 지금밖에 기회가 없지. 그러니 단도직입적으로 물으려 하오. 프레야 전하. 전하의 '황금나뭇잎호'가 귀국할 때, 몇 명 정도라면 추가로 이쪽 사람이 탈 수 있을 것 같소?"

"?!"
순간 놀란 표정을 지은 프레야 공주였지만 냉정하게 생각해 보면 당연한 제안이었다.

프레야 공주 개인에게는 '국왕의 허가를 받아 카파 왕국에 시집간다'는 것이 가장 큰 문제였지만, 왕인 아우라의 입장에서 보면 프레야 공주를 젠지로의 측실로 맞아들이는 것은 어디까지나 수단에 지나지 않았다.

진정한 목적은 혼인으로 카파 왕국과 웁살라 왕국의 인연을 만들고, 대륙 간 무역을 성공시키는 것이었다.

젠지로와 결혼하고 싶다고 생각하는 프레야 공주 자신과는 이해관계가 일치했지만 아무리 본인의 희망이라도 제1 왕녀를 왕의 배우자의 측실로 내놓는 것은, 국왕이 쉽게 고개를 끄덕여 주지 않을 가능성이 컸다.

카파 왕국 측에서도 교섭 또는 설득할 인원을 보내고 싶어 하는 것은 지극히 당연한 흐름이었다.

바로 그렇게 이해한 프레야 공주는 '황금나뭇잎호'의 적재량과 승무원의 총 인원, 카파 왕국에서 웁살라 왕국까지 항해에 걸리는 날짜 등을 재빨리 대략적으로 계산해, 어느 정도의 여유가 있는지를 산출했다.

"그러네요. 발렌티아에 있는 부선장에게 물어보지 않으면 확실히 단언은 할 수 없지만, 아마도 열 명. 그 정도라면 그다지 무리 없이 승선할 수 있으리라 생각합니다. 물론 물이나 식량에 관해서, 특별 취급을 하긴 어렵지만요."

프레야 공주는 너무 기대하게 만들면 만에 하나 있을지 모르는 일이 우려되었기 때문에 일부러 상당히 여유를 둔 숫자를 제시했다.

이게 당초 예정했던 '무역품'인 인간이었다면 그 열 배도 우겨 넣을 수 있었지만, 여왕 아우라가 직접 승선을 타진하는 것이니, 이것은 전권을 위임받은 대사 일행일 터였다.

애석하게도 소홀히 대할 수는 없었다.

그럼에도 대륙 간 항행은 가혹하기 그지없다. 마지막에 말한 물과 식량은 특별 취급하기 어렵다고 한 것은 순수한 사실이었다.

물은 '진수화' 마법 도구가 기대대로 효과를 발휘해 주면 오는 길에 비해 극적으로 개선이 될 테지만.

프레야 공주가 그런 생각을 하는데, 신기하게도 아우라가 옆에 앉아 있는 젠지로에게 시선을 던졌다.

그 시선을 보고 젠지로가 고개를 한 번 끄덕였다.

의문, 번뜩임, 그리고 놀라움.

설마 그런 일이. 이번에야말로 정말로 놀라움을 감추지 못하는 프레야 공주를 향해 젠지로가 건넨 말은 프레야 공주의 '설마'라는 생각을 그대로 긍정하는 것이었다.

"허가를 해 주셔서 감사합니다, 프레야 전하. 승선을 희망하는 사람은 저, 젠지로 카파입니다. 물론 저 혼자는 아니지만, 저 이외의 구체적인 인선은 정확한 승선 가능 인원수가 결정된 후가 될 것입니다."

젠지로는 그렇게 말하고 그 얼굴에 형식적으로 만든 웃음을 지었다.

결의는 했지만 목조 범선을 타고 100일간 항해를 한다는 것은 현대 일본인인 젠지로에게 있어, 역시 공포를 씻을 수 없는 일이었다.

하지만 이렇게 프레야 공주 앞에서 선언해 버린 이상 이제는 뒤로 물릴 수 없었다.

그런 젠지로의 진심을 느꼈는지, 프레야 공주는 놀라움을 감추지 않은 채 다짐을 받아 두었다.

"정말로, 정말이시죠? 실례라는 것을 알면서 말씀드리는 것이지만, 양 폐하는 대륙 간 항행을 가볍게 보고 계신 것이 아니신지요?"

빙벽색 눈을 가늘게 뜬 프레야 공주에게 젠지로는 얼굴에 계속 웃음을 유지한 채, 솔직히 그 말을 인정했다.

"그런 말을 들으니 부정하기가 어렵네요. 실제로 저는 대륙 간 항행에 대해 프레야 전하가 가르쳐 주신 것 이상의 지식은 없으니까요."

이어서 여왕도 작게 어깨를 으쓱이고 인정했다.

"분명히 그런 경향은 있겠지. 하나, 그것을 감안해도 이것이 최선의 결단이라고 나는 확신하오. 그 이점을 모를 전하가 아니리라 생각하오만?"

"그거야 말씀하신 대로입니다. 저로서도 오히려 반대할 이유가 없습니다. 단지 정말로 각오가 있는지 확인해 보고 싶었던 것뿐입니다."

난폭하게 말해 같은 배에 탄 사람은 해난 사고에 관해서는 일련탁생(一蓮托生)이다.

프레야 공주의 입장에서 생각해 보면, 도중의 항해에서 젠지로가 물에 빠져 죽는 일이 있다면, 높은 확률로 자신도 운명을 같이한다.

그러니 무사히 웁살라 왕국에 도착했을 경우의 이득만을 생각하면 좋은 것으로, 프레야 공주로서는 대환영인 이야기였다.

단지 불완전하게나마 외양에 관해 아는 사람으로서, 대륙 간 항행을 가볍게 보는 사람에게 한마디 안 할 수 없었다.

그것이 진심에서 우러나온 충고라는 것을 이해한 모양으로.

여왕은 진지한 표정으로 한 번 고개를 끄덕이고.

"잔잔한 바다'와 '진수화'의 마법 도구로 항행의 안전은 훨씬 올라갔다고 전하는 이전에 말씀하셨소. 또, 자세한 내용은 생략하겠지만, 그 이외에도 이쪽에서 젠지로의 안전을 지키기 위한 수단을 몇 가지인가 강구하고 있소."

"……."

아우라가 그렇게 말했을 때, 옆에 앉은 젠지로가 아주 조금 표정을 일그러뜨렸다는 것을 프레야 공주는 눈치챘다.

잘못 본 것이 아니라면 지금 젠지로가 얼핏 보여 준 감정은 죄책감.

젠지로의 순간적인 표정과 아우라의 말을 통해 진의를 읽은 프레야 공주는 반대로 안심했다.

'아하. 아우라 폐하가 말씀하신 「젠지로 님의 안전을 지키는 수단」이라는 것은 정확하게 말해 「젠지로 '님'만의 안전을 지키는 수단」인 거군요.'

카파 왕가의 혈통마법은 시공마법. 그 비기라고 해야 할 수 있는 '순간이동'의 대단함은 오늘까지 몇 번이고 직접 체험한 프레야 공주다.

여왕의 의미심장한 말투와 죄책감을 내보이는 젠지로의 표정을 같이 생각해 보면, 유사시에 단신으로 '순간이동'을 발동시키는 비법이 있다는 것 정도는 쉽게 추측할 수 있었다.

그런 사실을 알았으니 이야기는 빨랐다. 프레야 공주로서도 오히려 마음이 가벼워졌기 때문이다.

"알겠습니다. 그런 것이라면 받아들이겠습니다. 단, 거듭 말씀드리지만 장기 항행은 목숨의 위기가 발생하는 것은 물론, 그렇지 않더라도 여러모로 자유롭지 못한 일이 많습니다. 그 점에 관해서는 충분히 각오를 해 주십시오."

그렇게 말하고 프레야 공주는 그 빙벽색 두 눈을 젠지로의 칠흑 같은 두 눈에 딱 고정했다.

프레야 공주의 박력과 드디어 완전히 발을 내딛었다는 것을 피부로 실감한 젠지로는 꿀꺽 한 번 침을 삼킨 뒤.

"알겠습니다. 긴 여행길이 되겠지만 잘 부탁드립니다, 프레야 전하. 아니, 프레야 선장님."

그렇게 말하며 허세에 찬 웃음을 지었다.

◆

다음 날, 프레야 공주 일행은 약속대로 '잔잔한 바다'와 함께 항구 도시 발렌티아로 떠났다.

어젯밤 야회에 출석한 몸인데, 이쪽도 참 터프했다.

프레야 공주와 여전사 스카디만이라면 '순간이동'으로 보낼 수 있다고 젠지로가 제안했지만 프레야 공주는 단호하게 고개를 저어 거절했다.

물론 당연하다면 당연한 것인지도 모른다.

'잔잔한 바다'는 '황금나뭇잎호'의 운명을 좌우할 매우 귀중한 마법 도구다. 그 운반을 자신의 손으로 실시하겠다고 생각하는 것은 당연한 이야기였다.

예상외였던 것은 거기에 쌍왕국의 루크레치아도 동행하겠다고 나선 것이었다.

루크레치아가 말하길.

"'잔잔한 바다'는 원래 저희 브로이 후작 가문이 소유했던 비장의 마법 도구. 그 조작 설명이라면 다소 힘이 될 수 있으리라 자부합니다."

말하는 것은 옳고, 프레야 공주에게도 이익이 되는 이야기였기 때문에 군이 거절할 이유가 없었다.

타깃인 젠지로가 있는 왕도를 떠나 일부러 항구 도시 발렌티아까지 루크레치아가 가게 된 것은, 프레야 공주의 '조언'을 따랐기 때문이리라.

젠지로와 혼인을 하고 싶다면 젠지로 본인보다도 그 정처인 여왕 아우라의 환심을 사는 것이 중요하다.

그리고 여왕 아우라는 카파 왕국 및 카파 왕가에 이익이 되는 혼인이라면 받아들일 것이다, 라는 조언.

그렇게 해서 자신의 유익함을 어필하고 있다고 생각하니, 어떤 면에선 다기차다고 말할 수 있을지도 모른다.

아무튼 루크레치아는 프레야 공주와 함께 왕도를 떠났다.

한편 왕도에 남은 젠지로는 오늘도 바빴다.

오늘은 쌍왕국의 손님 중 한 명인 아니미얌 공작 가문의 피크리야와 카파 왕국이 자랑하는 현자, 필두 궁정 마법사인 에스피리디온의 면담에 동석하게 되었다.

"처음 뵙겠습니다. 저는 샤로와 지르벨 쌍왕국의 아니미얌 공작 가문에 속한 피크리야라고 합니다. 이번에, 남대륙의 고명하신 현자, 에스피리디온 님을 배알하게 되어 하늘에 날아오를 듯한 심정입니다.”

그렇게 말하며 피크리야는 여성으로서는 드문 짧은 흑발을 사르륵 흘러내리게 하며 공손히 머리를 숙였다.

피크리야의 칠흑 같은 두 눈은 반짝반짝 빛을 발했고, 목소리는 의심할 여지 없이 상기되었다.

살짝 얼굴을 아는 정도에 불과한 관계인 젠지로였지만 피크리야에게는 ‘침착 냉정하고 이지적인 여성’이라는 인상을 품고 있어 조금 의외라는 생각이 들었다.

조금 뺨을 붉히며 눈을 반짝이는 미녀의 미소.

이게 한창때의 남성이라면 자의식 과잉이 되어 착각을 할 법도 했지만, 다행히 맞은편에 앉은 사람은 늙은 현자였다.

“이것 참, 공손한 인사, 참으로 감사합니다, 피크리야 님. 카파 왕국의 필두 궁정 마법사라는 지위에 앉아 있는 에스피리디온이라 합니다.”

다른 나라의 대귀족 영애가 상대라는 것도 있어 에스피리디온은 공손히 상대하며 인사했다.

그런 에스피리디온의 대응에 피크리야는 조금 곤란한 듯이 눈썹을 찌푸리더니.

“그렇게 공손하신 대응은 하지 말아 주십시오. 저는 이번에 연구가 막힌 마법 연구자로서 이곳에 온 것입니다. 원하는 것은 현자님의 솔직한 조언입니다.”

그렇게 말하며 진지한 표정을 지었다.

피크리야의 시선을 받자, 에스피리디온은 턱수염을 한 번 쓰다듬더니 빙긋 웃으며 대답했다.

"하하하, 그러한 걱정은 안하셔도 됩니다. 자만은 아닙니다만, 이 에스피리디온. 오늘의 나이에 이르기까지 어떠한 상대라도 마법 회담을 할 때 해야 할 말을 못 하고 말을 흐린 적은 한 번도 없습니다."

딱 잘라 단언하는 늙은 현자를 보고 흑발의 여성은 기쁘게 입매를 누그러뜨렸다.

"마음 든든한 말씀입니다."

"그렇지만 분명히 익숙하지 않는 말을 사용하면 구체적인 논의를 하다가 뜻이 어긋날 우려가 있는 것도 사실. 피크리야 님이 허락해 주신다면 이후로는 평소의 말투로 이야기하고자 하는데 괜찮은지요?"

"꼭 그렇게 부탁드립니다."

피크리야는 미소를 지으며 작게 고개를 숙였다.

"알겠습니다. 그러면 신분이 아니라 같은 마법의 수수께끼를 풀려고 하는 자로서, 그 길의 선구자로서, 사양 않고 말을 하도록 하지."

늙은 현자는 그렇게 말하더니, 조금 전보다도 더욱 격의 없는 미소를 지었다.

아무래도 맨 처음의 인사로 양쪽 모두 상대에게 어느 정도는 좋은 인상을 받은 모양이었다.

안심이 된 젠지로는 어흠 하고 한 번 헛기침을 하고 주목을 모은 뒤 말했다.

"인사는 끝난 듯하군. 나는 단순히 자리를 제공한 자에 지나지 않네. 고도의 마법 회담을 제대로 이해할 지식은 없으니, 이후로는 나를 신경 쓰지 말고 마음껏 이야기를 나누도록."

"알겠습니다, 젠지로 님."

"감사합니다, 젠지로 폐하."

젠지로의 말을 듣고 늙은 현자와 여성 마법 연구가는 나란히 고개를 숙였다.

신경 쓰지 말라고 해도 근처에 신분이 높은 사람이 있으면 신경 쓰지 않는 것은 상당히 어렵다.

피크리야는 맨 처음, 힐끔거리며 젠지로가 앉아 있는 쪽으로 시선을 돌렸지만, 에스피리디온이 첨삭을 한 '연구 논문'을 꺼낸 뒤로는 젠지로의 존재를 완전히 깔끔하게 잊었다.

"먼저 이쪽을 돌려주지. 그다지 시간은 없었지만, 전체적으로 훑어보았다."

자신이 쓴 '연구 논문'을 반환받은 피크리야는 꿀꺽 하고 긴장한 듯 침을 삼켰다.

"……솔직한 감상을 들려주실 수 있을까요?"

긴장해서 아랫입술을 깨무는 피크리야에게 늙은 현자는 작게 어깨를 으쓱하더니 딱 잘라 말했다.

"치졸하다, 딱 그 한마디로 표현할 수 있겠군. 마법어의 법칙을 명백히 잘못 해석한 부분이 최소한 세 군데, 아마도 틀린 곳이 두 군데, 어쩌면 틀렸을 수 있는 곳이 하나 더. 자네를 제자로 받아들인다면 먼저 마법어의 기초를 다져줄 필요가 있을 테지."

"그런가요⋯⋯."

예상 이상으로 엄격한 에스피리디온의 평가에 피크리야는 명백하게 의기소침했다.

"하지만 내가 모르는 새로운 법칙도 하나 기재되어 있더군. 참 대단한 일이야. 그다지 시간이 없어 간단히 검증했을 뿐이지만, 아마 올바르다고 생각되네. 어떤 생각에서 그런 결론을 이끌어 냈는지 매우 흥미로워. 틀린 점에 관한 지적을 확인하는 동시에, 그것에 관해서 가르쳐 줬으면 하네만."

"네. 알겠습니다. 잠시 기다려 주세요."

다음 말로 기운을 되찾은 피크리야는 바로 지금 막 돌려받은 '연구 논문'을 훑어보았다.

군데군데 동그라미나 이중선이 그어져 있었고, 나중에 덧붙여 적인 곳이 있는데, 그것이 에스피리디온의 평가이겠지.

자신을 가지고 보낸 '연구 논문'에 원형을 알아볼 수 없을 만큼 이중선이나 정정한 글이 적혀 있는 상태로 인해 조금 풀이 죽긴 했지만, 고명한 현자의 의견이라고 생각하니 지적 호기심이 그것보다 압도적으로 더 강했다.

"이건⋯⋯. 아, 그렇군요. 분명히 지적해 주신 대로예요. 이 세 군데는 저의 착각, 아니, 제 지식이 모자랐던 거군요. 완전한 법칙으로 완성되지 않았어요. 반대로 유일하게 칭찬해 주신 부분은⋯⋯ 아,

물 마법에 관한 언어 법칙이군요. 저희 아니미얌 공작 가문은 물 마법의 대가라 그쪽 지식이 토대가 된 덕분일 거예요."

자신의 개인적인 능력이 아니라고 생각한 것인지 "이건 자랑할 수 없어요." 하고 피크리야는 분하다는 듯이 고개를 가로저었다.

그 말을 듣고 맞은편에 앉은 에스피리디온은 흥미롭다는 듯이 흰 눈썹을 한쪽만 위로 올렸다.

"흐음? 그러고 보니 기재되어 있는 내용은 물 마법 비율이 가장 높았지? 다음이 흙 마법이고 바람과 불은 비슷한 정도였던가?"

"네. 제 습득 마법이 대체로 그 비율이니, 마법어의 이해도도 그것에 비례한 것이겠죠."

그 후, 완전히 기세를 탄 에스피리디온과 피크리야는 정말로 옆에 앉아 있는 젠지로의 존재를 뇌리에서 지우고 마법 회담으로 꽃을 피웠다.

주로 피크리야가 질문을 하고 에스피리디온이 그에 대답하는 형식이었지만 물 마법에 한해서는 질문자와 대답하는 사람이 역전되는 경우가 몇 번인가 있었다.

이윽고 일단락되었는지 에스피리디온은 미지근해진 차로 목을 축이며 만족스럽다는 듯이 길게 숨을 내쉬었다.

"후우. 오랜만에 유익한 이야기를 했구먼. 요즘 젊은 것들은 마법 습득에만 열을 올리고 정작 중요한 마법어의 연구를 소홀히 하는 녀석들이 많으니까 말이야. 그런 점에서 자네는 장래성이 있어."

"후후후, 감사합니다. 마법을 습득한다. 마법에 숙달된다. 혹은 새로운 마법을 개발한다는 것은 눈에 띄게 개인 또는 집단의 능력을 확대시키니, 아무래도 그쪽에 끌리는 사람이 많은 것은 당연해요. 단지 그 토대를 지탱하는 것은 마법어로, 마법어 연구를 확장하고 깊게 파 내려가는 것은 장래적으로 마법의 미래를 개척하는 것이니, 조금 더 마법어 연구에 주력하는 분이 늘어도 좋으리라 생각합니다."

불평을 흘리는 에스피리온과 쓴웃음을 지으면서 그에 동의하는 피크리라의 말을 듣고, 젠지로는 가정교사인 옥타비아에게 배운 마법의 기초를 떠올렸다.

마법의 발동 조건은 올바른 발음, 올바른 마법량, 그리고 올바른 인식, 이렇게 세 가지이다.

반대로 말하면 올바른 발음으로 올바른 마력량을 주입하고, 올바른 발동 상태를 뇌리에 그리면 정령은 어떠한 현상도 실현해 준다는 말이다.

하지만 그때 난관이 되는 것이 조금 전부터 에스피리디온과 피크리아가 한탄한 '마법어' 연구다.

'마법어'는 어렵다. 짧은 소리에 다수의 의미가 담겨 있기 때문에 작은 발음의 차이로도 전혀 다른 의미가 된다. 그에 더해 마법어는 같은 존재와 현상을 나타내는 말이라도, 현재형, 현재진행형, 과거진행형, 미래진행형 등의 발음이 전혀 다르게 변화되는 일도 드물지 않다. 성가시게도 그것은 숫자도 마찬가지다.

어디까지나 젠지로의 체감이지만, 그 난이도는 일본어를 모국어로 삼는 사람이 일본에서 올바로 수를 세는 것보다도 10배 정도 어렵게 만든 듯한 이미지였다.

1, 2, 3, 4, 5, 6, 7, 8, 9, 10.

일본어로 읽으면 이치(하나), 니(둘), 산(셋)까지는 그렇다 치고, 넷은 '욘'으로도 읽고 '시'라고도 읽는다. 다섯, 여섯 다음인 일곱도 '나나'와 '시치'라는 두 가지 읽는 법이 있다.

같은 숫자라도 세는 물건에 따라 뒤가 바뀐다.

돼지는 히키(匹), 소는 토우(頭), 새는 와(羽), 토끼도 와(羽), 펜은 혼(本), 책은 사츠(冊), 종이는 마이(枚).

마리(히키)의 경우, 한 마리, 두 마리, 세 마리의 읽는 법은 '잇피키', '니히키', '산비키'로 소리가 폐쇄되는 소리가 나거나 탁해지는 소리가 나거나 하며 다양하게 변한다.

그 법칙이 모든 것에 적용되면 좋겠지만 두(토우)의 경우, 일 두, 이 두, 삼 두는 '잇토우', '니토우', '산토우'. '산도우'가 아니다.

와(羽)의 경우는 한 마리, 두 마리, 세 마리의 읽는 법이 '이치와', '니와'로 1의 경우라도 소리는 폐쇄되는 소리가 나지 않는다. 어려운 것은 세 마리로 '산와'라고 읽어도 되고 '산바'라고 읽어도 틀린 것이 아니라는 점이다.

올바른 일본어를 아는 사람에게 배우는 것이 아니라 직접 시행착오를 하며 일본어의 올바른 세는 법을 모색하려고 하는 것이 매우 난이도 높은 일이라는 사실은 어느 정도 이해할 수 있지 않을는지.

그리고 '마법어'의 숫자 변화는 일본어의 열 배 정도로 어렵다.

그렇게 생각하면 새로운 마법을 찾아내는 것이 얼마나 큰일인지 어렴풋이 상상이 가지 않는가?

'언령'으로 변환된 상태로는 '마력 11을 바친다'라고만 들린다고

했을 때, 이 '11'에 해당하는 말만 해도 이미 발견된 후보가 100개 가깝게 존재한다.

마법어 해독.

그건 모든 바다의 모든 생물 분포도를 완성시키려고 하는 것이나 마찬가지다.

끝은 있을 테지만, 인류의 지혜로는 아무리 세대를 거듭해도 끝이 보이지 않는 어려운 일이다.

"그건 그렇고, 이 '염수(鹽水)'라는 '마법어'는 재미있구먼. 너무나 사용이 한정되는 데다 실용성은 낮지만, 물 계열 마법의 물 부분을 '염수'로 바꾸어도 대부분은 성립되는 듯하군. 자네가 만든 '염수 조작' 마법. 시험해 보았네. 확실히 발동되었네."

"네. 역시 '물 제작' 형태로 '염수 제작'은 성립되지 않는 듯하지만 '물 조작' 등은 '염수 조작'으로 했을 경우, 물 부분을 염수로 대치해도 마력량 부분을 적절한 수치로 변경하는 것만으로도 주문이 발동됩니다."

"흐음. '물 조작' 마법도 염수는 조작할 수 있지만, '염수 조작' 쪽이 필요 마력량은 훨씬 적네. 역시 조작 계열의 마법은 조작하는 대상을 한정하면 한정할수록 마력량이 적게 드는 모양이군."

"그건 틀림없다고 생각합니다."

즐거워 보이는 늙은 현자와 현자 지망생의 회담은 당연하지만 젠지로로서는 대부분 이해할 수 없는 것들이었다.

하지만 조금 이해할 수 있었던 부분에서도 어딘가 모르게 모순되는 점을 느꼈다.

그런 의문이 표정에 드러난 것일까.

이야기가 일단락되자 에스피리디온이 지금 눈치챘다는 듯이 젠지로에게 관심을 보였다.

"응? 젠지로 님. 무언가 신경 쓰이는 점이 있으십니까? 제가 대답할 수 있는 것이라면 대답해 드리겠습니다."

동시에 피크리야도 이쪽이 어떻게 나오는지 살피듯이 그 칠흑의 두 눈으로 젠지로를 바라보았다.

이래선 아무 말도 안 하는 것이 실례라고 느낀 젠지로는 솔직히 품었던 의문을 꺼냈다.

"아, 대단한 것은 아니지만 조금 의문이 생겨서 말이야. 에스피리디온의 말이 맞다면 피크리야의 연구는 몇 군데나 잘못된 곳이 있다고 했지? 그럼에도 그 법칙에 근거해 짜낸 마법이 주문으로서 올바로 발동하는 건가?"

젠지로는 수식을 잘못 기억하고 있는 사람이 올바른 대답을 이끌어 낸 듯한, 그런 위화감을 느꼈다.

젠지로의 의문을 듣고 늙은 현자는 즐겁게 웃더니.

"아, 그게 마법어의 성가신 부분입니다. 피크리야의 이론은 거시적 시점에서 보면 틀린 것이지만, 국소적으로는 성립되어 있지요. 마법어 연구로서는 국소적인 이론을 전체의 해로서 결론 내렸기 때문에 정답이 아니지만, 새로운 마법을 만들기 위한 기술로서는 유효한 발견이라고도 할 수 있습니다."

"그렇군."

젠지로는 별로 좋지 못한 자신의 머리를, 늙은 현자의 설명을 이해하기 위해 한계까지 회전시켰다.

　말하자면 뉴턴역학과 상대성이론이나 양자역학 같은 것일까?

　뉴턴역학이 올바를 경우, 이론상 어떠한 물체도 가속을 계속하면 언젠가 빛의 속도를 돌파해야 하지만, 현실적으로 빛의 속도는 뛰어넘을 수 없다.

　즉, 난폭하게 말해 뉴턴역학에는 허점이 있지만, 입자가속장치의 안쪽 등 일부의 예외를 제외하면 지구상 물체의 속도 계산은 뉴턴역학에 들어맞는 범위에서 일탈하지 않는다.

　때문에 엄밀하게 말하면 틀렸다고 이해하고 있으면서도 속도를 구할 때, 아직도 뉴턴역학의 원리를 이용하고 있다.

　피크리야의 이론이 틀렸다는 지적과, 그럼에도 마법은 성립한다는 것의 관계도 그런 느낌일 것이라고 젠지로는 일단 이해하기로 했다.

　"그런가. 그렇다면 제안을 하겠는데, 그 국소적으로는 성립된다는 법칙을 그대로 발표하면 어떤가? 물론 그 법칙이 성립되는 것은 한정된 일부라고 단서를 달았을 때의 이야기지만"

　그런 젠지로의 제안을 듣고 에스피리디온과 피크리아는 나란히 호의적이지 않은 반응을 보였다.

　"젠지로 님의 하명이시라면 거절은 하지 않겠으나, 솔직히 조금 내키지 않는군요. 그런 짓을 하면 안이한 마법 발명가가 그 법칙 내에서 적당한 마법을 만들어 내게 됩니다. 피크리야가 고심하여 고안

한, 그것도 근본적으로는 틀린 법칙을 바탕으로 녀석들이 새 마법을 만들어 내는 것은 별로 기분 좋은 일이 아닙니다."

궁정 필두 마법사라고는 하지만 자국의 왕족을 상대로 확실히 불쾌함을 표시한 에스피리디온의 태도를 보고 가볍게 눈을 번쩍 뜬 피크리야였지만 곧장 정신을 가다듬고 겸손히 찬성의 의사를 표시했다.

"에스피리디온 님의 염려는 당연한 것이라 생각합니다. 젠지로 폐하. 괜찮으시다면 그 제안의 의도를 가르쳐 주실 수 있을까요?"

두 사람의 말을 듣고 젠지로는 그다지 이해가 되지 않는다는 어리둥절한 표정을 지으며 솔직히 자신의 생각을 말해 주었다.

"초보자의 생각이니 빗나가 있을지도 모르지만, 그렇게 하는 것이 자네들이 원하는 마법어 연구를 진행시키는 데에 유익하다고 느꼈기 때문이야. 마법에 관여하는 사람의 대다수는 실용적인 새 마법을 만들어 내는 데 흥미를 가지고 있지? 그렇다면 전체의 법칙으로서는 틀렸어도 국소적으로 성립되는 새 법칙이 발표되면, 그것을 이용한 새 마법이 개발되지 않겠나. 이렇게 말하면 뭐하지만 아무리 우수해도 에스피리디온과 피크리야가 오로지 둘이서만 연구하는 것보다 빠르게 많은 새 마법이 개발될 것이라 기대할 수 있네. 그렇게 개발된 새 마법을 연구 재료로서 회수하면 자네들의 마법어 연구가 더욱 발전되지 않을까 하고 생각한 것이야."

기초 이론 연구의 성과를 실용 연구로 돌리고, 실용 연구의 성과를 기초 이론 연구에 피드백한다. 젠지로의 입장에서 보면 특별하게 의식을 할 필요도 없는 극히 일반적인 방식으로 보다 효율적인 방법이다.

하지만 마법 연구도 개인 단위이거나 많더라도 스승과 복수의 제자가 최대 단위인 이쪽 세계에서는 젠지로의 생각이 매우 이질적이었다.

혈통마법뿐만 아니라 마법의 연구 성과는 몰래 감추어 가치를 지킨다는 생각이 뿌리를 내리고 있기 때문에 생기는 폐해일까.

이질적인 생각이라 해도 그 유익함을 모른다면 에스피리디온은 현자라 불리고 있지 않을 것이다.

늙은 현자는 턱수염에 손을 대고 생각했다.

"……그렇군요. 확실히 연구 재료가 되는 마법은 많으면 많을수록 좋습니다. 마법 연구의 성과는 감춰야 한다는 의식이 애당초 마법 연구의 폐해라는 것인가요. 말씀하시는 바는 이해가 됩니다. 단, 지식은 힘, 지식은 재산이라는 관점에서 보면, 몰래 감춘다는 생각도 결코 틀린 것이 아니라고 봅니다. 그러니 이번 일에 관한 최종 결정권은 피크리야에게 있는데, 어떤가?"

자신에게 이야기가 돌아오자 피크리야는 입매에 오른손을 대고 잠시 생각했다.

이윽고 결론이 나왔는지 고개를 든 피크리야가 천천히 신중한 말투로 말했다.

"그렇다면 마지막의 이 법칙. 에스피리디온 님에게 칭찬을 받은 이 물 계열 마법에 관한 법칙 이외라면 공표해도 상관없다고 생각합

니다."

"흐음. 역시 완전한 법칙을 공표하는 것은 껄끄러운가?"

놀리는 듯한 늙은 현자의 말을 듣고 피크리야는 난처한 듯한 미소를 지으며 고개를 저었다.

"아니요. 그런 감정도 없다고는 할 수 없지만, 더 근본적인 문제로서, 이 물 계열 마법의 바탕이 되는 것은 아니미얌 공작 가문의 '비밀 마법'이라 그렇습니다."

그래서 공표하는 것은 어렵다고 선선히 말하는 여성 마법 연구가의 말을 듣고 젠지로는 무심코 에스피리디온과 얼굴을 마주 보았다.

"'비밀 마법'이라면 공표는 물론 이렇게 우리에게 가르쳐 주는 시점에 문제가 되는 것 같다만?"

당연한 걱정을 하는 젠지로에게 피크리야는 쓴웃음을 지으며 고개를 가로저었다.

"더 정확하게 말하면 이름뿐인 '비밀 마법'입니다. 전승에 실패해 발동이 불가능하게 된 가짜 주문이지요. 물론 이번에 에스피리디온 님에게 보여 드리는 것은 양아버지이신 아니미얌 공작의 허가를 받았습니다."

피크리야의 말을 듣고 젠지로는 순간 '비밀 마법'을 유실하다니 있을 수 있는 일인가?' 하고 생각했지만, 잘 생각해 보니 아니미얌 공작 가문은 원래 사막의 방랑민이었다.

가혹한 방랑 생활 끝에 전승이 끊기는 일도 있을 수 있는 법이다.

"그런가. 그렇다면 좋다. 대답하기 힘든 일을 물었을지도 모르겠군."

'비밀 마법'을 상실한 역사이니, 공연히 하고 싶은 이야기는 아닐 테지.

그렇게 생각해 배려하는 말을 건네는 젠지로에게 피크리야는 그 반대의 반응을 보였다.

"아니요. 어느 쪽이었는가 하면, 대답하고 싶어서 참을 수 없는 화제입니다. 저로서는 마법 연구를 진행할 때, 다양한 분들의 의견을 참고하고 싶은데, 아니미얌 공작령에서는 터부시되어 이야기를 들어 주려는 사람이 거의 없었으니까요."

그것은 나도 이야기를 들어 주고 싶지 않다. 젠지로로서는 그렇게 단언하고 싶었지만, 너무 소극적으로 상대를 배려한 대응만 해서는 안 되는 것이 왕족의 외교였다.

어떻게 할까 하고 시선을 카파 왕국이 자랑하는 현자에게로 돌렸는데, 에스피리디온은 조금 신묘한 표정으로 생각을 한 후, 작게 이쪽을 보며 고개를 끄덕였다.

그리고 시선을 피크리야에게 돌리고 에스피리디온은 아무렇지도 않다는 듯이 말했다.

"그건 흥미롭군. 지장이 없다면 이야기해 줄 수 있을까?"

"지장이 없다면." 이라는 양해 문구는 만에 하나 외교상의 문제가 일어났을 때 책임은 그쪽에게 있다라고 다짐을 받아두는 것이었지만, 피크리야는 그 말을 듣고도 웃음을 유지한 채 고개를 끄덕였다.

"감사합니다. 젠지로 폐하, 에스피리디온 님. 두 분은 우리 쌍왕국의 네 공작 가문, 아니, 이 경우에는 네 부족 족장 가문의 창립 전설에 대해 들어 보신 적이 있으신가요?"

　피크리야의 질문에 젠지로는 곧장, 에스리피디온은 조금 생각한 뒤 고개를 가로저었다.

　"아니, 아쉽지만 전혀 듣지 못했군."

　"흐음…… . 쌍왕국 성립 이전의 전승인가? 역시 그것은 전혀 짚이는 곳이 없구먼."

　두 사람의 말을 듣고 피크리야는 더욱 깊게 웃었다.

　"당연하다고 한다면 당연한 것인지도 모릅니다. 쌍왕국 성립 이전의 우리 네 부족은 사막의 방랑민. 당시의 상황을 전달하는 것은 서면의 경우는 전혀 없고, 매우 불확실한 구전이 조금 남아 있을 뿐입니다. 그 구전에 따르면 우리 네 부족의 족장 가문은 각각 다른 정령 처녀(진니야)를 조상으로 둔다고 전해져 오고 있습니다."

　"정령 처녀?"

　고개를 갸웃하는 젠지로에게 이쪽에 관한 지식이 있었던 듯한 에스피리디온이 해설을 해 주었다.

　"사막의 백성에게 전해져 오는 전승입니다. 4대 정령 중에서도 매우 강력한 힘을 지닌 정령은 사람과 비슷한 외모를 지닌 실체가 있다고 합니다. 저는 미심쩍은 전승, 확실히 말하자면 그냥 허풍에 불과한 것이라고 생각하고 있는데, 실재하는 이야기였던가?"

쭉 몸을 내미는 늙은 현자에게 여성 마법 연구가는 작게 어깨를 으쓱하고 선선히 고개를 가로저었다.

"아니요. 에스피리디온 님의 혜안대로 그냥 허풍에 불과합니다."

"그랬던 건가."

실망한 듯 풀 죽은 에스피리디온을 보고 피크리야는 키득키득 웃으며 말을 계속했다.

"이건 모은 전승과 '비밀 마법'에서 이끌어 낸 저의 지론에 불과하지만, 아마 우리 선조는 자신들의 권위를 높이기 위해 사막 백성에게 전해져 오는 정령 처녀 전승을 이용한 것이라 생각합니다. 자신들은 위대한 정령 처녀와 그 정령 처녀에게 첫눈에 반한 네 명의 영웅들의 자손이라고 말이죠. 그렇게 하여 4대 마법을 자신들의 '혈통 마법'으로 놓고 주변 제국에게서 왕족으로 인정받으려 한 것일 겁니다. 결론부터 말하면 역사를 봐도 알 수 있듯 그건 헛된 노력이었습니다. 하지만 우리 선조는 꽤 많은 집념을 보이며 그 헛된 노력을 거듭하였고, 그 슬픈 결실이 지금까지 유실된 '비밀 마법'. 그 이름은 '정령 처녀 소환'입니다."

피크리야는 담담하게 자기 선조의 별로 자랑할 만하지 않은 역사를 즐겁게 이야기했다.

즐겁게 선조의 치부가 되는 역사를 알리는 피크리야를 보고 젠지로는 혹시나 피크리야가 자신의 일족에게 무언가 부정적 감정을 안고 있는 것이 아닐까 억측했지만, 그 말투와 표정에서는 즐거움을 찾을 수는 있어도 악의나 사악함은 찾을 수 없었다.

단언은 할 수 없지만, 아마 순수하게 감추어져 있던 역사를 겉으로 내놓는 것이 즐거운 듯했다.

젠지로가 그런 생각을 하는 사이에 '정령 처녀 소환'이라는 마법에 흥미를 내비치며 에스피리디온이 말했다.

"흐음. 그렇다면 '정령 처녀 소환'이라는 비밀 마법은 실제로 존재하지 않았던 것인가?"

그 질문에 피크리야는 고개를 가로저었다.

"단언은 할 수 없지만 제가 네 부족에 전해지는 전승을 조사한 범위에서 말하자면, '정령 처녀 소환'은 일찍이 실재했던 마법인 듯해요."

피크리야의 대답을 듣고 이번엔 젠지로가 의문을 던졌다.

"그건 이상하지 않은가? 지금은 유실되었다고는 해도 과거에 '정령 처녀 소환'이라는 마법이 존재했다고 한다면, 그것은 즉, '정령 처녀'가 실재했다는, 최소한으로 따져도 예전에는 실재했다는 증거가 되지 않는가?"

조금 전에 피크리야는 '정령 처녀'의 존재를 허풍이라고 잘라 말했다.

그런 젠지로의 의문은 그야말로 딴지를 걸어 줬으면 하는 점이었던 듯하다.

피크리야는 기쁘게 웃더니 설명을 계속했다.

"네. 더 정확하게 말하자면 '정령 처녀 소환'이라는 마법은 존재했지만, 그건 정말로 정령 처녀를 소환한 마법이 아니었던 거예요. 먼저 확정된 정보를 말하자면, '정령 처녀 소환'은 복수의 사람이 동시에 참가하는 의식 마법으로서 전해져 왔습니다. 의식을 주도하는 사람은 '정령 처녀'의 직계 자손인 족장 가문의 사람이어야만 하고, 그것도 '정령 처녀'의 자손인 족장 가문의 사람은 '마법어'가 아니라 보통 언어로 의식을 거행하는 것이 가능했다고 합니다."

"핫, 그런 일이 있을 리가 있나."

쓴웃음을 지으며 피크리야가 한 설명을 늙은 현자는 흥 하고 콧김을 내뿜으며 일축했다.

실제로 에스피리디온의 말대로였다.

이쪽 세계에서는 복수의 사람이 힘을 합쳐 하나의 마법을 성립시키는 데 성공한 예가 없다. '마법어'가 이나라 일반 언어로 마법을 발동시키다니, 그것은 그냥 동화 속 이야기였다.

"'정령 처녀 소환'의 정체는 '창조', '조작', '자립'이라는 세 요소를 더한 매우 복잡한 대마법입니다. 그 증거로, 전승에서는 의식을 주도하며 보통 언어로 마법을 외운 족장 가문의 사람보다도 마력량이 많아서 마법에 능했던 사람이 보좌로서 의식에 참가한 사례가 매우 많답니다."

"그렇군. 그런 구조인 것인가."

그렇게까지 설명을 들으니, 젠지로도 '정령 처녀 소환'의 구조가 이해되었다.

한마디로 마법은 2인 하오리* 같은 연극이었다. 정면에서는 공식

---

* 2인 하오리(二人羽織): 소매에 팔을 넣지 않고 하오리라는 겉옷을 입은 사람의 뒤에서 또 다른 한 사람이 하오리 안에 들어가 소매에 팔을 넣은 뒤, 앞 사람에게 음식을 먹이려 하는 놀이. 소매에 팔을 넣은 뒷사람은 앞이 보이지 않기에 두 사람의 호흡이 잘 맞아야 한다.

의식 주도자가 보통 언어로 '우리 조상의 조상되시는 정령 처녀여. 피의 인도에 따라 우리의 부름에 대답해 주소서'라고 엄숙한 말을 하여 주변의 눈길을 끈다.

그 틈에 의식 참가자로서 섞여 들어간 진짜 마법사가 '마법어'로 진짜 '정령 처녀 소환'을 외운 것이다.

그런 성가신 짓을 하는 이유는 간단하다.

이 세계에는 '언령'이라는 매우 편리한 자동 번역이 존재한다.

때문에 '정령 처녀 소환' 주문을 제삼자가 들으면 그 내용이 정령 처녀를 소환하는 것이 아니라는 것을 단번에 들키고 만다.

왜냐하면 '언령'으로 번역되어 들리는 '마법어'의 주문은 무자비할 만큼 노골적인 것이기 때문이다.

피크리야가 '창조', '조작', '자립'이라는 세 요소라고 말했으니, 아마도 '공중의 물은 이 자리에 모여 처녀의 형태를 만들어라. 그리고 내 의사에 따라 움직여라'처럼, 속이려고 해도 속일 수 없는 내용이었을 것이다.

진지하게 실행했을 네 공작 가문의 선조들에게는 실례이지만 상상해 보면 조금 웃음이 나오는 광경이었다.

터져 나오려는 웃음을 꾹 참으면서 젠지로가 말했다.

"즉, 몰래하던 진짜 '정령 처녀 소환' 마법이 무언가의 이유로 유실되었다는 거군. 겉으로는 보통 언어로 외운 가짜 주문과 집단으로 행하던 의식도 모두 사라진 건가?"

남아 있다고 한다면 그건 그거대로 민족의 역사를 말해 주는 중요한 문화다.

    그런 생각을 하며 꺼낸 젠지로의 질문을 듣고 피크리야는 조금 겸연쩍은 표정을 지으며 자백했다.

    "그게…… 불행하게도 공식적인 의식은 상당히 많은 부분이 전승되었어요. 특히 엘레하류코 공작 가문은 정작 중요한 마법 이외에는 거의 완전한 형태로 남아 있는 듯, 슈라는 지금도 진심으로 '정령 처녀 소환'의 의식을 부활시키려고, 음…… 노력을 거듭하고 있습니다."

    이 녀석, '쓸데없는 노력'이라고 말하려고 했구나? 예민하게 눈치 챈 젠지로였지만, 역시 이 자리에서 그것을 지적할 정도로 분위기를 파악하지 못하는 사람은 아니었다.

    "그런가. 그건 조금 아깝군. 엘레하류코 공작 가문의 슈라 양은 분명 상당히 마력이 높았던 것으로 기억하는데."

    네 공작의 대리인 네 명의 미녀, 미소녀들과 만났을 때의 기억을 떠올리면서 젠지로가 그렇게 말했다.

    마력량만이라면 엘레하류코 공작 가문의 슈라가 네 사람 중에서 가장 높았다. 반대로 가장 낮았던 사람이 이 피크리야다.

    슈라는 엘레하류코 본가의 장녀. 피크리야는 아미니얌 가문 분가의 딸로, 마법 지식이 풍부하다는 점을 높이 평가받아 본가의 양녀가 됐을 뿐인 인물이라, 이 차이는 당연하다고 하면 당연한 것이었다.

    "그런 사정이 있어서 네 공작 가문의 사람, 특히 전통을 소중하게 생각하는 엘레하류코 공작 가문과 리야폰 공작 가문 사람들은 공식 의식을 진짜로 믿고 있는 사람이 대부분이에요. 가장 힘을 들여 재현에 임하는 사람은 슈라이지만, 슈라를 지원하는 사람은 엘리하류코 공작 가문은 물론 리야폰 공작 가문에도, 그리고 엘레멘타카트 공작 가문과 우리 아니미얌 공작 가문에도 여럿이 있답니다.”

그렇게 말한 피크리야는 난처한 듯이 웃었다.

“그렇구나. 그런 사정이 있었던 건가.”

피크리야의 설명을 듣고 젠지로는 이해가 되었다는 듯이 고개를 끄덕였다.

네 공작령 현지에서는 공식 의식을 믿는 사람이 대부분으로, 실제 그 의식을 재현하여 '정령 처녀 소환'을 성공시키려고 하고 있다고 한다면, 피크리야의 연구는 도저히 공언할 수 있는 분위기가 아닐 터다.

'정령 처녀'가 사실은 없고, 과거에 존재한 '정령 처녀 소환' 마법은 땅·물·불·바람의 원소를 모아 그럴 듯하게 움직이도록 만들었을 뿐인 허세 마법이었습니다, 라는 주장은 아무리 증거를 제시한다고 해도 전혀 받아들여질 리가 없었다.

피크리야는 원래 '마법 연구가 순조롭지 않아서'라고 말했지만, 아마 가장 순조롭지 않았던 것은 이 '정령 처녀 소환' 마법의 재현에 관한 것이었겠지.

주변에 비밀로 하면서 연구하는 것은 효율이 나쁠 게 틀림없었다.

그래도 일정한 성과를 낸 것은 훌륭하다고 할 수 있었다.

“그런데 피크리야. 그렇게까지 확실히 허풍이라고 단언할 정도라면, 혹시 '정령 처녀 소환'의 실현하는 데 성공한 것인가?"

이 세 사람 중에 유일하게 피크리야의 '연구 논문'을 훑어보지 않은 젠지로가 그렇게 물었다.

그 질문에 피크리야는 자신을 가지고 고개를 끄덕였다.

"네. 말씀하신 대로입니다. 크게 소형화·간략화하긴 했지만, 저는 '정령 처녀 소환'의 발동에 성공했습니다."

"에스피리디온?"

피크리야의 말을 듣고 젠지로는 늙은 현자에게 확인을 했는데, 늙은 현자는 어깨를 으쓱하며 고개를 가로저었다.

"아마도 그럴 것이라고밖에 말할 수 없겠군요. 살펴본 논문에는 확실히 그럴 듯한 마법 주문도 기록되어 있었지만, 저는 아직 발동에 성공하지 못했기 때문입니다. 아, 그 이외에도 두 가지 더, 새 마법의 주문이 기록되어 있었지만, 그쪽은 한 번에 발동할 수 있었습니다."

하지 못했다는 말에 프라이드가 자극되었는지 마지막에는 그렇게 지금은 필요 없는 정보를 덧붙였다.

남대륙 서방어에서도 서대륙 중앙어에서도, 북대륙의 언어에서도, '마법어'를 정확하게 표기할 수 있는 문자는 이 세상 어디에도 존재하지 않았다.

영어의 R과 L의 차이를 일본어의 히라가나로 표기해야 하는 듯한, 엄밀하게 말하면 다른 발음을 같은 문자로 표기할 수밖에 없는 장소가 무수히 존재하는 것이다.

에스피리디온 정도의 현자가 되면, 간단한 새 마법 정도의 경우

문자 표기를 보고 자신이 지금까지 쌓아온 지식과 경험에 비추어 보아 '아마 이렇게 발음하겠지' 하며 가늠할 수 있겠지만, 간이판 '정령 처녀 소환'은 역시 에스피리디온도 문자를 보는 것만으로 재현하는 것은 불가능했던 모양이었다.

"괜찮으면 이 자리에서 재현해 드릴 수도 있는데요."

피크리야의 제안을 듣고 호기심이 자극된 젠지로는 에스피리디온의 허가를 구했다.

"에스피리디온?"

늙은 현자는 조금 생각한 후, 고개를 끄덕였다.

"괜찮겠지요. 위험은 없다고 제가 보증합니다."

이제 사용하려고 하는 마법 그 자체가 위험한 것이 아니고, 만에 하나 피크리야가 무언가 부정한 꿍꿍이를 가지고 젠지로에게 위해를 가하려고 한다고 하더라도, 마법을 이용한 것이라면 에스피리디온이 옆에서 방해하는 것도 쉬운 일이었다.

그런 에스피리디온의 허가를 받은 젠지로는 순순히 호기심을 따랐다.

"그럼 피크리야. 이 자리에서 주문을 발동하는 것을 허락한다."

"네. 그럼 조금 준비를 도와주실 수 있을까요? 이 정도 크기의 그릇을 두 개 준비해 주세요. 하나는 물을 담은 것이고, 또 하나는 빈 것입니다. 그리고 이 정도의 빈 컵을 빌려 주세요."

기쁘게 미소 지은 후, 피크리야는 조금 부끄러운 듯이 그 검은 두 눈을 아래로 내리더니 다시 살짝 눈으로만 위를 올려다보면서 말했다.

"흐음, 확실히 그 주문 구성에는 '물 제작' 요소는 들어가 있지 않았지? 그런 점도 간이판이라는 것인 겐가."

"네."

젠지로는 잘 몰랐지만, 에스피리디온이 납득하고 있다면 그런 것이겠지.

"그래. 준비시키지."

젠지로는 그렇게 말한 뒤, 문 너머에 대기하고 있던 호위 병사와 시녀들을 불렀다.

그리고 십 수 분 후. 젠지로 일행이 둘러싼 테이블 위에는 물을 채운 은제 그릇과 같은 크기의 빈 그릇이 있었다. 그리고 마찬가지로 은제인 작은 컵이 같이 놓여있었다.

"이 정도면 괜찮겠네요. 그럼 실례합니다."

피크리야는 예법에 따른 동작으로 의자에서 일어서더니, 은제 컵을 손에 들고 물을 채운 그릇에 그 컵을 넣었다.

"이 정도…… 아니요, 조금 많네요.………."

작은 컵으로 큰 그릇에서 물을 떠내고 조금 그릇에 물을 덜기도 하는 등, 신중하게 물의 양을 조절했다.

"…………좋아, 이 정도면 되겠지요."

이윽고 만족스러운 물의 양이 되었는지 흡족한 듯 눈매를 누그러뜨린 피크리야는 반 정도 물이 들어간 은제 컵을 테이블 위에 놓았다.

그리고 테이블 앞에 선 피크리야는 오른손의 검지를 컵의 물에 첫 번째 관절까지 담그고 주문을 외웠다.

『그릇 안의 물은 나의 명령에 따르는 인형으로 변하라. 그 대가로서 나는 수령(水靈)에게 마력 203을 바치노라.』

주문의 효과는 즉시 나타났다.

물이 은제 컵 안에서 일어섰다.

겉보기에는 한계까지 데포르메된 인형, 이라고 해야 할까? 간신히 팔다리, 몸, 머리로 나뉘어져 있지만, 팔다리의 손가락 등은 있을 리 없었고, 머리는 밋밋할 뿐 머리카락에 해당되는 부분도 없었다. 비율은 대략 3등신 정도로 보였다.

컵 한 잔분의 물이 원재료이기 때문에 크기도 사람의 손바닥에 올라갈 정도의 물건이었다.

하지만 매우 시각적인 호소력이 강한 임팩트 있는 마법이다.

"호오……!"

젠지로는 감탄하며 무의식적으로 조금 몸을 앞으로 내밀었다.

그런 젠지로의 적극적인 반응에 기분이 좋아진 것인지, 입매를 누그러뜨리면서 피크리야가 물 인형이 들어간 은제 컵을 살짝 들어 올렸다.

3등신인 겉보기대로 그다지 밸런스는 좋지 않지만, 물 인형은 컵 안에서 데굴데굴 굴렀다.

조금 가엾고 조금 귀여운 광경이었지만, 술자인 피크리야는 특별이 아무런 감정도 표현하지 않고 담담한 표정을 유지한 채, 빈 그릇 위에서 물 인형이 들어가 있는 컵을 뒤집었다.

그릇 아래로 굴러 떨어진 물 인형은 잠시 버둥거렸지만, 이윽고 일어서 그릇의 한 가운데에 가만히 섰다.

아무래도 직립을 유지하는 것이 평상시 자세인 모양이었다.

젠지로와 에스피리디온의 흥미로운 시선을 받는 가운데, 피크리야가 작은 목소리로 명했다.

『나아가라.』

그 명령을 받고 작은 물 인형은 그릇 바닥을 걷기 시작했다.

물론 아무리 물 인형이 작다고는 하지만 그것과 비교해도 그릇의 바닥은 좁았다.

물 인형은 순식간에 그릇의 경사에 발이 닿아 뒹굴, 하고 굴러 떨어지고 말았다.

하지만 버둥거리며 일어서더니, 다시 우직하게 앞으로 나아갔고, 또 굴러 떨어졌다.

그러는 시간은 1분도 채 되지 않았다.

효과 시간이 끝난 물 인형은 순식간에 형태를 잃어, 그릇의 바닥에는 컵 한 잔 분량의 물만이 남았다.

"현재로서는 이게 다예요. 마법어로 적확하게 명령을 내릴 필요가 있는 듯, 저는 아직 '나아가라' 이외의 명령을 실행시킬 수 없답니다."

분하다는 듯이 말한 피크리야의 마법을 보고 에스피리디온은 크게 흥미가 생겼는지, 나이를 잊을 정도의 기민한 동작으로 일어서 뚜벅뚜벅 피크리야에게 다가갔다.

"흥미롭군. 실로 흥미로워. 맨 처음에 진중하게 물의 양을 가늠한 것은 물의 양을 자동으로 조절하는 부분을 제외하여 마법을 간략화한 것이지? '내 명령에 따르는 인형'이라는 말에서 고찰하건대, 적확한 마법어로 명령하면 상당히 자유롭게 움직일 수 있을 듯하네. 피크리야, 조금 빌리지."

에스피리디온은 그렇게 말하더니 피크리야를 밀어내듯이 움직여 그릇과 컵 앞에 섰다.

에스피리디온은 커다란 그릇 바닥에 작게 고여 있는, 조금 전까지 물 인형 형태를 하고 있던 물에 주름이 눈에 띄는 검지를 대더니 주문을 외웠다.

『그릇 안의 물은 나의 손끝에 머물러 잠시 내가 바라는 형태를 이루라. 그 대가로서 나는 수령에게 마력 156을 바치노라.』

"역시나, 에스리피디온 님."

에스리피디온의 외운 '물 조작' 주문의 유창한 발음을 듣고 피크리야는 크게 감탄했다.

젠지로는 전혀 알 수 없는 세계였지만, 마법 전문가는 마법어를 발음하는 소리를 들으면 어느 정도 그 사람의 마법 숙련도를 알 수 있는 모양이었다.

'물 조작' 마법으로 물을 손끝에 모은 에스피리디온이 마음속으로 빌자, 물 덩어리는 그대로 물 인형 형태를 만들었다.

"흐음."

그에 더해 에스피리디온이 머릿속으로 명령하자 그릇 안에서 물 인형이 터벅터벅 걷기 시작했다.

얼핏 보면 조금 전에 피크리야가 사용한 간이판 '정령 처녀 소환'을 재현한 것이다.

단, 잘 보면 차이는 있었다. 피크리야의 간이판 '정령 처녀 소환' 때는 완전히 독립해 움직이던 물 인형이 에스피리온의 '물 조작'에서는 인형의 머리와 에스피리디온의 손끝이 실처럼 가느다란 물의 선으로 연결되어 있었다.

"흐음. 대체로 인식은 되었구먼."

혼잣말처럼 그렇게 중얼거린 에스피리디온은 물 인형과 물의 실로 연결된 손가락을 은제 컵 안에 넣고 머릿속으로 물 인형에게 명령했다.

물 인형은 형태를 잃고 그대로 마치 점액체 생물처럼 은제 그릇에서 은제 컵으로 재빨리 이동했다.

모든 물이 컵 안에 모이고 잠시 뒤, '물 조작'의 효과가 사라지자 에스피리디온은 한 번 컵에서 손가락을 빼냈다.

"그럼 시험해 볼까, 피크리야."

"네!"

갑자기 이름을 부르자 반사적으로 등을 쭉 편 흑발의 여성 마법 연구가에게 늙은 현자는 담담한 목소리로 말했다.

"자네가 개발한 간이판 '정령 처녀 소환'. 몇 가지 시험해 보고 싶은 것이 있네. 자네도 알아차린 것이 있다면 그 자리에서 의견을 내주게."

"네, 알겠습니다. 에스피리디온 님."

이 짧은 시간에 두 사람은 놀라우리만치 위화감 없이 스승과 제자의 관계를 구축했다.

"으음, 그럼 시작하지. 일단은 조금 구성을 바꿔서……."

에피리디온은 물이 들어간 컵에 검지를 넣더니, 주문을 외우기 시작했다.

"『그릇 안의 물은 나의 의사에 따르는 인형으로 변하라. 그 대가로서 나는 수령에게 마력 203을 바치노라.』 ……… 흐음, 역시 반응이 없는 건가. 아무래도 이런 방법은 너무 뻔뻔스러웠던가 보구먼."

발동되지 않은 마법에도 그다지 아쉬워하는 모습을 보이지 않고 에스피리디온은 작게 어깨를 으쓱했다.

"나의 '명령'에 따른다는 부분을 나의 '의사'에 따르라고 대치한 거군요. 확실히 그것으로 발동 가능하다고 하면 현격한 진보를 이루는 것이지만요. 역시 조금이라도 구성을 바꾸면 필요한 마력량이 변화하는 걸까요?"

칠흑 같은 두 눈을 반짝이는 피크리야에게 에스피리디온은 시선을 손가락을 넣은 은제 컵에 고정한 채 대답했다.

"그럴 가능성이 높지. 하나, 마법어는 매우 섬세하고 복잡하네. '명령'을 '의사'로 대치한 영향으로 다른 문맥이 모순되었을 가능성도 충분히 생각할 수 있지. 그런 점도 고찰의 여지가 있으니, 지금은 조금 더 원점으로 돌아가 고찰을 계속 하지. 『그릇 안의 물은 내 명령에 따르는 인형으로 변하라. 그 대가로서 나는 수령에게 마력 203을 바치노라.』"

이번에는 어레인지를 하지 않고 피크리야가 조금 전에 외운 주문을 그대로 외웠다.

역시라고 해야 할지, 주문은 멋지게 발동되었다.

은제 컵 안의 물은 다시 작은 3등신 물 인형의 형태를 이루었다.

"젠지로 님. 조금 테이블을 적시겠습니다."

이쪽에게 그렇게 양해를 구한 에스피리디온에게 젠지로가 작게 고개를 끄덕여 주었다.

"상관없다. 마음대로 하라."

마법 실험에 강한 흥미를 지니고 있던 젠지로로서도 거절할 이유가 없었다.

"그럼 실례합니다."

에스피리디온은 그릇 위가 아니라 테이블 위에 물 인형을 풀어 놓았다.

물 인형이 평평한 테이블 위에서 직립하자, 에스피리디온은 똑똑한 발음으로 명령했다.

『나아가라.』

효과는 조금 전과 같았지만 물 인형이 있는 장소가 달랐다.

좁은 그릇 안이 아니라 넓고 평평한 테이블 위에는 물 인형의 걸음을 방해하는 것이 존재하지 않았다.

타박타박, 어딘가 코미컬한 발걸음으로 이족보행을 계속하는 물 인형에게 늙은 현자는 한 번 더 '마법어'로 명령을 내렸다.

『멈춰라.』

"어머?!"

그 자리에서 걸음을 멈춘 물 인형을 보고 피크리야는 놀라움과 감동이 섞인 소리로 외쳤다.

피크리야가 존경의 시선을 보내자 에스피리디온은 조금 자랑스럽다는 듯이 턱수염을 쓰다듬으면서 더욱 명령을 거듭했다.

"『돌아보아라.』……흐음, 이건 안 되는 것인가."

에스피리디온으로서는 물 인형에게 그 자리에서 『우향우』를 시키고자 했으나, 물 인형은 그 자리에 가만히 선 채 고개를 뒤로 비틀어 밋밋한 얼굴을 뒤에 서 있는 에스피리디온 쪽을 빤히 바라보았다.

"그 자리에서 방향을 바꾸게 하려면 뭐라 명령을 해야 할 것인지. ……이건 어떠냐? 『돌아와라.』"

그 명령을 듣고 물 인형은 움찔 몸을 떨었을 뿐, 더 이상 구체적인 액션을 일으키지는 않았다.

"으음…… 이건 왜 이러지?"

"에스피리디온 님. 아마 명령 내용이 물 인형의 이해 범위를 넘은 것이 아닐까요?"

"그렇군. 확실히 『돌아와라.』라고 해도 어디로 돌아가야 하는지, 원래 있던 장소를 기억하고 있지 않으면 불가능한 것이지. 으음, 그럼 어쩌면 좋단 말인가."

"역시 제가 만든 간이판은 이 정도가 한계일까요?"

"그건 성급한 결론이네, 피크리야. 확실히 물 인형의 능력 향상도 어프로치의 방향성으로서는 올바르지만, 현재의 능력을 그대로 둔 채, 명령의 최적화를 통해 움직임을 향상시킨다는 방향도 놓쳐서는 안 되는 법이지. 아니, 마법어의 연구라는 의미에서는 그쪽이 유의

미하다고도 할 수 있어."

"확실히 말씀하신 대로입니다, 에스피리디온 님."

즉석 사제가 그런 대화로 열을 띠고 있는 사이에 간이판 '정령 처녀 소환'의 지속 시간은 한계를 맞이했다.

촤악 하고 조금 귀에 거슬리는 소리를 내면서 형태를 잃은 물 인형은 테이블 위에 퍼져 나갔다.

"뭔가, 벌써 시간이 된 건가. 이래서는 제대로 고찰할 시간도 없군."

에스피리디온은 분하다는 듯이 흰 눈썹을 찌푸렸다.

효과 시간이 짧은 것은 이쪽 세계의 마법 대부분에 해당하는 결점이다.

그건 마법 지식이 부족한 젠지로도 아는 기본 중의 기본이다. 하고 거기까지 생각했을 때, 젠지로는 문득 어떤 가능성에 생각이 다다랐다.

"피크리야? 네 부족장 가문은 쌍왕국 설립 후에 '정령 처녀 소환'의 마법 도구화를 샤로와 왕가에 부탁하지는 않았던가?"

효과 시간이 짧다는 마법 전반의 결점을 극복하는 가장 일반적인 해결 방법이 샤로와 왕가의 혈통마법인 '부여마법'을 이용한 마법 도구화다.

쌍왕국의 왕궁에서는 조명 겸 열원으로서 사용되는 '부동화구' 마법 등을 마법 도구화하지 않고 사용하려고 하면 물을 미지근하게 만들 때까지도 버티지 못한다.

평범한 마법으로 '정령 처녀 소환'을 하면 단순히 허풍 정도로밖에 사용할 수 없겠지만, 마법 도구화하면 '정령 처녀 소환'의 가치는 훌쩍 뛰어오른다.

판타지에서는 정석이라고도 할 수 있는 골렘 그 자체가 아닌가.

가슴속에 어떠한 염려를 안고 젠지로가 질문하자 피크리야는 쓴 웃음을 지으면서고 고개를 저었다.

"아쉽지만 그런 것은 존재하지 않습니다. 애초에 네 부족장 가문은 쌍왕국 설립 후에도 '정령 처녀 소환'의 비밀을 샤로와 왕가에 밝히지 않았으니 그런 마법 도구를 만들 수 있을 리 없지요."

마법을 마법 도구화하기 위해서는 '부여마법'의 사용자 앞에서 그 마법을 몇 번이고 외워서 보여 줘야 할 필요가 있다.

자신들은 '정령 처녀'의 자손이다. 때문에 '정령 처녀 소환'을 사용할 수 있다, 라고 말하면서 마법어의 내용은 '인형을 만들어라'라느니 '명령에 따라 움직여라' 같은 말을 한다면 '정령 처녀 소환'의 실체를 고스란히 들키고 만다.

"게다가 실용성도 전혀 없답니다. 저의 간이판은 어느 정도 마력량만 있으면 되지만, 진짜는 그 정도와는 비교가 되지 않을 만큼 마력량이 많이 필요할 것으로 예상되니까요. 그렇다면 하나 완성시킬 때까지 필요한 시간은 자칫하면 10년 이상. 게다가 조금 전에도 보셨듯이 '정령 처녀'에게 복잡한 명령을 실행시키는 것은 곤란하니, 확실히 말씀드려 마법 도구화할 정도의 가치는 없습니다."

"오호라, 그것도 그런가."

표면상, 피크리야의 말에 동의하면서 젠지로는 내심 식은땀을 흘렸다.

완성시키는 데 엄청난 시간이 걸리는 데다, 복잡한 명령을 실행할 능력이 없으니 마법 도구화하는 의미가 없다.

다시 말해서 짧은 시간에 양산이 가능해지고, 어느 정도 복잡한 명령을 실행할 수 있게 된다면 이야기는 완전히 뒤집힌다는 것이었다.

생산 시간의 단축은 현재 완성 직전까지 진행된 유리구슬의 양산화가 시작되면 돌파할 수 있는 문제고, 복잡한 명령도 이런 상태로 에스피리디온과 피크리야가 연구를 진행하면 의외로 금방 멋지게 성공할 것 같은 기분이 들었다.

그렇게 되면 언젠가는 마법 도구화한 '정령 처녀'——네 정령의 골렘이 실용화될지도 모른다.

조금 능력이 낮다고 하더라도 어느 정도 값싼 금액으로 양산할 수 있다면, 골렘의 가치는 끝을 알 수 없게 된다.

게다가 지금은 피크리야가 가장 특기인 물의 정령 처녀를 베이스로 하고 있지만, 역사상으로는 불, 바람, 흙의 정령 처녀도 존재했다는 모양이다.

흙의 정령 처녀라면 타라예가 문제시하고 있는 광산 같은 위험한 장소의 노동력으로도 사용할 수 있을지 모르고, 가동 효율이 좋으면 먹잇감이나 물을 도중에 구할 수 없는 장소에 주룡 대신 데리고 가는 것도 가능할지 모른다.

불의 정령 처녀의 경우, 전장에서 전사 확률이 높은 돌격대의 첫 번째 줄을 맡길 수 있다면 이쪽의 전사자를 줄이는 것과 동시에 적의 사상자를 증대시킬 수 있을 듯했다.

바람의 정령 처녀의 경우에는 어쩌면 장기 이동을 하는 사람들을 고민하게 하는 대형 비룡에 대한 반격 수단이 될 수 있을지 모른다.

조금 생각해 봤을 뿐인데도 유효한 사용처가 매우 많이 떠올랐다.

유리구슬에 관한 이야기는 카파 왕가와 샤로와 왕가 사이에서 머물러 있기 때문에 아무것도 모르는 피크리야는 한가한 소리를 하고 있지만, 언젠가 피크리야가 본격적으로 '정령 처녀 소환'의 재현에 성공하면, 그 성과는 반드시 샤로와 왕가 사람의 귀에도 도달할 것이다.

국력 증강에 욕심이 많은 브루노 왕이나 주세페 왕태자가 지금 젠지로가 떠올린 정도의 생각을 하지 못할 리가 없었다.

'역시 유리구슬 양산은 지금부터라도 중지시켜야 할지도 모르겠어.'

그런 생각을 하면서 젠지로는 미소를 무너뜨리지 않고, 에스피리디온과 피크리야의 대화를 지켜보았다.

"상당히 유의미한 시간이었네. 인사를 하지, 피크리야."

"저야말로 에스피리디온 님에게 지도를 받아 오늘 하루 만으로도 독학 3년 치에 필적하는 성과를 올렸습니다. 감사합니다."

늙은 현자와 젊은 여성 마법 연구자는 밝은 웃음을 나누었다.

젠지로에게 '마법 도구화 사용에 견딜 수 있는 유리구슬 양산에 성공했다'는 보고가 들어온 것은 그날 밤의 일이었다.

[제3장] 공간 차단 결계와 순간이동과 부동화구

　그리고 며칠 후.

　왕궁의 한 방에서, 간신히 시간을 낸 카파 왕국과 쌍왕국, 양국의 중진들이 주욱 늘어섰다.

　카파 왕국에서는 여왕 아우라와 왕의 배우자 젠지로.

　쌍왕국에서는 샤로와 왕가의 프란체스코 왕자와 보나 왕녀.

　그리고 마찬가지로 쌍왕국에서 엘레멘타카트 공작 가문의 타라예.

　바쁜 다섯 명의 스케줄을 간신히 조정해서 마련한 자리였기 때문에 시간이 별로 없었다.

　다행히 대화를 나눌 내용에 대해서는 사전에 전원에게 정보가 전달되었기 때문에 인사도 하는 둥 마는 둥 서론도 없이 본론으로 들어갔다.

　"그럼 의뢰주는 타라예 양, 또는 엘레멘타카트 공작 가문이 맞는 거지요? 그리고 의뢰 내용은 '공간 차단 결계'의 마법 도구를 만들어 달라는 것이고요."

　여전히 의욕이라는 말과는 연이 없는, 편한 말투로 그렇게 말을 꺼낸 사람은 프란체스코 왕자였다.

　프란체스코 왕자의 말을 듣고 의뢰주──타라예는 작게 고개를 끄덕였다.

"네, 말씀대로입니다. 이미 아우라 폐하께는 허가를 받았습니다."

"세세한 조건은 이제부터 결정할 것이고, 그 조건이 절충되지 않으면 파담이 될 가능성도 아직 충분히 있지만 말이지."

방심하지 않고, 계약이 성립되는 것을 전제로 이야기를 진행하려고 하는 타라예에게 여왕 아우라는 쓴웃음을 지으며 못을 박아 두었다.

젠지로가 말한 대로 이 금발 미녀는 좀처럼 방심할 수 없는 사업가인 듯했다.

이어서 착실한 말투로 말을 꺼낸 사람은 보나 왕녀였다.

"'공간 차단 결계'는 카파 왕가의 혈통마법. 당연히 그것을 마법 도구화하려면 카파 왕가와 우리 샤로와 왕가가 힘을 합쳐야만 완성할 수 있습니다. 카파 왕가에서는 어느 분이 담당하시나요?"

젠지로와 아우라를 균등하게 바라보는 보나 왕녀의 갈색 눈동자에는 숨길 수 없는 호기심의 빛이 깃들어 있었다.

카파 왕가의 혈통마법인 '공간 차단 결계'의 마법 도구화. 그것도 의뢰주는 금광을 가지고 있는 엘레멘타카트 공작 가문이다.

마법 도구를 위해서이니 순도 높은 금을 사용할 것이 틀림없었다.

보나 왕녀의 진지한 표정은 전혀 무너지지 않는데, 앉은 자세가 두근두근, 안절부절하는 모습이라, 젠지로가 보기에는 정말 이상했다.

예의 바르게 행동하도록 훈련받은 개가 아주 좋아하는 먹이를 앞에 두고 '앉아'라는 명령을 받은 모습이 떠오르고 만다.

"젠지로는 왕궁에 없을 때도 많아서 말이지. 의뢰를 받는다고 한다면 내가 담당하려고 생각하는 중이오. 마법 도구를 만들려면 오랜 세월을 필요로 하는데, 하루에 매달릴 수 있는 시간은 얼마 안되니 말이외다. 대략적인 계산이라도 좋으니, 만약 이 '공간 차단 결계'의 마법 도구를 제작하게 된다면 대체 얼마나 시간이 걸릴 것이라 생각하오?"

여왕 아우라의 대답과 질문을 듣고 금발의 왕자와 밤색 머리카락의 왕녀는 잠시 얼굴을 마주 보았다.

"그러네요. '공간 차단 결계'는 혈통마법 중에서는 그다지 마력량이 많은 마법이 아니지만, 다른 조건이 높아서 말이지요. 금광의 광부들의 안전을 보증한다고 한다면 마력은 자동 충전식이 되어야 할테고, 마법 초보라도 순간적으로 발동할 수 있는 형태가 되어야 하니…… 대략 2년 전후는 봐야 할 듯합니다."

그렇게 말한 프란체스코 왕자보다 조금 늦게 보나 왕녀도 대략 비슷한 결과를 산출한 듯 동의했다.

"그러네요. 저도 대략 그 정도라고 생각합니다."

당연하지만 그것은 유리구슬이라는 비장의 카드를 고려하지 않은 스케줄이었다.

프란체스코 왕자의 평소 언동을 보면 그만 잊기 십상이지만, 투명한 구체를 매체로 삼으면 마법 도구는 완성까지의 시간과 노력을 극단적으로 단축할 수 있다는 것이 샤로와 왕가의 비밀 중의 비밀이었다.

쌍왕국 국내에서는 샤로와 왕가와 지르벨 법왕가를 제외하면 비밀에 붙여져 있는 사항이었다.

때문에 이번 일은 어디까지나 평범한 스케줄을 토대로 이야기가 진행된다.

"그렇다면 문제는 이쪽보다도 그쪽일 듯하구려. 프란체스코 전하, 보나 전하. '공간 차단 결계'의 마법 도구화는 어느 분이 담당하시오? 이쪽은 내가 담당하는 이상, 장소는 카파 왕국에서 움직일 수 없소. 필연적으로 담당하는 사람은 앞으로 2년간 카파 왕궁에 체재하게 될 것이오만."

이미 1년 이상 카파 왕궁에 체재하고 있는 프란체스코 왕자와 보나 왕녀이지만 '공간 차단 결계'의 마법 도구화를 받아들이면 필연적으로 이후로도 2년간 체재를 연장해야 했다.

하지만 카파 왕국에는 젠지로라고 하는, 쌍왕국과 카파 왕국의 왕복을 '순간이동'으로 이루어 주는 사람이 존재하기 때문에 마법 도구화를 계속하는 2년간도 도중에 며칠 쉬면서 쌍왕국에 일시적으로 귀국하는 것은 가능했기 때문에, 그렇게까지 심각한 이야기는 아니지만.

그러나 그건 어디까지나 일시 귀국. 앞으로 2년간 그 대부분은 타국에서 지낸다는 점은 변함이 없다.

프란체스코 왕자도 보나 왕녀도, 결혼 적령기의 미혼 남녀다.

밀약으로 인해 기본적으로 결혼을 허락받지 못한 프란체스코 왕자야 어쨌든, 보나 왕녀에게 있어 앞으로 2년간을 낭비하는 것은 상당히 크게 인생을 좌우한다. 좌우하기는 하지만.

"괘, 괜찮다면 제가 담당하겠습니다! 괜찮아요, 반드시, 부끄럽지 않은 물건을 완성해 보일 테니까요!"

눈을 반짝이면서 소파에서 허리가 붕 뜰 정도로 앞으로 몸을 내밀며 입후보하는 보나 왕녀의 머릿속에 그런 장래 설계는 전혀 그려지지 않은 듯했다.

"프란체스코 전하? 보나 전하는 이렇게 말씀하시고 계시오만?"

확인을 하는 여왕 아우라에게 프란체스코 왕자는 평소대로 가뿐한 미소를 지은 채 고개를 끄덕였다.

"예, 좋습니다. 보나가 의욕이 넘치니 양보하겠습니다. 저는 따로 하고 싶은 일이 이것저것 많으니까요."

프란체스코 왕자의 그 말을 듣고 욕망이 폭주했던 보나 왕녀는 겨우 자신의 역할이 떠올랐다.

"프란체스코 전하, 너무 아우라 폐하나 젠지로 폐하에게 민폐를 끼치지는 말아 주세요."

본국에서 프란체스코 왕자를 감시하라는 분부를 받은 보나 왕녀였지만 '공간 차단 결계'의 마법 도구화를 담당하면 그쪽은 손이 돌아가지 않는 날이 늘어난다. 특히 마법 도구의 그릇이 될 세공품을 만드는 단계에는 잠시 공방에 틀어박히는 나날이 계속될 터다.

그 사이에 프란체스코 왕자가 '방목'된다는 점 탓에 보나 왕녀의 책임감이 자극되었다.

그래도 '역시 프란체스코 전하가 마법 도구화를 담당해 주세요. 저는 전하를 감시하겠습니다'라고 말을 꺼내지 않는 것은 보나 왕녀의 기술자의 영혼으로 인한 한계 때문일 터다.

어쨌든 이것으로 타라예가 의뢰한 '공간 차단 결계'의 마법 도구에 관해서는 큰 틀이 결정되었다.

원하던 것을 구입할 수 있게 방향이 정해지자, 타라예는 기쁘게 웃으며 평소보다도 50퍼센트 더 붙임성 좋은 목소리로 말했다.

"그럼 아우라 폐하, 보나 전하. 번거로우시겠지만 잘 부탁드립니다."

"나는 매일 아주 짧은 시간 동안 마법을 쓰는 것뿐이라 말이지. 크게 수고할 일은 없네."

"맡겨 주세요, 타라예. 반드시 만족할 만한 물건을 만들어 보이겠어요."

가볍게 받아들이는 붉은 머리카락의 여왕과 과하다고 할 정도로 힘이 들어간 선언을 하는 밤색 머리카락의 왕녀.

의욕은 큰 차이가 있지만 완성될 물건은 충분히 기대해도 좋을 것이다.

"그러고 보니 '공간 차단 결계'의 마법 도구가 완성되는 것은 약 2년 후가 아닌가? 보나 전하는 원칙적으로 2년간, 이쪽에 체재하시게 되실 터지만, 타라예는 어떻게 할 작정이지? 그대도 2년간 이쪽에 있을 예정인가?"

문득 생각난 듯이 묻는 여왕의 말을 듣고 금발의 여성 상인은 조금 생각한 후 교태를 부리는 듯한 미소를 지으며 제안했다.

"역시 그래서는 조금 시간의 활용이 아쉽겠네요. 적당한 시점에 양 폐하께 부탁을 드려 '순간이동'으로 쌍왕국에 귀국하고 싶습니다. 단지 2년 동안 몇 번인가는 진척을 확인하고 싶으니 맞이하러 와 주신다면 좋겠다고 생각하고 있는데요."

　그렇게 말한 타라예는 그 호박색 눈동자에 살피는 듯한 기색을 띠며 눈만 살짝 위로 들고 젠지로와 아우라의 대답을 기다렸다.

　여왕 아우라의 대답은 빠르고 간결했다.

　"돌아가는 거야 어쨌든, 맞이하러 가는 것은 비싸다만?"

　현재 카파 왕국에 있는 사람을 쌍왕국에 보내는 것뿐이라면 젠지로나 아우라가 '순간이동'을 한 번 사용하면 끝이지만, 쌍왕국에 있는 사람을 카파 왕국으로 이동시키기 위해서는 '순간이동' 사용자 자신이 '순간이동'으로 쌍왕국으로 간 뒤, 이동을 희망하는 사람에게 '순간이동'을 써 줄 필요가 있다. 그에 더해 사용자가 카파 왕국으로 귀국할 때도 '순간이동'을 사용한다.

　단순하게 필요한 '순간이동'만 해도 세 번. 최소 하루는 사용자가 상대 나라에 체재해야만 한다는 사실을 고려하면 가격은 최소한으로 잡아도 다섯 배를 하회하지 않았다.

　그런 설명을 들은 금발의 여성 상인은 재빨리 머릿속으로 주판을 튕겼다.

　"하나 확인하고 싶은데, 이번에 제가 짊어지고 온 짐들. 그것과 비슷한 정도의 물건을 앞으로도 가지고 올 수 있도록 허가해 주실 수 있을까요?"

　"그건 상관없다만."

　여왕 아우라의 대답을 들고 타라예는 호박색의 눈초리가 처진 눈을 더욱 내리며 웃었다.

　"그렇다면 문제없습니다. 그 값을 내고도 흑자를 확보해 보일 테니까요."

자신의 등에 짊어질 수 있을 만큼의 물건으로 왕복 '순간이동' 대금을 내 보이겠다고 호언하는 금발 여성 상인을 보고 여왕은 쓴웃음을 감추지 못했다.

"우리나라의 화폐를 너무 반출하지 말았으면 하는데. 도중 경과야 어쨌든 최종적인 수지는 물건과 물건이 움직이는 형태로 부탁하네."

카파 왕국은 대국으로 고위 귀족이나 대상인은 부자도 많지만, 국내에 유통되는 금화·은화의 수는 유한하다. 타국에 대량으로 유출되면 경제의 둔화를 부른다.

"알겠습니다."

여왕의 말을 듣고 타라예는 새침한 미소를 지으며 대답했다.

"그럼 '공간 차단 결계'의 마법 도구화에 대해서는 일단 보나와 타라예가 대화해 줄 수 있을까? 매체가 될 물건의 대략적인 형태를 결정할 때까지는 아우라 폐하의 차례는 없으니까."

"그건 말씀하신 대로이지만, 프란체스코 전하는 어떻게 하실 생각이시죠?"

보나 왕녀와 타라예에게 이 자리에서 떨어져 둘이서 이야기해라, 라고 말하는 프란체스코 왕자를 보고 보나 왕녀는 가차 없이 의혹의 시선을 던졌다.

말하는 것은 옳지만 그 옳은 말을 방패 삼아 감시역인 자신을 곁에서 멀어지게 하려고 하는 것으로밖에 들리지 않았기 때문이다.

그런 감시역 소녀에게 금발의 왕자는 전혀 켕길 게 없다는 미소를 짓더니.

"나는 다른 일로 두 폐하와 할 이야기가 있어. 당분간은 이곳에 남을 생각이야."

그렇게 말하며 귀에 걸린 머리카락을 쓸어 올리는 시늉을 한 다음, 살짝 검지와 엄지로 만든 원을 보나 왕녀에게 보여 주었다.

손가락으로 만든 원은 구체의 암시. 프란체스코 왕자가 유리구슬에 관해 아우라, 젠지로와 할 이야기가 있다고 말하는 것이었다.

그렇게 말을 하니 보나 왕녀도 물러설 수밖에 없었다.

유리구슬──투명한 구체는 샤로와 왕가의 비술과 관련된 이야기다. 네 공작 가문의 사람인 타라예를 떼어 놓지 않으면 화제로 올릴 수 없었다.

그렇다면 그것은 이 자리에서 가장 자연스럽게 타라예를 떼어 놓을 수 있는 명분이 있는 보나 왕녀의 역할이었다.

아직 일말의 불안은 있었지만, 일단은 납득을 한 보나 왕녀는 타라예를 돌아보았다.

"알겠습니다. 들은 대로 '공간 차단 결계'의 마법 도구화는 제가 담당하겠습니다. 구체적인 기능이나 마법 도구의 소재, 크기 등, 세세한 요망을 가르쳐 주셨으면 하는데, 타라예는 이후에 시간 있으신가요?"

"네, 문제없습니다. 감사합니다, 보나 전하."

보나 왕녀의 말을 듣고 타라예는 그렇게 말하더니, 시간은 돈이라고 말을 하듯이 곧장 소파에서 일어섰다.

보나 왕녀와 타라예가 퇴실하고 잠시 후.

혹시 몰라 절대로 목소리가 들리지 않을 곳까지 갔다고 확신이 들 때까지 침묵을 지킨 뒤, 가장 처음으로 입을 연 사람은 여왕 아우라였다.

"그럼 '예정대로' 공식적인 일은 무사히 보나 전하에게 맡기도록 하고, 이제는 진짜 일을 의뢰하고 싶소. 먼저 이쪽의 감정부터외다. 여봐라."

그렇게 말하고 여왕은 뒤에 대기하고 있던 얼굴이 갸름한 비서관에게 턱으로 지시를 내렸다.

지시를 받은 그 중년 비서관은 재빨리 명령을 실행했다.

"네. 앞을 실례하겠습니다, 프란체스코 전하."

프란체스코 왕자의 앞으로 내민 것은 평평한 나무 상자였다.

"실례합니다."

비서관이 그 뚜껑을 열자 안에서 세로 3, 가로 4로 구분된 열두 개의 작은 공간에 합계 20개의 유리구슬이 담겨 있었다.

나무 상자의 바닥에는 부드러운 천이 깔려 있어 만에 하나라도 유리구슬이 파손되지 않도록 해 두었다.

"호오."

"보다시피 우리나라에서 생산한 마법 도구용 보석 제2진이오. 프란체스코 전하의 기탄없는 의견을 들려주었으면 하오만."

출산을 코앞에 둔 복부에 지지 않을 정도로 부푼 가슴을 당당히 펴는 여왕을 보고도 금발 왕자는 눈길 한 번 주지 않고 곧장 유리구슬을 손에 들고 하나하나 세세히 감정하기 시작했다.

"……."

"……."

항상 떠올리던 긴장감 없는 웃음을 지우고 진지하게 감정을 계속하는 프란체스코 왕자를 여왕 부부는 긴장한 표정으로 지켜보았다.

제2진이라는 유리구슬은 멀찍이서 보면 제1진과 다를 바 없었다.

색상은 여전히 라무네 병을 조금 얇게 자른 정도의 녹색으로, 안에는 한눈에 알 수 있을 정도로 많은 기포가 들어가 있었다.

멀리서 보면 상처 없는 구체로 보이지만 그건 제1진도 마찬가지였다.

오랜 시간을 들여 한 개 한 개, 정성스럽게 감정하던 샤로와 왕가의 왕자는 결론을 내렸다.

"이 네 개는 안 되겠네요. 그냥 넘어갈 수 없는 비틀림이나 상처가 있습니다. 남은 여섯 개는 합격입니다. 아직 색이 진해서 젠지로 폐하의 보석과 비교하면 뒤떨어지지만, 부여마법의 매체로서는 큰 힘이 될 겁니다."

열 개 중 여섯 개가 합격.

대국의 왕답게 어딘가 매서워 보이는 미소를 짓는 아우라 옆에서 젠지로는 기쁨과 불안이 뒤섞인 미소를 지었다.

이것으로 불완전하게나마 유리구슬을 양산할 수 있게 된 것이다.

비탈길 위에서 아슬아슬하게 버티다가 첫 번째 발걸음을 내디딘 기분이었다. 이후로는 이제 멈추지 않는다. 멈출 수 없다.

할 수 있는 일은 얼마나 굴러 넘어지지 않고 달릴 수 있는가. 살짝 원하는 방향으로 미세 조정을 할 수 있는가. 고개 너머에 무엇이 있는지는 모르겠지만, 더는 고개 위로 돌아갈 수 없다는 사실은 잘 알았다.

각오를 다진 젠지로는 제안했다.

"그럼 프란체스코 전하. 불합격을 받은 네 개의 부족했던 이유를 하나하나 서면으로 기록해 주실 수 있을까요?"

자세한 이유를 전해 않은 채 불량 판정을 내리면 제조 현장의 사기를 떨어뜨릴 뿐이지만, 사용할 수 없는 이유를 알기 쉽게 전달할 수 있다면 그건 이후의 개선을 위한 피드백이 된다.

이어서 젠지로는 옆에 앉은 아내 쪽으로 시선을 옮겼다.

"아우라 폐하. 이번에는 프란체스코 전하께서 합격 판정을 내리신 여섯 개도 최소 한 개, 가능하면 세 개 정도를 현장에 '견본'으로 반환할 것을 제안합니다."

아무리 상세한 설명을 하더라도 불량품만이 눈앞에 있어서는 양품을 만들기는 어렵다.

좋은 의미에서 표본이 되는 양품과 나쁜 의미에서 표본이 되는 불량품. 그에 더해 불량품의 불량인 확고한 이유를 기록한 것. 그것이 세트가 되어야 현장은 다음 생산 체제를 효율적으로 개선할 수 있다.

그런 젠지로의 주장은 아우라의 귀에도 매우 설득력 있는 울림으로 다가왔다.

"좋소. 그 말을 받아들이지. 합격품 중 세 개는 견본으로 제조 현장으로 되돌리겠소."

"아, 젠지로 폐하, 아우라 폐하? 거기에 불량인 것의 상세한 서면까지 적어야 한다면 역시 감정비를 받고 싶은데요. 역시 이거 제2진으로 끝나는 거 아니잖아요?"

자신이 낸 결과를 자신을 제쳐 둔 채 이야기하는 여왕 부부를 보고 금발 왕자는 불만을 숨기지 않고 입을 삐죽였다.

보석 감정 정도는 큰 수고가 들지 않지만 공짜로 일하는 것은 사양이다. 무엇보다 바로 눈앞에 가지고 싶은 것이 있으니 조르는 것은 당연한 일이었다.

프란체스코 왕자의 전혀 숨김없는 물욕에 찬 시선이 양품인 유리 구슬을 향해 쏟아지는 것을 보고 여왕 아우라는 빙긋 웃었다.

"그렇다면 제조 현장으로 돌려보내지 않는 나머지 세 개를 프란체스코 전하에게 드리리다."

"?! 정말인가요?!"

시원스러운 말을 하는 여왕 아우라를 보고 프란체스코 왕자는 예의 나쁘게 양손을 테이블에 대고 허리를 들었다.

여왕 아우라는 그 기세를 제지하듯이 오른손 손바닥을 프란체스코 왕자의 얼굴을 향해 들더니.

"단, 말할 것도 없이 감정 보수만으로 보석을 세 개나 드릴 수는 없소. 그 외에도 이쪽이 의뢰할 일이 있는데, 구체적으로 말하면 비밀리에 마법 도구의 제작을 부탁하고 싶다는 것이외다."

"호오오?"

일단 엉덩이를 소파로 되돌린 프란체스코 왕자였지만 그 녹색 두눈은 의뢰에 대한 기대로 조금 전 이상으로 반짝반짝 빛났다.

예상대로의 반응을 보이는 쌍왕국의 왕자를 보고 여왕은 쓴웃음을 흘리면서 품에서 유리구슬 두 개를 더 꺼내 테이블 위에 올려 두었다.

"매체는 이것을 사용해 주시구려. 희망하는 것은 '순간이동'과 '공간 차단 결계'. 기한은 올해 중이니 앞으로 2개월도 남지 않았군. 만약 양쪽 다는 어렵다면, '순간이동'이 가장 우선이오. 단, '순간이동'의 마법 도구는 유사시에 쉽게 발동이 가능한 마법 도구로 만들어야 하오. 일회용이어야 한다는 것이 조것이외다."

아우라가 지금 꺼낸 유리구슬은 사전에 젠지로에게 건네받은 일본제 유리구슬이었다.

대륙 간 항행을 떠나는 젠지로의 목숨줄이 될 마법 도구였다. 아까워해서는 안 되었다.

출처가 다른 두 개의 보석을 손에 든 금발 왕자는 흥미롭다는 듯이 그 두 개를 잠시 손바닥 위에서 굴렸지만 이윽고 시선을 여왕 부부에게로 되돌렸다.

"이 보석이라면 그다지 어렵지는 않겠군요. 일회용 '순간이동'은 하루 만에, '공간 차단 결계'도 최대한으로 잡아도 닷새도 걸리지 않을 겁니다. 물론 양쪽 모두 아우라 폐하나 젠지로 폐하의 협력이 필수입니다만."

마법 도구를 제작하려면 부여마법 사용자와 동시에 마법 도구화를 할 마법 사용자가 필요하다. 4대 마법이라면 프란체스코 왕자가 혼자서 제작할 수 있지만, '순간이동', '공간 차단 결계'는 양쪽 모두 시공마법. 사용자는 카파 왕가 사람으로 한정된다.

여왕 아우라인가 왕의 배우자인 젠지로인가.

일단 선택지는 둘이지만 그 실태를 알고 있는 아우라로서는 처음부터 하나의 선택지밖에 없었다.

"양쪽 모두 내가 하지."

"그래도 되겠습니까?"

확인을 하는 프란체스코 왕자에게 젠지로는 쓴웃음을 지으며 고개를 끄덕였다.

"네, 저는 프란체스코 전하에게 헛된 마력을 사용하시게 만들 가능성이 매우 높아서요."

마법 도구화란 매체가 되는 물체에 먼저 부여마법을 걸고, 그곳에 가두는 마법을 걸어 채워 가는 것이라고 한다.

문제는 부여마법을 건 뒤에 가두는 마법을 붙들어 둘 수 있는 상태가 결코 오래 지속되지 않는다는 점이었다.

프란체스코 왕자가 부여마법을 걸고 '자아, 지금입니다. '순간이동'을 사용해 주세요'라고 말했을 때, '좋아. '내가 뇌리에 그린……' 아, 틀렸다'처럼 되어서는 다시 마법을 외울 시간적 여유가 거의 없다는 모양이었다.

마법에 실패한 술자는 마력을 소비하지 않기 때문에 몇 번이고 도전할 수 있지만 이 경우, 부여마법은 성공했기 때문에 프란체스코 왕자의 마력은 쓸데없이 소비되고 만다.

젠지로보다 두 배나 많은 마력량을 자랑하는 프란체스코 왕자이지만, 그래도 그 양은 유한하고, '부여마법'은 소비 마력량이 많은 마법이다.

실패가 계속되어서는 프란체스코 왕자에게 민폐를 끼치는 것뿐만이 아니라, 마법 도구 제작의 일정에도 악영향을 끼치고 만다.

그 점에서 아우라라면 일단 실패할 가능성이 거의 없다.

출항 예정까지 충분히 여유를 두고 '순간이동'과 '공간 차단 결계'의 마법 도구가 완성된다면 조금 더 욕심을 부린 부탁도 가능하다.

젠지로는 시선으로 여왕인 아내에게 허가를 받은 뒤, 품에 손을 넣어 그것을 꺼냈다.

꺼낸 것은 또 다른 유리구슬 한 개.

"프란체스코 전하. 저도 의뢰가 있습니다. 우선 순위는 가장 낮아도 상관없지만, 이것으로 '부동화구' 마법 도구를 제작해 주셨으면 합니다. 물론 시간이 어려울 듯하다면 의뢰는 철회하겠습니다."

"'부동화구' 말인가요? 그 보석을 매체로 한다면 정말 순식간입니다."

신기하다는 듯이 고개를 갸웃하는 프란체스코 왕자에게 젠지로는 고개를 가로젓더니, 품에서 사전에 준비해 둔 용피지를 꺼냈다.

"이 경우, 마법 도구로서라기보다는 도구로서 조금 복잡한 형태가 됩니다. 시간이 없다면 마법 도구 부분 이외에는 이쪽의 기술자에게 의뢰하는 것도 생각하고 있습니다."

그렇게 말하며 펼친 용피지에는 젠지로가 고심해서 그린 마법 도구 설계도가 있었다.

젠지로는 특별히 그림에 재능이 있지는 않았기 때문에 제삼자가 보고 알 수 있도록 그리기 위해 매우 고생했지만, 아무래도 프란체스코 왕자에게는 어느 정도 그 설계도의 의도가 전달된 듯했다.

"이건 꽤 재미있는 만듦새군요. 아래 부분이 고정쇠처럼 되어 있어서, 아, 테이블 등에 끼워 고정하는 거군요. 그리고 중요한 '부동화구'는……. 아, 이 구멍이 많이 뚫린 검은 구체(球體) 안에서 '부동화구'가 빛나게 한다라. 검은 구체는 철인가요? 같이 그려져 있는 이쪽은 뚜껑이 달린 컵이라 보면 될까요? 이쪽도 이상한 형태군요. 바닥이 둥글게 움푹 들어가 있고, 갈고리 같은 것이 나 있습니다."

흥미롭게 설계도를 해독하는 프란체스코 왕자에게 젠지로는 가능하면 알기 쉽게 설명했다.

"그 컵은 '부동화구'를 가둔 검은 구체 위에 고정할 수 있도록 해주었으면 합니다. 구체의 구멍에 이 갈고리를 물렸을 때, 쉽게 빠지지 않게 만들고 싶습니다."

젠지로가 의뢰한 것은 간단히 말해 배 위에서 안전히 사용할 수 있는 불이었다.

젠지로가 조사한 바에 따르면 배 위에서 불을 다루는 방식은 지구의 대항해시대와 큰 차이가 없었다.

일단 조리실에 가마 등은 준비되어 있지만, 불을 다룰 수 있는 것은 파도와 날씨가 매우 좋아 바다가 잔잔할 때뿐이다.

항해 중의 대부분은 불이 없는 생활을 할 수밖에 없는 모양이었다.

즉, 식사의 대부분은 말린 고기, 건조한 콩, 잎채소 절임, 건빵 같은 보존식을 그대로 깨물어 먹는 것이다.

솔직히 그런 상황을 버틸 자신이 전혀 없었던 젠지로가 생각한 것이 '배 위에서도 안전한 불'을 준비하는 것이었다.

'부동화구'는 그 이름대로 전혀 흔들림 없는 구형의 불꽃을 피우는 마법이다.

이 '부동화구' 마법 도구가 있을 경우, 구형의 불꽃 주변을 금속제 망이나 구멍이 뚫린 금속판으로 쏙 뒤집어 버리면, 만에 하나 배 안에서 떨어져 굴러도 불길이 퍼질 가능성은 한없이 낮다.

그에 더해 배 안에 고정되어 있는 책상에 고정쇠 같은 것으로 조여서 고정하면, 마법 도구가 떨어져 구르는 일은 일단 일어나지 않는다.

그 '부동화구'를 가둔 금속구 위에 금속제 컵을 고정할 수 있다면, 컵 한 잔 정도의 물을 끓일 수 있다.

그렇게 되면 이동 중의 배 안에서 뜨거운 차를 마시거나, 말린 고기나 건조한 콩을 넣은 간단한 국을 만들 수 있을 터였다.

안 그래도 가혹할 것으로 예상되는 대륙 간 항행이다. 식사로 인한 정신적인 부하를 경감하는 것은 무시할 수 없는 일이었다.

게다가 어정쩡한 지식이지만 분명히 차에는 비타민C가 다량으로 포함되어 있다고, 젠지로는 어딘가에서 읽은 기억이 있었다.

장기 항해하면, 비타민C의 부족으로 인한 괴혈병이 연상되었다.

100일을 넘는 길임에도, '황금나뭇잎호'의 선원들은 괴혈병 같은 증상이 발병한 자가 없었기 때문에 이 이세계에서는 쓸데없는 걱정일지도 모르지만 젠지로로서는 역시 걱정이 되는 부분이었다.

"세공 부분에 시간이 걸린다고 한다면 '부동화구' 마법도구 부분만이라도 상관없습니다."

마법 도구 부분은 부여마법 사용자에게만 부탁할 수 있지만, 그 이외의 세공은 '기술자의 정원'에 맡겨도 되었다. 최악의 경우, 배 안에서 사용 가능한 형태로 마무리되지 않더라도 가지고 갈 가치는 있었다.

대륙 간 항행이 순조롭게 진행되면 '황금나뭇잎호'가 읍살라 왕국에 도착하는 때는 카파 왕국의 우기가 시작되는 달. 지구의 달력으로 말하면 4월이다.

막연하지만 젠지로는 읍살라 왕국을 북유럽에 가까운 지리, 기후라고 추측했다. 4월의 북유럽이니 난방이 불필요하다고는 도저히 생각하기 힘들었다.

잠시 젠지로가 내민 설계도를 보던 프란체스코 왕자였지만 이윽고 들어 올린 얼굴에는 자신감과 의욕으로 채색된 미소가 떠올라 있었다.

"대충 알겠습니다. 해 보죠. '순간이동', '공간 차단 결계', '부동화구'. 세 가지 모두 받아들이겠습니다."

"잘 부탁드립니다."

자신감 넘치는 프란체스코 왕자의 대답을 듣고 젠지로는 가슴을 쓸어내리며 어깨의 힘을 뺐다.

———————◆———————

그날 밤.

평소대로 저녁과 입욕을 마친 젠지로와 아우라는 후궁의 거실에서 오늘까지의 진척에 대해 이야기를 나눴다.

젠지로의 북대륙행이 결정되어, 그 위험을 한없이 제로에 가깝도록 만들기 위해 프란체스코 왕자에게 마법 도구의 제작을 의뢰했다.

　동시에 카파 왕국제 유리구슬 제2진을 평가해 달라고 해 본 결과, 여섯 개가 합격 판정을 받았다.

　물론 젠지로가 가지고 온 일본제의 그것과 비교하면 투명도가 낮아 아직도 개선의 여지가 있다는 것은 확실하지만.

　"유리 기술자들은 특별히 치하할 필요가 있겠어. 특별 보수는 당연히 줘야 하고, 또 가마가 타서 부서졌으니, 어느 정도 긴 휴가를 주도록 할까?"

　기분이 좋아 보이는 여왕의 말을 듣고 맞은편에 앉은 젠지로는 걱정스럽게 말했다.

　"돈은 문제없다고 해도 휴가는 괜찮을까? 기밀 유지라든가, 몸의 안전이라는 측면에서."

　유리구슬 제조에 성공한 지금, 유리 기술자들은 초일급 중요인물이 되었다.

　누군가 한 명이라도 쌍왕국 측에게 제안을 받거나, 납치되면 그 순간, 카파 왕국의 미래에 큰 영향을 미친다. 젠지로의 염려는 당연하다고 할 수 있었다.

　그것에 관해서는 아우라가 더욱 확연하게 실감하고 있었지만, 그럼에도 더욱 리스크와 리턴을 예측해서 어느 정도의 자유를 허용하고 있는 것이었다.

　"그래, 당신이 하는 말도 알겠지만, 가둬두고 일을 강요하기만 해서는 사람은 성과를 올릴 수 없으니까. 기술이 요구되는 기술자의 일은 특히 더 그래. 왕도 출입은 모두 왕도 경비대가 감시하고 있고, 번화가의 기술자들이 자주 가는 가게는 밀정을 붙여 뒀어. 기술자들에게도 일단 '비밀로 하라'고 엄명을 해 뒀고."

마지막 말은 아우라 자신도 효과의 정도에 대해서는 의문을 품고 있었다.

왜냐하면 유리 기술자는 특별한 훈련을 받지 않은 일반 시민이었기 때문이다.

그런데 큰일을 끝내고 해방감에 젖은 채 술을 마시는데, 술집의 여성들이 '어머나, 어떤 일을 하고 계신가요?' 하고 물으면, '여기서만 하는 얘기인데, 실은……' 하는 흐름이 되는 것은 오히려 필연이 아닌가 하는 생각마저 들었다.

사람에 따른 것이긴 하지만 여러 기술자 중 한 명이라도 비밀을 발설하면 끝이니, 별로 승산이 좋은 승부는 아닐 터다.

"그래도 괜찮아?"

걱정이 많은 남편에게 여왕은 사람이 나쁜 웃음을 지으며 대답했다.

"괜찮고 안 괜찮고의 문제라기보다는 이른가 늦는가의 차이밖에 없어. 자세한 제조법 그 자체는 적어도 나와 카를로스 대 정도까지는 지켜내고 싶은 마음이지만, '카파 왕국은 유리 제조에 성공했다'는 사실 그 자체는 숨길 수 있는 게 아니야."

예를 들어 거래 상대를 샤로와 왕가만으로 한정하고 왕가와 왕가의 비밀 거래만 한다고 해도 그 비밀은 언젠가 들통 난다.

왜냐하면 샤로와 왕가는 구입한 유리구슬로 마법 도구를, 지금까지의 상식으로는 말도 안 되는 속도로 양산할 테니, 들키지 않는 것이 이상하다.

어쩌면 지금까지 젠지로가 제공하여 주로 프란체스코 왕자가 사용한 유리구슬만으로도 각국의 눈치 빠른 사람은 이미 이변을 눈치챘을지도 모른다.

"기밀은 유지하고 싶지만 인재도 확보하고 싶어. 기밀 유지를 위해 주변을 너무 여유 없게 만들어 버리면 유리 기술자라는 직종이 다른 기술자들에게 있어 매력적으로 보이지 않겠지. 그래서는 인재를 모을 때 고생할 수밖에 없어."

여왕은 그렇게 말하고 잠옷에서 엿보이는 어깨를 살짝 으쓱했다.

기술자의 세계는 본인의 의욕이 크게 일에 영향을 미치는 세계다. 기존의 것을 양산하는 것이라면 몰라도 새로운 기술을 개발할 때는 본인이 의욕을 가지고 있지 않으면 개발이 불가능하다고 해도 과언이 아니다.

왕의 권한으로 인재를 긁어모아도 마음대로 성과가 나오지 않는다는 것은 안다.

그렇다면 항간의 기술자들에게 '유리 기술자'라는 새로운 직종이 금전적으로도 신분적으로도 매력적이라는 사실을 주지해서 흥미를 지닌 자가 나오도록 하는 수밖에 없다.

"물론 그건 조금 더 장래의 이야기지만 말이야."

"그렇구나."

아우라가 하는 말을 표면상으로는 이해할 수 있었지만, 그렇다고 해서 젠지로가 구체적인 고삐를 조이는 법 등을 알 수 있을 리는 없었다.

그런 점에 관해서는 아우라에게 맡길 수밖에 없을 듯했다.

"좋아. 그건 내가 도와줄 수 있는 분야가 아닌 것 같아. 그런데 마법 도구의 제작은 결국 전부 아우라의 담당이 되었는데 괜찮아?"

오늘의 결정으로 아우라가 제작에 관여하게 된 마법 도구는 세 가지다.

타라예에게 판매할 '공간 차단 결계', 젠지로가 사용할 '공간 차단 결계', 그리고 '순간이동'이다.

하지만 젠지로의 걱정을 아우라는 고개를 저어 부정했다.

"시간이나 몸 상태라는 의미에서는 거의 문제 없어. 정해진 시간에 보나 전하나 프란체스코 전하를 찾아가 몇 번인가 마법을 사용하는 것뿐이니까. 단지 '공간 차단 결계'야 어쨌든 '순간이동'은 소비 마력량이 많아서 말이야. 그것만큼은 조금 신경을 써야 할 필요가 있어."

'순간이동' 마법 도구 제작을 하는 날은 '순간이동'을 한 번 사용하는 것과 동일한 마력을 소모하게 된다. 젠지로보다 훨씬 마력량이 많은 아우라라도 '순간이동'은 하루에 세 번이 한계였다.

사용은 계획적으로 할 필요가 있다.

"응, 알았어. 만약 도저히 스케줄이 맞지 않는다면 말해 줘. 프란체스코 전하에게는 폐를 끼치게 되겠지만, 나도 못 하지는 않으니까. 최악의 경우 한 번이면 끝날 거라고 프란체스코 전하가 말했던 '순간이동'은 내가 담당할게. 그런데 마법 도구에 관해서 말인데, 프레야 전하에게는 어느 정도 밝혀도 괜찮은 거야?"

이번에 의뢰한 마법 도구는 젠지로가 대륙 간 행행을 떠날 때 지참하는 것들이다.

승선하게 될 '황금나뭇잎호'의 선장인 프레야 공주에게 그 마법 도구를 어느 정도 보여 줘도 되는지, 어느 정도 효과에 대해 밝혀도 좋은지, 지금 조정해 둘 필요가 있었다.

여왕 아우라는 곧장 대답했다.

"일단 '순간이동'은 존재 자체가 비밀이야. 밝히기에는 위험이 너무 크고, 그러는 의미도 없어."

"그건 그래."

아우라의 말을 듣고 젠지로도 납득할 수밖에 없었다.

'순간이동' 마법 도구는 정말로 최후의 순간에, 젠지로가 모든 것을 버리고 자신 혼자만 도망가기 위한 비장의 카드다.

만에 하나라도 빼앗겨서는 안 되고, 그 존재를 다른 사람에게 알려 발생하게 될 이익도 존재하지 않았다. 비밀을 유지하는 선택지밖에 없다는 아우라의 의견은 지극히 당연했다.

"반대로 '부동화구' 마법 도구는 반드시 프레야 전하에게 보여 주고 설명을 해 주어야 해. 오히려 한 번 프레야 전하에게 건네주어 사용하도록 하여, 허가를 얻은 다음 반환받는 편이 좋을지도 몰라."

"그래, 그 정도의 조심성은 필요할지도 모르겠어."

이쪽도 젠지로로서는 이의가 없는 이야기였다.

장기 항해 중, 배 안에서 사용 가능한 불씨로서 가져가게 될 '부동화구' 마법 도구.

예를 들어 프란체스코 왕자가 젠지로의 기대대로 마법 도구를 완성해 주었다고 해도 배 위에서는 초보자인 젠지로가 혼자 판단해 '이거라면 배 위에서 사용해도 안전'하다고 판단을 내리는 것은 매우 위험한 일이다.

만에 하나라도 '역시 안 되겠구나' 같은 상황이 발생하면 '황금나뭇잎호'가 화재에 휩싸인다. 그렇게 되지 않으려면 배의 주인인 프레야 공주에게 '부동화구'를 자세히 설명하고 사용감을 확인한 후에, 사용 허가를 받아야 한다.

프레야 공주나 '황금나뭇잎호'의 부선장이 안 된다고 하면, 포기하는 것도 고려할 수밖에 없다.

다행이라고 하면 뭐하지만 '부동화구' 마법 도구는 사용하지 못하더라도 젠지로의 목숨과 직결되는 것은 아니었다.

'순간이동'은 가르쳐 주지 않는다. '부동화구'는 가르쳐 준다.

여기까지는 아우라와 젠지로의 의견이 일치했다.

문제는 마지막 하나였다.

"'공간 차단 결계'도 굳이 가르쳐 줄 필요는 없어. 그건 육상에서 유사시에 사용하기 위한 방어 수단이니까. 프레야 전하에게 가르쳐 줄 필요는 없고, 유사시를 생각해 보면 존재를 알고 있는 사람이 적은 편이 가장 좋아."

조금 말을 흐렸지만 아우라가 우려하는 것은 프레야 공주의 부하 중에 프레야 공주보다도 웁살라 왕국 국왕의 의향을 우선하는 사람이 있을 경우였다.

만에 하나의 가능성이지만 웁살라 왕국에 도착한 뒤, 그쪽 국왕과의 교섭에 실패하여 무력 충돌까지 이야기가 진행된 경우, '공간 차단 결계' 마법 도구를 상대가 알고 있는가 없는가는 커다란 분기점이 될 터였다.

그 염려는 젠지로도 이해했지만 젠지로는 '공간 차단 결계' 마법 도구에서 다른 가능성을 발견했다.

"으~음. 가능하면 '공간 차단 결계'는 프레야 전하에게 가르쳐 주고 싶어. '공간 차단 결계'는 공간을 차단하는 것과 동시에 그 공간을 3차원적으로 좌표에 고정한 상태이기도 하다고 생각하거든. 그 예상이 맞다면 정말로 최후의 수단이지만 '공간 차단 결계' 마법 도구는 초강력 닻의 역할을 해 주지 않을까 하고 예상하고 있어."

"'공간 차단 결계'가 닻? 무슨 의미지?"

배에 관한 지식이 적은 여왕은 고개를 갸웃하며 남편에게 설명을 재촉했다.

"으으음. '공간 차단 결계'는 공간을 차단해서 밖의 간섭을 받지 않도록 하는 마법이잖아? 그건 즉, 그 차단된 결계를 그 자리에 고정하는 것이기도 하다고 생각해. 그렇지 않으면 '공간 차단 결계'를 펼쳐도 결계 주변을 파내면 결계가 통째로 데굴데굴 굴러가는 것처럼 되어 버릴 테니까."

"오호, 무슨 말을 하고 싶은지는 알겠어."

아우라는 지금의 설명으로 이해해 주었지만, 사실 젠지로의 설명에는 무리가 있었다.

'공간 차단 결계'는 차단한 공간 내부를 그 좌표에 고정한다.

그 예측이 정확하다고 하면 행성의 자전이나 공전에 계속 영향을 받는 이유는 무엇인가? 그런 의문이 젠지로의 머릿속을 스쳐 갔지만, 그런 점에 관해서는 굳이 생각하지 않기로 했다.

　그런 것을 꺼내기 시작하면 '순간이동' 마법도 다른 계절에 사용하면 우주 공간으로 이동할 가능성이 생기고 만다. 마법이라는 편리하고 이해하기 힘든 힘에 하나부터 열까지 엄밀한 논리를 요구해서는 아무것도 되지 않는다.

　"그러니까 '황금나뭇잎호'의 선실에서 '공간 차단 결계'를 발동시키면 '황금나뭇잎호'를 3차원적으로 완전 고정할 수 있지 않을까? 하고 생각한 거야."

　"그런가. 그래서 닻인 건가."

　젠지로의 설명을 듣고 여왕 아우라는 이해가 됐다는 듯이 손을 퐁 하고 두드렸다.

　배의 일부분을 공간에 고정하여 배 전체를 억지로 그 공간에 머물도록 고정한다.

　그것은 분명히 닻이라고 불러야 하는 성질이었다.

　"하지만 그것에 어떤 의미가 있는 거지? 보통의 닻보다도 뛰어난 건가?"

　계속 고개를 갸웃하는 아우라에게 젠지로는 난처한 듯이 머리를 긁었다.

　"평범하게 정박 중에 사용한다고 하면 그다지 다르지 않지 않을까? 단지, 십중팔구 무리일 테지만 '황금나뭇잎호'가 충분히 튼튼하다고 한다면, 승무원, 특히 배에 익숙하지 않아 뱃멀미를 하는 승무원에게는 구원의 여신이 될 거라 생각해."

　평범한 닻을 해저에 내리면 배는 그 자리에서 이동하지 않지만 흔들림은 완전히 잦아들지 않는다.

하물며 해저까지 닻이 닿지 않는 수심이 깊은 외양에서는 평범한 닻이 그 힘을 거의 발휘하지 못한다.

하지만 '공간 차단 결계'를 이용한 닻은 다르다. 공간 그 자체를 고정하는 성질상, 어떠한 장소에서 발동을 하든 그 배는 지상에 있는 것처럼 미동도 하지 않을 터다.

그건 뱃멀미를 하는 사람에게 있어 더 이상 없을 복음이고, 베테랑 선원에게 있어서도 복잡하고 위험한 작업을 할 때, 완전히 흔들림을 멈출 수 있다면 그보다 더 나은 대책법은 없는 일이다. 그런 의미에서는 '잔잔한 바다'보다도 뛰어나다고 할 수 있었다.

"흐음. 하지만 그건 무리라고 당신은 생각하고 있는 거지?"

흥미로운 듯이 이쪽을 보는 여왕에게 젠지로는 고개를 끄덕였다.

"응. 말로 설명하는 것은 조금 어려우니 이걸로 예를 들게."

그렇게 말하며 젠지로는 한 번 소파에서 일어서더니, 복사 용지 한 장을 가지고 왔다.

그 겉도 뒤쪽도 인쇄하여 더 이상 사용할 수 없게 된 복사 용지를 목제 테이블 위에 올려 두었다.

"이 복사 용지가 배라고 생각해 줘. 보통 배에는 파도나 물결이 치니까, 이런 느낌으로 배는 흔들려."

그렇게 말하며 젠지로는 복사 용지의 양쪽 끝에 손을 두고 흔들흔들 하고 테이블 위를 미끄러뜨리듯이 흔들었다.

"이때 '공간 차단 결계'를 발동시키면 배의 '일부'만이 억지로 고정되게 돼. 아우라, 종이의 한가운데를 손가락으로 눌러 줄래?"

"응? 아, 그런 건가."

그 시점에 젠지로가 하고 싶은 말을 이해한 아우라였지만 끊지 않고 남편이 하라는 대로 하였다.

소파에서 일어선 아우라가 복사 용지의 거의 중심을 손가락 하나로 위에서 눌렀다. 젠지로는 양쪽 끝을 멈추지 않고 계속 흔들었다.

결과, 복사 용지는 구깃구깃 휘어서 주름이 생기기 시작했다.

"그래. 이게 파도에 흔들리는 배 위에서 '공간 차단 결계'를 사용한 상태야. 배 전체는 파도에 흔들리는데 한 군데만이 억지로 고정되어서 순식간에 선체에 대미지가 축적되어 가지. 하물며 큰 폭풍이 일 때처럼 특히 파도가 강할 때 이걸 하면."

그렇게 말한 젠지로가 지금까지보다도 크고 빠르게 종이를 흔들기 시작하자, 곧 복사 용지는 아우라가 손가락으로 누른 부분부터 찌익하고 작은 소리를 내며 찢어져 버렸다.

"이런 느낌으로 부서져 버릴 거라 생각해."

"……사용할 수 없을 거로 보인다만."

젠지로의 설명에 납득한 아우라는 불만스럽게 중얼거렸다.

설사 아무리 승무원에게 도움이 되는 마법 도구라도 정작 중요한 배에 큰 대미지를 주어서는 사용할 길이 없다. 그렇게 단언하는 아우라에게 젠지로는 굳은 표정을 지으며 고개를 저었다.

"아니, 사용할 데가 있어. 없는 것보다는 낫다는 말이 나올 차례인데, '황금나뭇잎호'가 침몰할 수밖에 없어졌을 때야."

어차피 그냥 놔두면 침몰하는 때라면 선체에 대미지를 주는 마법 도구의 사용도 주저할 이유가 없다.

그리고 젠지로의 예상대로 '공간 차단 결계'가 공간을 3차원 좌표상에 고정하는 힘이 있다고 했을 경우, '공간 차단 결계'를 발동시키면, 발동되는 동안은 '황금나뭇잎호'의 침몰을 막을 수 있을 터였다.

배의 바닥에 큰 구멍이 뚫렸든, 그곳에서 물이 흘러들어 오든 관계없다. 말하자면 선체의 일부를 보이지 않는 크레인으로 끌어 올리고 있는 것이었다.

"나도 자세한 지식이 없어서 단언은 할 수 없지만, 배가 침몰할 때는 보통 탈출할 때까지 시간이 없고, 흔들리고 기울고 해서 크게 패닉 상태에 빠지잖아?그때, 설사 침몰 그 자체는 막을 수 없다고 해도 시간적인 여유를 만들어 탈출할 때까지 배의 흔들림을 멈추게 하는 마법 도구가 있다면 아주 유익할 거라 생각해."

"……."

젠지로의 설명을 듣고 아우라는 잠시 압도된 것처럼 침묵을 유지했다.

알고 있다고 생각했다. 알면서도 아내로서의 감정과 왕으로서의 국익을 저울질해 본 뒤, 결단을 내렸다. 그 결단이 틀렸다고는 지금도 생각하지 않았지만, 동시에 자신이 눈앞에 앉아 있는 남편──당사자인 젠지로 자신보다도 계속 사태를 낙관적으로 봤다는 것을 통감했다.

젠지로는 배가 침몰하는 것이나 표류하는 것도 고려한 뒤에 대륙 간 항행에 임하겠다고 받아들인 것이다. 그것을 실감한 여왕은 가슴속에서 열과 아픔을 동시에 느꼈다.

무의식중에 오른손을 그 풍만한 왼쪽 가슴에 댄 여왕 아우라는 결단했다.

"알겠어. '공간 차단 결계' 마법 도구는 당신에게 일임할게. 프레야 전하에게 자세한 사항을 전달하는 편이 좋다고 생각한다면 그렇게 해 줘."

"응, 알았어."

가지고 가게 될 마법 도구에 관한 이야기가 끝났지만, 대륙 간 항행 준비에 관한 이야기는 아직 끝이 아니었다.

"그러고 보니 프레야 전하는 벌써 발렌티아에 도착했을 즈음이지? 연락은 있었어?"

젠지로의 말을 듣고 여왕은 고개를 끄덕였다.

"응. 어제 저녁에 발렌티아의 대관소에서 소비룡 편이 도착했어. 프레야 전하 일행은 그저께 마법 도구 '잔잔한 바다'와 함께 발렌티아에 무사히 도착했다나 봐. 루크레치아도 같이."

"그런가. 국내니까 큰일은 없을 거라 생각하지만 일단 무사해서 다행이야."

안심한 표정을 짓는 젠지로에게 아우라는 거듭 정보를 전달했다.

"또 프레야 전하는 '황금나뭇잎호'의 부선장에게 물어봤던 모양으로, 그 정보도 적혀 있어. 승선할 수 있는 이쪽 사람의 인원은 역시 열 명이라는가 봐. 특별히 개인실을 두 개, 우리를 위해 마련해 준다더군. 일단 배 아래에 가까운 화물실도 하나 비워 달라고 했는데, 이쪽은 사람이 잠을 잘 수 있는 장소가 아닌 모양이야. 웁살라 왕국으로 가져갈 헌상품을 넣을 장소지."

"열 명이라. 개인실은 두 개구나."

그 정보를 듣고 젠지로는 시선을 천장으로 옮기며 생각했다.

열 명인데 개인실이 두 개라면, 젠지로도 배 안에서는 1인실을 사용할 수 없다는 말이었다.

젠지로를 챙겨 줄 시녀는 여성이고, 호위 기사와 병사는 남자다. 두 방은 필연적으로 남자 방, 여자 방으로 나뉘게 될 것이었다.

사적인 공간이 없는 집단생활을 그다지 좋아하지 않는 젠지로의 입장에서는 조금 스트레스가 쌓이는 생활이 될 듯했다.

"열 명이면 인선은 어떤 느낌이 될까? 일단 확정된 사람은 나와 호위 기사인 나탈리오지?"

"그래. 그 외에는 시녀인 이네스와 원래는 내 시녀지만 마르그레테도 데리고 가. 눈에 띄지 않는 외모인 사람이 한 명 정도는 가는 편이 그쪽에서 움직이기 쉬울 테니까."

시녀 마르그레테는 금발, 녹색 눈, 흰 피부라는 용모를 지녔다.

이곳 남대륙에서는 매우 드물어 눈에 띄는 모습이었지만, 북대륙에서는 반대로 주위에 녹아들기 쉬운, 비교적 흔한 색채라는 모양이었다. 적어도 갈색 피부를 지닌 순혈 카파 왕국 사람보다는 압도적으로 녹아들기 쉬울 것이 분명하다.

"알았어. 나, 나탈리오, 이네스, 마르그레테까지 네 명은 결정이구나. 나머지는 여섯 명인데, 호위와 시녀의 최저 인원은 몇 명이야?"

젠지로의 질문에 아우라는 턱에 손을 대고 잠시 생각했다.

"장기간이 되면 교대제로 안 할 경우 힘들어지니까. 호위는 나탈리오도 포함해 최저 네 명. 시녀는 이네스, 마르그레테를 포함해 최저 세 명 정도야. 그럴 경우 호위는 나탈리오가 쉴 때, 대신 한 명 더 지시를 내릴 수 있는 사람, 즉, 병사가 아닌 기사가 바람직해."

"호위 인선은 평소대로 나탈리오에게 일임할게. 시녀는 최소한으로 잡아도 한 명 더 필요한가. 누가 좋을까?"

"그쪽도 이네스에게 일임하는 것이 무난하겠지."

떡은 떡집에, 인재는 그쪽 전문가에게 선택하도록 하는 것이 무난하다.

"나, 호위가 넷, 시녀가 셋. 합치면 여덟 명이니 나머지는 두 명이구나. 따로 데려가는 편이 좋은 인재가 있을까?"

젠지로의 질문을 듣고 아우라는 팔짱을 끼고 생각했다.

"흐음. 가장 먼저 떠오르는 사람은 전문 외교관이야. 물론 사절단 대표는 당신이지만, 부대표로 실무적인 교섭을 담당할 전문가를 데리고 가면 이야기가 원활하게 진행될 테니까."

"요컨대 교섭 전문가란 건가? 예를 들면 라파엘로 마르케스 같은?"

젠지로의 말을 듣고 아우라는 고개를 끄덕여 주었다.

"그래. 능력으로 말하자면 라파엘로가 가장 적절하겠지. 단, 라파엘로든 그 외의 교섭 전문가든 두 가지 문제가 있어."

그렇게 말한 뒤 여왕은 미간에 주름을 만들었다.

"문제?"

"그래. 하나는 단순하게 당신을 상대가 가볍게 볼 수 있어. 더 확실하게 말하자면 장식이라고 생각할 위험이 커진다는 거야. 부외교관이 얼마나 유능한 사람이라도 권한은 주외교관인 당신에게는 미치지 못해. 특히 이번 일의 주목적은 당신이 프레야 전하를 아내로 맞아들인다는 것이니까. 자칫 유능한 부하가 너무 나서면 이야기가 틀어질 우려가 있지."

조금 뻔뻔하지만 프레야 공주와 젠지로가 서로 손을 잡고 '저희, 결혼하겠습니다'라고 말하면 남녀 문제라는 명분을 어느 정도 내세울 수 있지만, 그 자리에 수완이 좋은 교섭인을 데리고 와서 '자세한 것은 이자에게 맡겨 두었습니다'라고 말하면 갑자기 정치색이 강해진다.

웁살라 왕의 입장에서도 프레야 공주는 소중한 정치적 장기 말인 동시에 귀여운 딸이다.

왕으로서의 냉철한 손해득실과 아버지로서의 딸에 대한 애정. 어느 쪽을 우선할 것인지는 만나 보지 않으면 알 수 없다.

아무리 프레야 공주가 결혼을 하여 맺어지게 될 카파 왕국과의 교역 관계가 웁살라 왕국에 막대한 이익을 가져다준다고 하더라도 정작 중요한 결혼 상대인 젠지로가 스스로 교섭의 전면에 서지 못하고 '딸을 주십시오'라는 말조차 부하인 부외교관의 입을 빌려서 한다고 하면, '너 같은 남자에게 딸을 어떻게 주냐'라는 말을 들을 가능성도 충분히 있다.

"그렇게 생각하면 함부로 나 이외의 교섭역을 데리고 가지 않는 편이 좋을지도 모르는 건가. 문제는 두 가지라고 했는데, 또 한 가지는?"

대륙 간 항해도 큰일이지만, 그것을 무사히 끝냈다고 하더라도 그 후에 하게 될 읍살라 왕국과의 교섭은 어쩌면 그보다도 더 큰일일지 모른다.

그런 사실에 직면하게 된 젠지로는 지긋지긋하다고 생각하면서도 다음 질문을 재촉했다.

"음, 또 하나는 지극히 간단해. '황금나뭇잎호'에서 주어진 방은 두 개뿐이잖아? 그런데 안타깝게도 우리나라에 존재하는 지위와 수완을 겸비한 교섭역은 모두 남자야."

그 말을 듣고 젠지로도 곧장 납득이 되었다.

"아, 남녀 비율인가!"

방은 두 개로, 인원은 총 열 명. 남자 방과 여자 방으로 나뉘게 되는 것은 필연적인 일인데, 이미 남자는 젠지로와 호위역인 넷을 포함해 반수인 다섯 명이었다.

교섭역은 남자밖에 없다고 한다면 그곳에 남자가 또 한 명 추가된다. 그에 더해 교섭역을 맡길 정도의 인물이라면 전속 호위를 데리고 가게 될 터다. 보통 그런 인재는 주로 동성이 많다.

그렇다면 남자가 또 한 명 추가.

총 남성이 일곱, 여성이 세 명이 된다.

남자 일곱 명이 득실거리는 선실에서 100일 가까운 장기 항해를 하는 것은 역시 조금 사양하고 싶었다. 솔직히 다섯 명이라 해도 빡빡했다.

"그렇다면 나머지 두 명은 여성이 무난한가? 여성 중에 데리고 갈 만한 인재면 누가 있을까?"

생각하는 젠지로에게 아우라는 작게 어깨를 으쓱하고.

"억지로 열 명을 데리고 갈 필요도 없겠지. 꼭 데리고 가야겠다면 시녀를 두 명 더 추가하면 되는 거 아닌가? 원래 부문 책임자 이외에는 3인 1조가 기본이니까."

확실히 데리고 갈 시녀는 청소 담당자인 이네스와 원래 아우라의 시녀인 마르그레테. 일의 양을 생각하면 한 명 더 시녀를 데리고 가야 한다는 아우라의 어드바이스였지만, 굳이 한 명으로 제한할 것 없이 세 명을 데리고 가도 문제는 없다.

"그것도 그런가. 음~. 아직 시간은 있으니 나머지 두 명은 일단 보류할게. 결정 못 하겠으면 시녀를 데리고 가는 걸로 해 둘까."

"어느 정도는 그래도 되지만, 최소한 출발 한 달 전에는 결정해 두는 편이 좋아. 출발하는 자는 물론, 남아 있는 사람들도 준비해야 할 일이 있으니까."

"응, 그러네."

일단 대륙 간 항행 준비에 대해서는 전체적으로 이야기가 끝나, 젠지로는 맨 처음에 언급했던 문제로 돌아갔다.

"……드디어 유리구슬 양산에 성공했구나."

"당신 덕분이야. 한 번 할 때마다 가마가 타서 무너지는 상태이고, 성공률은 백에 여섯 개 정도이지만, 일단 성공했다는 사실은 커."

제1진과 제2진. 프란체스코 왕자에게 보여 준 유리구슬은 각각 네 개와 열 개였지만, 당연히 그 뒤에는 프란체스코 왕자에게 보여 주는 것이 무의미한 불량품이 대량으로 발생했다.

그 수도 계산에 넣으면 성공률은 지금 아우라가 말한 정도가 된다.

그렇지만 부여마법에 있어 최적의 매체라는 가치를 생각하면, 현재의 성공률이라도 충분히 흑자를 볼 수 있다는 것이 무서운 점이었다.

"이 흐름, 이제 막을 수 없는 거지?"

"그래."

확인하는 젠지로에게 여왕은 무정하게도 긍정의 대답을 했다.

원래라면 연 단위의 시간이 걸리는 '부여마법'에 의한 마법 도구 제작을 며칠까지 단축 가능하게 하는 투명한 구체의 양산 체제.

양산이 가능해졌다는 사실을 이미 '부여마법'의 사용자인 샤로와 왕가의 사람에게 밝혀 버린 이상, 이 흐름은 막을 수 없다.

틀림없이 남대륙에 커다란 마법 기술 혁명이 일어난다.

그 근거는 유리구슬의 양산뿐만이 아니었다.

"보수로서 양산 유리구슬 중 세 개를 프란체스코 왕자에게 건네 주었으니, 틀림없이 만들 거야, 그 사람. 부여마법의 마법 도구, '마법 도구를 제작하는 마법 도구'를."

'마법 도구를 제작하는 마법 도구'.

프란체스코 왕자가 품고 있는 그 구상은 젠지로의 입장에서 보면 유리구슬의 양산에 필적하는 폭발력을 지닌 기술 혁명이다.

더욱이 최악, 혹은 최고인 것은 '유리구슬 양산화'와 '마법 도구를 제작하는 마법 도구'의 조합이 상승효과를 가져온다는 것이었다.

유리구슬이 양산된 것만으로는 제작자가 샤로와 왕족으로 한정된다는 약점이 불식되지 않는다.

'마법 도구를 제작하는 마법 도구'만으로는 마법 도구 제작에 연 단위의 시간이 필요하다는 사실은 변함이 없다.

하지만 그 두 가지가 조합되면 '제작자에게 얽매이지 않고 짧은 시간에 양산 가능한 마법 도구'라는 무시무시한 결론이 나온다.

부들하고 몸을 떠는 젠지로에게 여왕은 불길한 웃음을 지으며 대답했다.

"그래, 저질러 버리겠지, 그 남자라면. 어쩌면 세 개 전부를 자신의 지적 호기심을 위해 다 사용할지도 몰라."

특히 이번에는 젠지로용인 '순간이동'과 '공간 차단 결계'를 제작해 주는 것에 대한 감사의 의미로 개인적으로 건네주었다는 의미가 강했다.

지금까지 카파 왕가가 완고하게 마법 도구화하지 않았던 '순간이동' 마법 도구를 의뢰했기 때문에 일단 프란체스코 왕자에게는 '비밀'로 해 달라고 다짐을 받아 두었다.

솔직히 그 '비밀'이 지켜질 거라고는 전혀 기대하지 않는 여왕 아우라였지만, 전화위복이 되어 이번은 당분간 정말로 프란체스코 왕자가 입을 닫아 줄지도 모른다.

여하튼 '순간이동' 마법 도구화는 비밀로 하는 일이다. 프란체스코 왕자 자신도 그 의뢰를 받았다는 것을 아버지나 조부에게 비밀로 하면, 일의 보수인 양산 유리구슬 세 개를 자신이 챙길 수 있다.

지조가 없는 프란체스코 왕자라면 아무 말 하지 않더라도 멋대로 이쪽의 공범자가 되어 줄 가능성이 높았다.

"아아, 그럴 것 같아. 진심으로 엄청난 일이 될 거야, 그거. 아, 그렇지. 엄청난 일이라고 하니 말인데, 아우라는 그 후에 에스피리디온을 만났어?"

문득 떠올랐다는 듯이 말하는 젠지로에게 여왕 아우라는 순간 허를 찔린 표정을 지은 뒤, 무언가를 떠올리고 고개를 끄덕였다.

"할아범을? 아, 당신이 이전에 말했던 일인가? 아니미양 공작 가문의 피크리야 양이 할아범의 제자로 들어가 네 공작 가문에 비밀리에 내려오는 마법을 부활시키려고 하는 거지?"

실제로는 정식으로 제자로 들어간 것이 아니라 일시적인 사제 관계를 맺었을 뿐이었지만 큰 틀에서는 틀리지 않았다.

"응, '정령 처녀 소환'. 이것도 꽤 엄청난 마법이라고 생각해. 물론 마법치고는 발동 시간이 굉장히 짧아서 작은 사기나 서프라이즈 외에는 사용할 수 없겠지만, 마법 도구화해서 효과 시간을 크게 연장할 수 있게 되면 굉장한 일이 될 거야."

젠지로는 경계의 빛도 내보이며 그렇게 충고했다.

하지만 그런 젠지로의 염려를 여왕은 일면으로는 인정하면서도 부정했다.

"확실히 그 마법——'정령 처녀 소환'이 재현되어 마법 도구화되면 틀림없이 큰 위협이 될 거야. 그야말로 유리구슬 거래를 중단하는 것도 생각할 정도의 차원으로 말이지. 하지만 현실적으로 지금, 적어도 우리가 살아 있는 동안에는 그 염려가 실현될 가능성은 낮을 것으로 생각돼. 오히려 완전히 잘못되어 실현되는 일이 생기면, 샤로와 지르벨 쌍왕국에 내전이 일어나지 않을까 우려해야 하지."

예상과는 반대 방향으로 흉흉한 이야기를 하는 여왕을 보고 젠지로는 곤혹스러움을 숨기지 않았다.

그런 젠지로에게 여왕은 조금 진지한 표정을 지으며 설명했다.

"간단한 이야기야. 듣자 하니 피크리야 양은 네 공작 가문 중에서는 어디까지나 이단적인 사람으로, 네 공작 가문 사람의 대부분은 '정령 처녀'가 실재한다는 것과 네 공작 가문의 선조라는 사실을 진심으로 믿고 있잖아?"

육체와 자유 의지를 지녔고, 일반적인 정령과는 차원이 다른 힘을 지닌 정령. 그것이 '정령 처녀'.

남대륙에서도 중중부 사막 지방에서만 전해지는 전설이다.

"그런 모양이야. 네 공작, 아니 네 부족장 가문의 시조가 각각 땅, 물, 불, 바람의 '정령 처녀'와 연을 맺어 그 사이에서 태어난 사람이 자신들의 선조라고, 네 공작 가문의 대부분의 사람은 믿고 있나 봐."

사실은 모두 선조가 만들어 낸 허풍으로, 그 허풍을 아주 그럴듯하게 보이기 위한 허세 마법이 '정령 처녀 소환'일 뿐, 그 마법의 실제 내용은 창조·조작·자립이라는 세 요소를 조합한 마법이라는 냉철한 결론을 이끌어 낸 피크리야는 예외 중의 예외인 모양이었다.

그런 젠지로의 설명을 듣고 여왕은 만족스럽게 고개를 끄덕이더니.

"그렇다는 것은 말이지. 그 피크리야 양이 멋지게 '정령 처녀 소환'을 부활시켰다고 해도 허세 이상의 도움은 되지 않아. 당신의 염려대로 그때 피크리야 양이 샤로와 왕가의 부여술사에게 이야기를 하여 '정령 처녀 소환'을 멋지게 마법 도구화하고, 더 나아가 유리구슬을 사용해 양산할 수 있도록 만든다면, 경이적인 힘을 발휘하겠지. 하지만 냉정하게 생각해 봐. 마법 도구화된 '정령 처녀 소환' 마법. '정령 처녀'의 전설을 진심으로 믿는 피크리야 양 이외의 네 공작 가문 사람들의 눈에 '정령 처녀 소환' 마법 도구는 어떻게 비칠까?"

거기까지 들었으면 젠지로도 아우라가 무슨 말을 하려는 것인지 이해할 수 있다.

"앗? 그렇구나! '정령 처녀'가 존재한다고 전제하고 보면 '정령 처녀'를 마법 도구에 봉인해 혹사하는 것처럼 보여."

냉정하게 생각하면 필연적으로 이끌어 낼 수 있는 결론이다.

네 공작 가문에게 있어 '정령 처녀'는 자신들의 선조이자, 신성불가침의 존재다.

그것을 마법 도구에 봉해 사용할 경우, 아우라의 말대로 내전으로 발전해도 이상할 것이 없었다.

"당신이나 에스피리디온의 말을 들어 보면, 피크리야 양은 총명한 사람이잖아? 그렇다면 그 정도의 일을 모를 리가 없어. 실제로 피크리야 양은 자신의 연구가 이단이라고 이해하고 있기 때문에, 모국이 아니라 일부러 멀리 떨어진 카파 왕국까지 조언을 구하러 온 것이겠지."

"음~? 그건 글쎄?"

젠지로가 본 인상으로는, 피크리야의 경우 마법어 연구를 가장 우선하고 있는 이미지였다. 물론 피크리야가 총명하여 바보 같은 일은 하지 않을 사람이라는 평가에는 찬성이었지만, 일부러 카파 왕국에 온 것은 단순히 자신보다 마법어에 정통한 에스피리디온의 조언을 얻고 싶었기 때문인 것처럼 느껴졌다.

"하지만 아우라가 무슨 말을 하고 싶어 하는지는 알았어. 확실히 그거라면 웬만한 바보가 아닌 한, '정령 처녀 소환'을 마법 도구화하지는 않을 것 같아. 만에 하나 그랬다가 내전이 벌어지면 반대로 국력이 저하될 테니까."

"이해한 거야? 그러니까 피크리야 양과 쌍왕국은 문제없어. 오히려 문제는 할아범——에스피리디온이지. 피크리야 양이 개발한 간이판 '정령 처녀 소환'을 벌써 사용하게 되었다면서? 할아범이라면 피크리야 양보다 먼저 '정령 처녀 소환'을 개발해도 이상하지 않아."

아우라의 염려를 듣고 이번엔 젠지로가 고개를 갸웃했다.

"아니, 그건 별로 문제가 아니지 않을까? 에스피리디온이 '정령 처녀 소환'을 사용할 수 있게 되어도 마법 도구화는 할 수 없으니까."

아무리 그래도 에스피리디온이 프란체스코 왕자나 보나 왕녀에게 마법 도구화를 의뢰할 거라고는 생각하기 어려웠다.

하지만 아우라는 꺼림칙한 표정을 지으며 고개를 저었다.

"아니, 그 이전 부분에서 문제가 돼. 피크리야 양은 아니미얌 공작 가문의 양녀지만, 혈연상으로도 일단은 아니미얄 공작 가문의 분가 쪽 태생이야. 공식적인 전설에 비추어 봐도 '정령 처녀 소환'에 성공하더라도 간신히 모순은 없어. 하지만 할아범은 순혈 카파 왕국 사람이거든."

"아, 그런가. 네 공작 가문의 사람들이 믿고 있는 전설이 맞다면 에스피리디온은 애초에 사용할 수 있어서는 안 되는구나."

어디까지 진심인지는 알 수 없지만, 네 공작 가문은 자신들을 '정령 처녀'의 후예라고 정해 놓고, 소실된 '정령 처녀 소환'을 자신들의 혈통마법이라고 자리를 부여해 놓았다.

네 공작 가문과는 인연도 연고도 없는 에스피리디온이 그것을 사용해서는 문제라는 그런 속편한 이야기로 끝날 일이 아니다.

"……일단 주의해 두는 편이 좋겠어."

"물론 할아범이 그런 점에 소홀함이 있을 거라고는 생각하지 않지만, 동시에 할아범이 그 위험을 알았다고 해서 마법 연구를 도중에 그만둘 거라고도 생각하기 어려워. 연구를 계속하는 이상, 그 마법을 타인에게 들킬 가능성은 항상 따라다니는 거니까."

에스피리디온은 매우 뛰어난 마법사로, 냉정한 판단력을 지닌 현자지만 나이가 들어서도 여전히 지적 호기심이 줄어들지 않은 마법 연구가이기도 했다.

미지의 미법을 앞에 두고 그 탐구심을 억누르라고는 말할 수 없다.

"연구 중에도 완성 후에도 제삼자가 있는 곳에서는 '정령 처녀 소환'을 발동시키지 않도록 엄명해 두는 정도겠군. 할아범이라면 그 정도만 다짐을 받아 두면 문제 없을 거야."

아우라의 입장에서 보면 궁정 필두 마법사인 에스피리디온은 능력적으로도 인격적으로도 가장 신뢰할 수 있는 측근 중 한 명이다.

이제 와서 끈질기게 다짐을 받아 둬야만 하는 그런 관계는 아니다.

"……."

"……."

전체적으로 이야기가 끝나자 예기치 않게 거실에는 침묵의 시간이 흘렀다.

진지한 이야기가 끝나면 앉은 위치를 나란히 하여 더 허물없는 이야기를 시작하는 것이 평소의 젠지로와 아우라이지만, 오늘은 침묵 후에도 둘 다 자리에서 일어서려고 하지 않았다.

어딘가 모르게이긴 하지만, 서로 아직 이야기가 끝나지 않았다는 것을 이해하고 있기 때문일 터다.

잠시 있다가 침묵을 깬 사람은 젠지로였다.

"저어, 아우라."

"응? 왜 그러지?"

젠지로는 한 번 심호흡을 한 뒤에도 계속 조금 말을 머뭇거렸다.

아무리 순조롭다고는 하지만 배 속에 아기를 품고 있는 아내에게 지금 말해야 하는 것일까?

그런 젠지로의 주저함을 읽은 것인지 여왕은 늠름한 미소를 남편을 향해 지은 뒤 작게 고개를 끄덕이며 말을 재촉했다.

"말해 봐."

그 말을 들은 젠지로는 어흠 하고 한 번 헛기침을 한 다음 마음을 굳히고 이번에야말로 입을 열었다.

　"유리구슬의 양산을 진행하고 프란체스코 왕자의 '마법 도구를 제작하는 마법 도구'를 묵인하는데, 그 근저에 있는 것은 아우라가 이전에 말했던 '수상쩍은' 것에 대한 염려 때문이지?"

　그것은 질문이라기보다 확신을 한 상태에서 확인을 하는 말이었다.
　여왕은 역시나 고개를 끄덕였다.
　"그래. 지난번의 쌍왕국이 보인 태도는 명백히 부자연스러웠어. 제대로 교섭도 하지 않고 이쪽의 의견을 그대로 들어준 태도. 프레야 전하에 대한 이상할 정도의 환대와 나중에 들어 알게 된 것이지만, 부자연스러울 정도로 북대륙의 정보에 집착한 것. 그게 사실인지 어떤지는 알 수 없지만, 쌍왕국, 적어도 샤로와 왕가의 브루노 왕과 주세페 왕태자는 무언가 큰 동란을 예측하고 그것에 대비하려고 하는 중이야. 그것도 발생원은 북대륙일 가능성이 높아. 그리고 우리나라와의 관계를 양호하게 유지하려고 하는 의지를 통해 추측해 보면, 대국 샤로와 지르벨 쌍왕국으로서도 한 나라로는 대적하기 어려울 정도의, 남대륙 전토가 휘말리는 대동란을 상정하고 있는 거겠지."
　그래서 왕으로서 아우라는 결단했다. 조금이라도 빨리, 조금이라도 정확하게 북대륙의 정보를 수집하기 위해 위험을 무릅쓰면서까지 왕의 배우자인 젠지로를 '황금나뭇잎호'에 동선시켜, 북대륙으로 보내기로.

아우라의 설명을 듣고 젠지로는 납득한 듯이 고개를 끄덕였다.

"응. 그건 좋다고 생각해. 솔직히 나는 아우라만큼 정치적인 후각이 날카롭지 못하니 아우라가 거기까지 경계한다는 것을 그다지 절실히 느끼지는 못하겠지만, 그 대처 자체는 이해할 수 있어. 어느 정도의 모순은 감수하고라도 같은 남대륙의 대국끼리, 카파 왕국과 쌍왕국이 협조 노선을 취해야만 하는 큰 문제가 앞으로 남대륙에 닥칠 가능성이 높다. 그러니까 쌍왕국에 이런저런 편의를 봐주는 거다. 거기까지는 이해했는데, 왕의 입장인 아우라의 판단은 절대 거기서 끝이 아니지?"

젠지로는 웬일로 의문의 색을 숨기지 않은 반쯤 뜬 눈을 사랑하는 아내이자 자국의 왕인 여성에게 내던졌다.

그런 남편의 시선을 보고 이쪽도 웬일로, 아우라는 아주 잠깐 눈을 살짝 피했다.

"……무슨 의미?"

"유리구슬을 양산해서 쌍왕국에 판매한다. 프란체스코 왕자의 '마법 도구를 제작하는 마법 도구'의 제조에 협력한다. 확실히 남대륙 전체를 부감해 보면 좋은 결과를 내리라 생각해. 유리구슬을 판매하면 카파 왕국 하나만 볼 경우, 지금보다 윤택해지겠지. 하지만 아니지? 그것뿐이라면 쌍왕국이 너무 강해져. 유리구슬이라는 중요한 물자를 하나 손에 쥐고 있는 카파 왕국보다 부여마법의 사용자라는 인재를 통째로 껴안고 있는 쌍왕국이 더 강한 입장이 되잖아.

상대적으로 보면 카파 왕국과 쌍왕국의 국력 차이가 벌어져. 아우라가, 왕으로서의 아우라가 그 미래를 이해하지 못할 리가 없을 테고, 그 미래를 앉아서 지켜볼 리도 없을 거라 생각하는데?"

"……."

젠지로의 추궁에 여왕이 침묵을 지킨 것은 잠시뿐이었다.

이윽고 포기한 듯 한숨을 내쉰 여왕은 오히려 개운한 표정을 지으며 자백했다.

"생각한 대로야. 유리구슬의 양산과 프란체스코 전하가 개발한 '마법 도구를 제작하는 마법 도구'. 이 흐름이 그대로 진행되면 쌍왕국의 국력이 더 강해지게 돼. 물론 프란체스코 전하 이외의 샤로와 왕족은 '마법 도구를 제작하는 마법 도구'를 자신들의 기득권익을 위협하는 것으로 보고 있는 듯하니 그쪽은 실현될지 어떨지 알 수 없지만, 솔직히 유리구슬로 인한 양산 가속화만으로도 샤로와 지르벨 쌍왕국은 남대륙의 맹주가 될 수 있어."

"응, 나도 그렇게 생각해. 물론 유리구슬을 독점적으로 공급하면 카파 왕국도 부맹주 정도는 될 수 있을 거라 생각하지만, 아우라가, 아니, 대국의 왕이 처음부터 그런 미래를 목표로 할 거라고는 난 생각하지 않아. 하지만 공교롭게도 내 머리로는 그런 상황을 뒤집을 방법이, 굉장히 안이하고 나에게 있어서는 본의가 아닌 방법밖에 떠오르지 않거든."

조금 독설이 섞인 젠지로의 말을 듣고 아우라는 굳은 표정을 지은 채 작게 고개를 끄덕였다.

"그래. 당신이 생각한 방법과 내가 취하려는 방법은 아마 일치해.

어디까지나 조건에 따른 것이지만 나는 당신의 두 번째 측실로서 쌍왕국 사람을 받아들이는 것을 좋게 보고 있어."

"······."

젠지로는 코 위에 주름이 모이는 것을 억누를 수 없었다.

왕으로서의 판단이라는 것은 알지만, 출산을 2개월 앞둔 커다란 배를 안고 있는 아내가 그런 말을 하니, 상당히 뼈아프게 다가왔다.

"구체적으로는 누구?"

"보나 전하나 루크레치아."

예상대로의 이름을 듣고 젠지로는 천장을 올려다보았다.

"아아, 역시나."

젠지로는 그렇게 말하고 길게 한숨을 내쉬었다.

왕의 배우자인 사람의 두 번째 측실로 쌍왕국 입장에서는 직계에 가까운 사람을 보낼 수는 없다.

그런 점에서 하급 귀족 태생이면서 격세 유전으로 '부여마법'에 눈을 뜬 보나 왕녀와 브루노 왕의 제2 왕자의 딸이라는 혈연이면서 '부여마법'을 사용할 수 없는 루크레치아는 상대가 보기에 딱 격에 알맞은 사람들이다.

"이쪽으로서는 보나 전하가 가장 좋지만, 상대는 루크레치아 정도로 마무리하고 싶겠지. 그런 점이 교섭의 가장 큰 산이야."

카파 왕국으로서는 본인이 '부여마법' 사용자인 보나 왕녀여야 가장 좋은 것이고, 반대로 쌍왕국은 더 가치가 낮은 루크레치아라는 장기 말로 끝내고 싶은 것이다.

"······."

말이 끊긴 젠지로에게 여왕은 굳은 표정을 유지한 채 설명을 계속했다.

"물론 교섭 전에 정보 수집을 하는 것이 대전제야. 유리구슬의 양산이야 어쨌든 그것을 쌍왕국에 보낼 필요성은 내가 느낀 수상쩍은 것이 사실일 경우에만 해당하는 거니까. 샤로와 왕가의 이야기를 듣고, 북대륙에서 돌아온 당신의 이야기를 들은 뒤, 내가 느낀 수상쩍은 느낌이 정말로 우리나라와 쌍왕국이 보조를 맞추어야만 대처할 수 있을 만큼 큰불이라고 판단된다면 말이지."

거기서 여왕은 한 번 말을 끊었다. 그리고.

"그때는 젠지로. 양국 우호의 증거로서 당신이 샤로와 왕가의 공주님을 아내로 맞아들여야 해."

그렇게 젠지로에게 명했다.

아내의 바람이 아니라 여왕의 명령인 이상 젠지로에게 싫다고 말할 권리는 없었다.

"…………알았어."

젠지로는 무거운 목소리로 간신히 그렇게 대답했다.

[제4장] 둘째 탄생과 세 번째 약속과
네 개째 마법 도구

　약 한 달 정도가 지난 어느 날.

　발렌티아에서 소비롱 편을 받은 젠지로는 '순간이동' 마법을 사용해 오랜만에 항구 도시 발렌티아의 바닷바람을 쐬었다.

　복장은 완전히 익숙해진 카파 왕국의 민족의상인 제3 정장이다.

　평소와 다른 점을 들자면 그 어깨에 작은 자루를 걸치고 있다는 것일까.

　보통 짐 종류는 동행하는 부하들에게 들도록 하는 일이 많은 젠지로로서는 드문 일이었다.

　덧붙이자면 동행한 사람은 전날에 먼저 보낸 시녀 이네스와 발렌티아 대관소 소속의 병사 몇 명뿐이었다.

　평소였다면 기사 나탈리오도 동행했을 테지만, 지금은 바쁘다고 하여 데리고 오지 않았다.

　'황금나뭇잎호'에 동선시킬 세 사람의 인선과 승선 준비는 이미 해 두었지만, 긴요한 비르보 공작 기사단의 인선이 아직 완전히 끝나지 않은 모양이었다.

　생각해 보면 호위와 관련된 일은 거의 기사 나탈리오에게 통째로 내맡기고 있었다.

반성한 젠지로가 북대륙행을 사퇴해도 좋다고 제안하자, 기사 나탈리오는 하늘을 날 듯한 기세로 고개를 저었다.

기사 나탈리오가 말하길.

"배 여행은 솔직히 말씀드려 불안하긴 하지만, 지금 왕도에 있는 것보다는 틀림없이 마음에 여유가 생길 테니까요."

라고 했다.

젠지로에게는 느낌이 잘 오지 않았지만 왕족인 비르보 공작 직속 기사단이라는 것은 직위에 오르지 않은 평기사에게는 상당히 매력적인 것이라는 모양이었다.

결과, 기사 나탈리오의 본가인 말도나도 가문에는 매일, 밤낮 많은 기사와 그 친척이 밀려들어 왔다.

그중에는 나탈리오가 어린 시절 신세를 졌던 선배 기사나 아버지가 절친이라고 부르는 남자의 아들, 더 나아가서는 대전 당시 상관의 남동생 등도 섞여 있었다.

법 정비가 미숙한 봉건사회인 카파 왕국에서는 그런 인연이나 사적인 정으로 인사를 실시하는 것이 아주 당연한 것으로, 대상이 일정 이상의 능력을 지니고 있으면 특별히 문제가 되지 않았다. 문제는 비르보 공작 직속 기사단이 매우 소규모 기사단이라는 것이었다.

나탈리오가 '아무래도 이 사람은 뺄 수 없겠어'라고 생각하는 사람으로만 좁혀도 사람이 넘쳐났다. 게다가 기사단의 앞으로를 생각하면 그런 사적인 정에 이끌린 인사뿐만이 아니라 능력 면에서 꼭 필요한 인재도 있다.

즉석 기사단장 나탈리오의 고민은 끝이 없었다.

어쨌든 그런 이유 탓에 발렌티아에는 젠지로와 시녀 이네스만이 왔다.

젠지로는 시녀 이네스와 발렌티아 대관소에서 빌린 몇 명의 병사를 이끌고 발렌티아항을 향해 걸어갔다.

하늘이 푸르렀고, 바다가 푸르렀고, 햇살이 눈부셨다.

지금은 한창 활동기인 점도 있어 햇살은 따뜻했고, 바닷바람은 아주 적당히 시원한 바람을 실어다 줘 기분이 좋았다.

그렇게 걷기를 잠시, 젠지로는 '황금나뭇잎호'가 정박해 있는 잔교에 도착했다.

젠지로가 오늘 올 것이라는 사실은 미리 통지되었기 때문에 잔교 위에는 '황금나뭇잎호'의 주요 승무원들이 반듯하게 자세를 잡고 서 있었다.

선장복을 입은 프레야 공주를 필두로 여전사 스카디, 부선장, 조타장, 갑판장, 전투대장 등과 함께 루크레치아의 모습도 보였다.

'잔잔한 바다'와 '진수화'의 마법 도구 사용 방법을 가르쳐 주기 위해 루크레치아가 발렌티아로 갔다는 것은 알고 있었지만, 정박 중인 '황금나뭇잎호'에 승선해 직접 지도하고 있을 줄은 몰랐다.

자세를 잡고 있는 일동에게 젠지로가 가볍게 오른손을 들고 선언했다.

"정식 인사는 필요 없다. 편하게 자세를 풀라."

"네, 젠지로 폐하. 어서 오십시오. '황금나뭇잎호'의 모든 선원을 대표하여 선장인 저, 프레야가 환영의 인사를 올립니다."

선장복 차림인 프레야 공주는 가슴을 펴고 자랑스럽게 선언했다.

"고맙습니다, 프레야 선장님. 만나자마자 미안하지만, 자세한 진척 상태를 확인하고 싶습니다. '황금나뭇잎호'에 승선하도록 허가를 내려주실 수 있을까요?"

"물론입니다, 젠지로 폐하."

미소를 짓는 프레야 공주의 안내를 받아 젠지로는 대형 목조 범선에 올라탔다.

'황금나뭇잎호'에 승선할 때는 난간이 달린 목제 계단식 트랩을 이용한다.

덕분에 배에 익숙하지 않은 젠지로도 스커트 차림의 루크레치아도 타고 내리는 것은 간단했다.

하지만 정박 중이라도 배에 발을 내디딘 순간, 흔들림에 휩싸이는 것은 피할 수 없었다.

"앗."

가장 첫 번째 걸음부터 비틀거리는 젠지로였지만 마음의 준비를 하고 있으면 넘어질 정도의 흔들림은 아니다. 첫 몇 걸음은 불안정해도 잠시 걷는 사이에 흔들림의 감각을 파악하면 발걸음도 안정된다.

그런 모습을 지켜보던 프레야 공주는 선도하듯이 걸어 나갔다.

"젠지로 폐하, 먼저 맨 처음에 봐 주셨으면 하는 것은 이것입니다."

프레야 공주가 안내한 곳은 '황금나뭇잎호'의 거의 중앙에 있는 메인 돛대 앞쪽이었다.

그곳에는 명백하게 부자연스러운 커다란 나무 상자가 있었다.

아니, 잘 보니 그것은 나무 상자가 아니었다.

목재를 갑판에 박아 안쪽의 물건을 고정했을 뿐이었다. 그 고정 방법이 집요할 정도로 세심하게 이루어져 있어서 얼핏 보면 나무 상자처럼 보였지만, 가까이 다가가 보면 네 방향 어디에서도 손을 내밀어 넣을 수 있을 정도의 틈새가 있다는 사실을 알 수 있었다.

그 안에 있는 것은 직경 2미터 정도 되는 것으로, 새하얀 지구의의 형태를 한 마법 도구였다.

"이것이 '잔잔한 바다'인가요?"

나무 상자라고 잘못 볼 정도로 주변을 튼튼한 목재로 둘러쌌기 때문에 조금 보기 어려웠지만 마력 시인 능력에 눈을 뜬 젠지로의 눈에는 그 마법 도구가 내뿜는 강한 마력광을 알아챌 수 있었다.

젠지로의 옆으로 다가온 프레야 공주가 자랑스럽게 고개를 끄덕였다.

"네. 시행착오 끝에 이곳에 설치했습니다. 배의 안정을 생각하면 조금 더 배의 바닥에 가까운 장소가 좋았을 테지만, 그래서는 중요할 때 순간적으로 발동시킬 수 없으니까요. 편리하게 사용해야 한다는 점도 고려해서 이곳을 선택했습니다. 마법 도구에 못을 박을 수는 없으니 마법 도구의 토대 부분을 나무판으로 촘촘히 둘러싼 뒤에 못으로 박았고, 그에 더해 혹시 몰라 보시는 대로 튼튼한 목재를 우리 모양으로 만들어, 만에 하나라도 '잔잔한 바다'가 날아가 버리지 않도록 했습니다."

아마 지금의 형태가 될 때까지 한 달 가까이 시행착오를 반복했겠지.

그렇게 말을 하는 프레야 공주의 말투에서는 큰일을 무사히 끝낸 사람 특유의 긍지와 자부가 묻어나 있었다.

"사용할 때는 우리의 틈으로 손을 넣고, 어느 쪽이든 상관없으니 마법 도구에 손을 댄 다음, 마법어로 된 암호를 외치면 된답니다."

"저도 손을 대 봐도 괜찮을까요, 프레야 전하?"

호기심에 이끌려 젠지로가 그렇게 말하자 프레야 공주는 미소를 지으며 고개를 끄덕였다.

"네. 물론이에요. 단지 다소 흔들리니, 우리에 팔이 끼지 않도록 조심해 주세요."

프레야 공주의 말을 듣고 젠지로는 살짝 손을 뻗었다.

'잔잔한 바다'의 흰 구체 부분은 보이는 느낌 그대로 서늘한 감촉이었다.

항상 느릿한 속도로 자전을 계속하고 있어 손을 고정하고 있으면 매끈매끈 미끄러져 돌아갔다.

차갑고 튼튼할 것 같은 중후한 감촉은 흰 대리석 같았지만, 실제로는 무엇으로 이루어져 있는지 알 수 없었다.

그렇지만 마법 도구 자체도 튼튼해 보이는 것은 기쁜 일이었다.

"감사합니다."

손을 뺀 젠지로에게 프레야 공주는 조금 상기된 목소리로 제안했다.

"괜찮으시면 이 자리에서 '잔잔한 바다'를 발동시킬까요?"

자신이 자랑하는 장난감을 과시하는 듯한 프레야 공주의 태도를 보고 젠지로는 그에 이끌리듯이 웃음을 흘렸다.

"네, 부탁합니다."

그렇게 말하면서 젠지로는 가능한 한 자연스러운 동작을 가장해 왼손 손목에 두른 손목시계를 내려다보았다.

'잔잔한 바다'의 효과 지속 시간을 분 단위로 파악해 두는 것은 언젠가 어떤 식으로든 도움이 될 가능성이 높다.

그런 젠지로의 조금 부자연스러움도 눈에 들어오지 않는지 프레야 공주는 기쁘게 '잔잔한 바다'에 다가가더니, 완전히 익숙해진 모습으로 그 마법 도구를 발동시켰다.

"그럼 갑니다.『잔잔해져라.』"

다음 순간, 마법 도구는 그 효과를 발휘했다.

가장 먼저 감지한 변화는 바람의 정지였다.

조금 전까지 기분 좋게 뺨을 쓰다듬었던 바닷바람이 갑자기 잔잔해진 것이다.

그런 것과 비교하면 훨씬 자연스러운 변화지만 잠시 뒤, 발밑의 갑판도 조금 전까지 계속되던 작은 흔들림이 완전히 멈췄다.

마법 도구 '잔잔한 바다'.

그 효과는 일정 범위의 물과 공기의 움직임을 최소한으로 제한하는 것이었다.

배 위가 흔들리지 않고 바람도 느껴지지 않았기 때문에 위화감이 강했다.

"이거, 굉장한걸. 주변이 굉장히 정밀한 3D 영상이 아닌가 할 정도의 기분이야."

"네? 스리디 영상?"

"아니요, 그냥 혼잣말입니다. 그런데 이건 정말로 굉장하네요. 배와 바다에 관해서 저는 완전한 문외한이지만, 그래도 바다 위에서 이런 상태를 만들어 낼 수 있다는 것이 얼마나 항해에 도움이 되는지는 어렴풋이나마 압니다."

"네. 이 '잔잔한 바다'를 탑재한 덕분에 저희 '황금나뭇잎호'는 대해를 정복했다고 할 수도 있을 거예요."

에헴 하는 의성어를 표시해 주고 싶을 만큼, 프레야 공주는 기쁘게 가슴을 당당히 펴며 말한 후.

"……라고, 저희 부선장이 웬일로 흥분한 모습으로 말했답니다."

그렇게 덧붙이더니 작게 혀를 내밀었다.

그에 이끌려 젠지로도 입매가 누그러졌다.

"분명히 부선장이라는 분은, 사실상의……. 아, 아니요. 뛰어난 바다의 남자이군요."

사실상의 선장이라고 말을 하려다가 젠지로는 조금 늦었지만 말을 흐렸다.

설사 한 번 본인의 입으로 했던 말이라도 직위상의 선장을 앞에 두고 부선장을 '사실상의 선장'이라고 말하는 것은 좋지 않은 일이겠지.

그런 젠지로의 배려에 프레야 공주는 쓴웃음을 지으며 대답했다.

　"네, 사실상 '황금나뭇잎호'의 선장이에요. 저는 그냥 장식이니, 파도가 잔잔해서 부선장이 허가를 내려줬을 때 외에는 배를 움직일 수 없답니다. 부선장이 말하길, '프레야 전하가 전권을 쥐고 있는 배로 폭풍에 맞서느니, 차라리 저 혼자서 보트를 타는 편이 생존 확률이 높습니다'라고 하네요. 역시 조금 실례되는 말이라고 생각하지만요."

　일부러 화를 내 보는 프레야 공주를 보고 젠지로는 웃으며 분위기를 맞춰 주었다.

　"그것 참, 입이 험한 사람이군요. 저도 각오해 두겠습니다."

　100일 가까이 같은 배에 타는 것이다. 입이 험한 사실상의 선장에게 호되게 혼날 각오는 해 두는 편이 좋았다.

　젠지로는 아무렇지도 않게 한 말이었지만 프레야 공주는 예상 이상으로 무겁게 받아들였다.

　"그, 그건, 설사 부선장이라도 젠지로 폐하께는 무례를 범하지 않도록 타일러 두겠습니다."

　그 말을 듣고 놀란 사람은 젠지로였다.

　"아니요, 괜찮습니다. 아니, 더 확실히 말하면 그러지 말아 주십시오. 부선장은 물론 그 이외의 선원 분들에게도 항해 중에는 말투나 태도를 다잡을 필요가 없다고 주지해 주셨으면 합니다."

　장기 항해 중에는 예절보다도 더 중요하게 생각해야만 하는 것이 존재한다.

구체적으로 말하면 목숨이다.

"실례합니다, 젠지로 폐하. 정말 황송하지만, 큰 파도가 밀려올 우려가 있습니다. 젠지로 폐하, 잠시 선실에 들어가 주실 수 있을까요?"

라는 말을 듣는 사이에 큰 파도에 휩쓸리는 것보다.

"방해된다, 얼른 꺼져 있어! **이 햇병아리야!**"

라고 소리치는 소리를 듣고 구사일생을 얻는 편이 당연히 더 좋다.

그런 젠지로의 생각은 대륙 간 항행을 이미 경험한 프레야 공주에게 있어 이해하기 쉬운 것이었던 모양이다.

"알겠습니다. 그럼 그렇게 전달해 두겠습니다."

"부탁드립니다, 프레야 전하. 그런데 마법 도구라면 '진수**'화'라는 것이 하나 더 있었던 듯한데, 그쪽 상태는 어떤가요?"

'잔잔한 바다'와 비교하면 효과는 수수하지만, '진수화'라는 마법 도구가 장기 항해에 가져올 은혜는 결코 뒤떨어지지 않았다.

바닷물을 민물로 바꿀 수 있는 '진수화' 마법 도구가 있으면 장기 항해 때에 가장 부족하기 마련인 음용수 문제가 해결된다.

젠지로의 질문을 듣고 프레야 공주는 희색이 가득 도는 미소를 지었다.

"그쪽도 순조롭습니다. '진수화' 마법 도구만 있으면 제가 '진수

** 진수(眞水): 다른 것이 섞이지 않은 순수한 물.

화' 마법을 사용하지 않아도 아슬아슬하게 모든 선원의 음료수를 확보할 수 있을 정도의 성능이 있는 모양이에요. 기왕의 기회이니 실연해 보이겠습니다. 잠시 실례합니다."

그렇게 말한 프레야 공주는 타악타악 경쾌한 발걸음으로 선장실로 돌아가 푸른빛이 도는 크고 작은 두 개의 돌 같은 것을 가지고 왔다.

형태는 귀퉁이를 잘라낸 직사각형. 크기는 큰 것은 프레야 공주가 쥐면 양 끝이 손 밖으로 비어져 나올 정도.

돌의 색과 크기는 다르지만 형태는 이전에 프란체스코 왕자가 보여 주었던 '치유의 비석'과 매우 닮아 있었다.

다른 것은, 이쪽의 경우 크기가 다른 돌이 두 개고, 그 두 개가 가느다란 은색 쇠사슬로 연결되어 있다는 것이었다.

두 개의 돌을 연결하는 은 쇠사슬은 2미터가 넘는 길이였다.

"선장님, 실례합니다!"

"수고했다."

그러는 사이에 바닷물을 채운 큰 나무통을 다부진 선원이 갑판으로 가지고 왔다.

상당히 난폭하게 내려놓았는데도 젠지로가 들여다보니 이미 나무통 안의 수면은 물결 하나 없이 거울처럼 평온함을 유지하고 있었다.

지금도 갑판 위는 '잔잔한 파도'의 제어하에 있는 것이다.

"정말로 물이 흔들리지 않는군요. 조금 흔들어 봐도 될까요?"

"네, 시험해 봐 주세요."

프레야 공주의 허가를 받아 젠지로는 바닷물이 들어간 큰 나무 통의 측면을 강하게 손으로 두드려 보았다.

　터엉 하고 무거운 소리를 내며 측면에서 파문이 퍼져 가려고 했지만 그것은 부자연스럽게 곧장 진정되었다.

　"재미있는걸요. 하지만 '물과 바람의 움직임을 최소한으로 제한한다'는 것이면, '잔잔한 바다'의 제어하에서는 '진수화' 마법 도구의 사용에도 지장이 생기는 것 아닐까요?"

　젠지로의 질문을 듣고 프레야 공주는 막힘없이 대답해 주었다.

　"아니요, 문제없답니다. 이건 루크레치아 님에게 배운 것인데, '잔잔한 바다'에 제한되는 마법은 물과 바람을 조작하는 계열에 한정된다고 해요. 실제로 '진수화' 마법 도구의 사용은 지금까지도 문제가 없었습니다."

　프레야 공주의 입에서 루크레치아의 이름이 나오자 젠지로는 반사적으로 그때까지 계속 말이 없던 금발 사이드 테일 소녀에게로 시선을 돌렸다.

　"그런가, 루크레치아?"

　젠지로가 관심을 가져 주어 상기된 루크레치아는 그 커다란 푸른 눈을 크게 뜨면서 큰 목소리로 대답했다.

　"네, 젠지로 폐하! '잔잔한 바람'의 제어하에서도 '진수화', '물 제작' 같은 마법은 문제없이 발동됩니다. 발동되지 않는 것은 '물 조작'이나 일부 조작 계열을 포함한 '물방울 제작' 등입니다."

　막힘없는 말투는 루크레치아의 지식이 단순히 벼락치기가 아니라는 사실을 느끼게 해 주었다.

"그렇군. 루크레치아는 마법과 마법 도구를 잘 아는구나."

무심코 루크레치아라는 소녀를 '인생을 결혼 활동이라는 한 점 돌파에 건 여성'이라는 인상을 가지고 봤지만, 생각해 보면 젠지로의 수행 역할도 문제없이 완수했다.

의외로 능력이 높은 것인지도 모른다. 그렇지만 루크레치아가 젠지로를 노리는 헌터라는 사실은 변함없었다.

"칭찬을 받아 영광입니다, 젠지로 폐하. 아직도 미숙하기 그지없는 재능 없는 몸이지만, 쌍왕국에 적을 둔 귀족으로서 부끄럽지 않을 만큼의 교양은 익혀 두려고 노력했답니다."

번뜩하고 눈을 반짝인 루크레치아는 기회를 놓칠 새라 그렇게 말하며 어필했다.

쌍왕국, 특히 샤로와 왕국에 가까운 귀족들은 마법 도구화하기에 편리한 4대 마법을 습득하고 있는 경우가 많다.

물론 샤로와 왕가의 부여술사도 4대 마법은 체득할 수 있지만, 마법 도구를 만들 때, 부여마법과 그곳에 담는 4대 마법을 둘 다 부여술사가 담당하는 것보다 4대 마법은 다른 사람이 사용해 주는 편이 더 효율적이다.

하물며 루크레치아는 장래에 샤로와 왕가의 사람과 결혼하여 다시 왕족이 되는 것을 인생의 목표로 삼고 살아왔다.

마법 공부에는 나름대로 힘을 들이고 있다 해도 이상할 것이 없다.

아무튼 그래도 노력의 비중은 남자에게 교태를 떠는 쪽으로 더 기울어 있다는 건 틀림없는 사실인 듯하지만.

"그렇구나. 근면한걸?"

일단 그렇게 말하고 한 번 이야기를 끊은 젠지로에게 프레야 공주가 말했다.

"지금 보여드리는 '진수화' 마법 도구도 루크레치아 님이 이것저것 가르쳐 주셨어요. 한 번에 진수화를 하는 최적의 수량도 알려 주셨답니다."

그런 말을 듣고 보니 나무통 안의 바닷물은 가득 차 있는 것이 아니라 3분의 2 정도가 차 있었다.

이 수량이 '진수화' 마법 도구가 진수화를 하는 데 가장 최적인 양인 거겠지.

"응? 분명히 프레야 전하 자신도 '진수화' 마법을 사용하실 수 있다고 들었는데, 최대량은 파악하지 못하고 계셨던 건가요?"

소박한 젠지로의 의문에 루크레치아가 자랑스럽게 대답했다.

"샤로와 왕가에서는 마법을 마법 도구화할 때, 그 능력을 조금이나마 증가시키기도 합니다. '진수화'나 '물 제작'은 특히 힘을 들여 연구를 거듭하고 있는 마법이니, 평범한 마법에 비해 마법 도구의 성능은 20퍼센트 더 높습니다."

"호오."

루크레치아의 대답을 듣고 젠지로는 또 감탄을 내뱉었다.

"그럼 실연해 보이겠습니다. 젠지로 폐하, 먼저 나무통 안의 물을 맛보아 주십시오."

프레야 공주의 말을 듣고 옆에 대기하고 있던 승무원 한 명이 목제 맥주잔으로 나무통에서 바닷물을 조금 떠냈다.

건네받은 젠지로는 신중하게 입술을 적시는 정도로 그 바닷물을 맛보았다.

"짜네. 확실히 바닷물이야."

젠지로의 혼잣말을 듣고 프레야 공주는 마법 도구를 준비했다.

크고 작은 두 개의 돌 중, 큰 쪽을 수통 바닥에 가라앉히고, 은색 쇠사슬로 연결된 작은 돌을 큰 가죽 자루에 넣은 뒤, 입구를 꽉 묶었다.

"지금은 '잔잔한 바다'가 발동되고 있어서 필요 없지만, 일반적인 항해 중에는 소금이 넘치지 않도록 이렇게 묶을 필요가 있습니다. 그럼 시작합니다. 『제거하라.』"

은색 쇠사슬에 손을 댄 채, 프레야 공주가 마법어로 한마디 중얼거리자 마법 도구는 효과를 발휘하기 시작했다.

그렇지만 '잔잔한 바다'처럼 한눈에 알 수 있을 만한 효과는 아니었다.

하지만 귀를 잘 기울여 보니, 작은 돌을 넣은 가죽 자루에서 사락사락 하고 모래가 흘러내리는 소리가 들렸다.

그 소리가 들리는 시간은 그렇게 길지 않았다.

소리가 그친 뒤, 만약을 위해 조금 더 기다린 다음, 프레야 공주는 신중하게 작은 돌을 넣어 둔 자루의 입구를 풀었다. 자루에 소금이 쌓여 있었는데, 돌에서 소금의 유출이 멈춰 있다는 것을 확인한 프레야 공주는 한쪽 무릎을 꿇은 채 옆에 서 있는 젠지로를 올려다보며 말했다.

"이것으로 끝입니다. 젠지로 폐하, 괜찮으시면 한 번 더 맛을 봐

주실 수 있을까요?"

"알겠습니다. 한번 맛을 보겠습니다."

특별히 거절해야 할 이유가 없었던 젠지로는 그렇게 말하고 다시 선원이 나무통에서 떠낸 물이 들어간 맥주잔을 손에 들었다.

조금 전과 마찬가지로 맨 처음 한 모금은 입술을 적시는 정도, 그 후는 조금 더 많이 입에 머금었고, 세 번째는 아주 평범하게 마셨다.

꿀꺽 하고 넘긴 젠지로는 솔직히 그 감상을 말해 주었다.

"평범한 물이네요. 이거라면 음료수로 사용해도 아무런 문제도 없습니다."

반대로 너무 평범해서 무미건조한 것도 사실이었지만, 젠지로가 지금 말한 대로 너무 많은 것을 바라지 않는다면, 목을 축이는 데 아무런 지장이 없는 물이었다.

"그런데, 그건 소금인가요?"

안이 흘러내리지 않도록 신중하게 작은 돌을 꺼내고 가죽 자루를 들어 올린 프레야 공주를 보고 젠지로가 그렇게 말했다.

"네, 이쪽도 맛을 보시겠나요?"

"네, 그럼 실례합니다."

프레야 공주가 내민 자루에 젠지로는 오른손을 내민 뒤, 손끝에 묻은 흰 가루를 혀끝으로 핥았다.

"……확실히 소금이네요. 단지 살짝 씁쓸하고 잡다한 맛이 느껴집니다."

젠지로가 지구에서 맛을 본 적이 있는 소금과는 달리, 짠맛 외에도 독특한 맛이 나는 소금이었다. 물론 바닷물에 포함되어 있는 불순물이 모두 포함되어 있어 순수한 염화나트륨이 아닐 테니 당연하다면 당연하다.

어쩌면 카파 왕국에서는 이런 소금이 일반적인지도 모르지만, 공교롭게도 젠지로는 완성된 요리는 맛을 본 적이 있어도, 소금만을 직접 핥아먹어 본 적은 없어, 그 사실은 알 수 없었다.

아무튼 간에 짧은 시간에 큰 나무통의 바닷물이 진수와 소금으로 변한 것은 틀림없었다.

"이건 정말 굉장하네요. 장기 항해 중에는 헤아릴 수 없는 가치가 있고, 그렇지 않더라도 평범하게 바닷물에서 소금을 만드는 것보다 효율적이 아닌가요?"

젠지로의 감탄하는 말을 듣고 프레야 공주는 고개를 끄덕였다.

"네. 이 마법 도구를 매일 한계까지 반복해서 사용하면 '황금나뭇잎호'의 선원 모두의 갈증을 해소할 수 있을 정도의 물을 확보할 수 있습니다."

물을 확보할 수 있다는 것은 장기 항해를 하는 데 있어 매우 커다란 의미를 지녔다.

장기 항해를 하는 중에 음료수는 가장 선원을 고민스럽게 하는 문제라고 해도 과언이 아니었다.

인간이 살아가는 데 있어 필수적인 것이면서 무겁고, 장소를 차지하는 데다, 액체라 보존하기가 어렵다.

그런 물 문제를 마법 도구와 빈 나무통만 있으면 해결할 수 있으니 장기 항해의 불안이 반으로 줄어든다고 해도 과언이 아니다.

선내에 물통을 쌓아두지 않아도 되는 만큼 보존식을 많이 적재할 수 있다는 점을 고려하면 무보급 항속 거리는 비약적으로 늘어날 터였다.

'잔잔한 바다'로 폭풍을 지나가 버리게 할 수 있고, '진수화' 마법 도구 덕에 갈수 위험도 없다.

목조 범선이라는 근본적인 불안은 남지만, 젠지로의 염려는 상당 부분 해소되었다.

"굉장해. 획기적인 진보를 이루었군요."

"네!"

젠지로의 말을 듣고 프레야 공주는 자신감 넘치는 기쁜 미소로 그렇게 대답했다.

그리고 얼마 동안 시간이 지나도 '잔잔한 바다'의 효과는 없어질 낌새가 없었다.

젠지로가 슬쩍 왼손의 손목시계를 확인해 보니, 이미 30분 이상이 지난 상태였다.

젠지로로서는 꽤 듬직한 효과였다.

그렇지만 여기서 그냥 시간을 낭비하는 것보다는 다른 일을 끝내는 편이 유익하다.

"프레야 전하. 실은 저도 '황금나뭇잎호'를 타고 북대륙으로 향할 때, 가져가고 싶은 마법 도구를 이곳에 가지고 왔습니다. 모두 '대륙 간 항행'을 할 때, 도움이 되는 마법 도구라고 자부하고 있지만, 아무래도 저는 배도 바다도 초보자 그 자체입니다. 초보자의 판단으로 배 그 자체를 위험에 처하게 할 수는 없으니 프레야 전하께서 한 번 확인해 주셨으면 하는데, 괜찮으실까요?"

젠지로는 그렇게 말한 뒤, 그때까지 계속 어깨에 걸치고 있던 작은 자루를 손에 바꿔 들었다.

젠지로의 그 말을 듣고 가장 극적인 반응을 보인 사람은 뒤에서 보고 있던 루크레치아였다.

금발 사이드테일이 달리는 말의 꼬리처럼 맥동하더니, 푸른 두 눈이 동그랗게 번쩍 뜨였다.

"젠지로 폐하가, 북대륙에……?"

아무래도 루크레치아는 오늘 지금까지 젠지로가 북대륙으로 간다는 사실을 몰랐던 모양이었다.

루크레치아가 뒤에서 뭔가 생각하고 있었지만, 일단 젠지로는 그쪽이 아니라 프레야 공주 쪽으로 시선과 손에 든 자루를 향하게 했다.

자신을 향한 자루를 보고 프레야 공주는 잠시 생각을 했지만, 이윽고 생각이 정리되었는지 한 번 고개를 끄덕이더니.

"알겠습니다, 젠지로 폐하. 그런 것이라면 일단 제가 한번 살펴보겠습니다. 단지, 최종적으로는 부선장의 허가를 받아야 비로소 이쪽 마법 도구를 '황금나뭇잎호'에서 사용할 수 있습니다. 그렇게 하여도 괜찮을까요?"

아무래도 프레야 공주가 말하는 '자신은 장식. 부선장은 사실상의 선장'이라는 말은 생각 이상으로 진실인 듯했다.

"알겠습니다. 잘 부탁드립니다."

어느 쪽이든 젠지로는 그렇게 대답할 수밖에 없었다.

'잔잔한 바다'처럼 고정되어 있다면 몰라도, 마법 도구를 선보이고 설명하는 일을 굳이 갑판에서 할 필요는 없었다.

'황금나뭇잎호'에서 가장 넓은 방——프레야 공주의 선장실에 안내된 젠지로는 그곳에서 '공간 차단 결계'와 '부동화구' 마법 도구를 꺼내 설명했다.

개인실이라고는 하지만 범선의 개인실이다. 그렇게까지 넓지는 않았기 때문에 선장실에 들어간 사람은 프레야 공주와 젠지로를 제외하면 프레야 공주의 호위인 여전사 스카디와 시녀 이네스뿐으로, 총 네 명이었다.

의자도 하나밖에 없어 젠지로와 시녀 이네스는 두 개가 있는 침대에 걸터앉았다.

전체적인 기능과 젠지로가 의도하는 사용법에 관해 설명을 들은 프레야 공주는 매우 복잡한 표정을 지었다.

가장 비중이 큰 감정은 놀라움이었지만 거기에 감탄과 경계가 비슷한 비율로 섞였고, 조금이긴 하지만 기쁨의 감정도 언뜻언뜻 보였다.

아무래도 젠지로가 가지고 온 마법 도구는 프레야 공주에게 상당히 큰 임팩트를 안겨 준 듯했다.

잠시 뒤, 어느 정도 감정의 타협점을 찾은 프레야 공주는 천천히 생각하면서 입을 열었다.

"먼저 이쪽의 '부동화구'인데, 매우 유효한 마법 도구라고 생각합니다. 단지, 완전히 안전하다고 단언할 수 있는 것은 아니니, 일단 부선장에게도 보여 준 뒤에 최종적인 허가를 내리는 형태가 되리라 생각합니다."

'부동화구' 마법 도구는 젠지로의 주문대로 아래 부분이 고정쇠가 달린 모양으로 만들어져 책상 등의 가장자리에 물려서 고정할 수 있었다.

지금은 선장실 책상에 고정되어 있는 중으로, 웬만큼 큰 파도가 쳐도 마법 도구가 책상에서 떨어지는 일은 없을 것이었다.

유일한 단점은 고정쇠를 꽉 조이면 구조상 어떻게 하든 책상에 물렸던 자국이 남는다는 점일까.

'부동화구'는 그 이름대로 자연에 반해 결코 흔들리지 않는 구형의 불꽃이다.

그 불꽃의 구체는 한층 더 큰 금속제 구체 안에서 발생한다.

때문에 불꽃이 구체 밖으로 나올 가능성이 없어 흔들리는 배 위에서도 안전하게 불꽃을 사용하는 것이 가능하다는 것이 요점이었다.

그렇지만 '부동화구'를 가두고 있는 금속 구체에는 작은 구멍이 여러 개 뚫려 있기 때문에 그 구멍으로 가늘고 긴 가연성 물질——예를 들면 지푸라기 등이 불운하게도 들어갈 가능성도 제로는 아니었다.

"최종적으로 허가를 내리는 사람은 부선장이니 어디까지나 제 의

견일 뿐이지만, 이쪽 마법 도구는 어느 정도 파도가 높을 때에도 사용은 가능하리라 생각합니다. 물론 조건은 붙겠지만요."

"구체적으로는 어떤 조건일까요?"

젠지로의 질문에 프레야 공주는 그 빙벽색 눈으로 선장실의 천장을 보며 잠시 생각했다.

"그러네요. ……사용 중에는 눈을 떼지 말 것. 만약의 때에 소화할 수 있도록 준비를 갖춰 놓을 것. 만에 하나 불이 크게 번졌을 때에는 이후, 항해가 끝날 때까지 이쪽에 맡겨 둘 것, 등일까요?"

모두 상식적이고 이해하기 쉬운 조건이었다.

그 조건이라면, 하는 생각에 젠지로는 곧장 대답했다.

"알겠습니다. 문제없습니다. 그럼 또 하나의 마법 도구인 '공간 차단 결계'는 어떤가요?"

젠지로로서는 '부동화구'에 비하면 훨씬 받아들이기 쉬울 거라고 생각했기 때문에 가벼운 말투로 물었는데, 프레야 공주의 반응은 예상외로 격렬했다.

빙벽색 눈을 가늘게 뜬 프레야 공주는 강한 어조로 단숨에 말했다.

"죄송하지만, 그 '공간 차단 결계' 마법 도구는 이쪽이 맡아 두겠습니다. 배에서 내릴 때에는 책임지고 돌려드릴 것이고, 만에 하나 항해 중에 분실한 경우에는 같은 것을 준비할 수는 없지만, 동등한 금전으로 보상하겠습니다. 하지만 반복해서 말씀드리지만, 젠지로 폐하가 그 마법 도구를 가지고 저희 '황금나뭇잎호'에 탑승하시는 것은 삼가 주시길 바랍니다."

그렇게 말하며 프레야 공주는 의자에 앉은 채 깊게 고개를 숙였다.

"이유를 알려 주실 수 있을까요?"

젠지로로서는 당연한 질문이었다.

솔직히 젠지로는 '공간 차단 결계' 마법 도구를 가능하면 사용하지 않는 것이 가장 좋은, 침몰을 피할 수 없었을 경우의 시간벌기용이라 생각했다.

오히려 위험하다고 한다면 배에게 있어 최대의 적인 화재를 불러올 가능성이 있는 '부동화구' 쪽이라고 생각했었다.

하지만 그런 젠지로의 의문도 프레야 공주의 다음 말로 산산이 사라져 버렸다.

"젠지로 폐하께 그러한 의도가 없다는 것은 너무도 잘 알지만, 그래도 언제든 배에 크나큰 부하를 거는 급정지가 가능한 마법 도구를 책임자 이외의 사람이 지니고 있게 할 수는 없습니다."

"아⋯⋯."

지적을 받고 보니 너무나도 당연한 말이었다.

젠지로가 최악의 최악, 최후의 최후에만 사용할 생각이라고 말을 한들, 그것은 어디까지나 젠지로의 주관으로 봤을 때의 이야기다.

프레야 공주 입장에서 보면 젠지로가 그 마법 도구를 반드시 유사시에만 발동시킬 거라는 보증이 없다.

만에 하나 '황금나뭇잎호'가 순조롭게 속도를 내고 있을 때 젠지로가 '공간 차단 결계'를 발동시키면 어떻게 될까.

말할 것도 없이 선체는 큰 대미지를 입고, 갑판이나 돛대 위에서 작업을 하던 선원은 바다에 내던져지게 된다.

그렇게 위험한 것을 일개 승객의 손에 내맡긴 채 항해를 할 정도로 프레야 공주는 낙관적인 성격이 아니었다.

젠지로는 그런 상황을 이해했으면서도 떼를 쓰는 사람이 아니었다.

"알겠습니다. 그렇다면 항해 중에는 프레야 전하 측에서 보관해 주십시오."

젠지로는 그렇게 말하고 작게 미소 지었다.

대략적으로 이야기가 끝나 그대로 세상 이야기로 이행했을 즈음.

"앗?"

"움직이기 시작했네요."

'황금나뭇잎호'는 흔들림을 되찾았다.

마법 도구 '잔잔한 바다'의 효과 시간이 지난 것이겠지.

다행히 젠지로 일행은 모두 선장실에서 의자나 침대에 걸터앉아 있었기 때문에 갑자기 흔들려도 피해는 입지 않았다.

"프레야 전하, 대체로 항상 이 정도의 시간이었나요?"

은근 슬쩍 왼손의 손목시계를 확인한 뒤 묻는 젠지로에게 프레야 공주는 고개를 끄덕였다.

"그러네요. 대체로 이 정도였다고 생각합니다."

시계로 시간을 확인한 젠지로는 마음속으로 강하게 기억했다.

52분.

그게 '잔잔한 바다'가 발동한 뒤로 기능이 정지할 때까지의 시간이다.

기껏해야 시계를 보고 쟀을 뿐인 타임이고, 애초에 현시점에서는 '잔잔한 바다'의 발동 시간이 매일 1분 1초까지 같을 거란 보증도 없었지만, 하나의 기준은 될 듯했다.

아무튼 시간측정을 마지막으로 오늘 확인하고자 싶었던 것은 전부 확인했다.

"그럼 슬슬 실례합니다."

그렇게 말하고 젠지로가 일어서자, 재빨리 여전사 스카디가 먼저 움직여 선장실의 문을 열어 주었다.

"가시지요."

"고맙네."

젠지로, 시녀 이네스, 프레야 공주, 여전사 스카디 등 네 사람이 선장실 밖으로 나가 보니, 그곳에는 선장실에 들어오지 못했던 호위 병사와 함께 루크레치아가 기다리고 있었다.

"수고가 많았군. 이대로 돌아가지."

젠지로는 한 손을 들어 기다리고 있던 병사들을 위로한 뒤, 갑판을 걸어 곧장 계단 모양의 트랩으로 향해 갔다.

"배웅하겠습니다."

"감사합니다. 프레야 전하."

젠지로와 프레야 공주는 환한 모습으로 그런 말을 나누며 트랩이 있는 곳으로 나아갔다.

잔교와 배를 연결하는 트랩은 승선 때는 계단을 올라가는 형태였으니, 하선 때는 내려가는 형태다.

다행히 이 트랩은 튼튼하게 만들어졌고, 난간까지 달려 있어 그렇게까지 무섭지는 않았지만 그래도 전혀 흔들리지 않는 것은 아니었고 꽤 경사가 급해 내려갈 때는 조금 공포가 동반되었다.

그렇지만 조심해서 내려가면 굴러 넘어질 정도는 아니었다.

무사히 잔교로 내려간 젠지로가 프레야 공주와 마주 보고 작별 인사를 하려고 했던 그때였다.

"실례합니다, 프레야 전하. 긴히 부탁드릴 것이 있습니다."

진지한 표정과 조금 떨리는 목소리로 그렇게 말한 사람은 루크레치아었다.

"……꼭 지금이어야 하는 건가요? 루크레치아 님."

누가 봐도 알기 쉽게 한 번 젠지로 쪽으로 시선을 건넨 뒤 그렇게 말하는 프레야 공주에게 루크레치아는 긴장한 나머지 소리가 들릴 정도로 강하게 숨을 들이쉬면서도, 여전히 양보하지 않고 고개를 끄덕였다.

"네, 넷! 시간을 많이 빼앗지는 않을 테니 지금 여기서 부탁드립니다."

그렇게 말하고 루크레치아는 금색 사이드테일을 흐트러뜨리듯이 기세 좋게 고개를 숙였다.

귀족다운 세련된 동작이라고는 결코 말할 수 없었지만, 그만큼

필사적인 모습이 겉으로 드러났다.

"젠지로 폐하?"

짧게 프레야 공주가 묻자 젠지로는 간결하게 긍정적인 대답을 했다.

"상관없습니다."

솔직히 말하면 무언가 불길한 예감이 들어 거부하고 싶었지만 이 흐름에서는 안 된다고 말하기 힘들었다.

젠지로가 시선을 루크레치아 쪽으로 돌리자, 필연적으로 이 자리에 있는 모두가 루크레치아 쪽으로 시선을 돌렸다.

모두의 시선이 주는 압력 탓인지, 아니면 자신이 지금 하려고 하는 말 탓인지, 루크레치아는 한눈에 알 수 있을 정도로 긴장하여 몸을 떨었지만, 그래도 확실하게 선언했다.

"프레야 전하. 저도 '황금나뭇잎호'에 타게 해 주세요!"

예상했던 것 중에서도 최악의 예상이 딱 들어맞아 젠지로는 사람들의 시선을 신경 쓸 여유도 없이 푸른 하늘을 올려다보며 한숨을 내쉬었다.

◆

그리고 며칠 후의 밤.

루크레치아 브로이의 머리 아픈 선언으로 발생한 문제를 일단 처리한 젠지로는 후궁 거실에서 아내인 여왕의 맞은편에 칠칠치 못하게 앉아 긴 한숨을 내쉬었다.

"일단 루크레치아를 내 '순간이동'을 사용해 쌍왕국으로 보내고 왔어. 한동안은 대답을 기다려야 하는구나."

"수고했어, 젠지로. 이걸로 '황금나뭇잎호'의 마지막 두 사람이 결정된 셈이군."

역시 브로이 후작 가문의 따님이 단신으로 올라탈 리는 없다. 라고 덧붙인 여왕에게 젠지로는 일말의 희망을 걸고 물었다.

"저어어, 아우라? 루크레치아가 '나도 북대륙에 가겠어' 선언은 루크레치아의 독단으로, 지금 그야말로 쌍왕국에 돌아가 나라의 허가를 받으러 간 건데. 왜 그 허가가 벌써 내려온 것을 전제로 이야기를 진행시키려고 하는 거야?"

젠지로의 질문을 듣고 여왕은 남편을 가여운 시선으로 바라보면서도 냉철한 말을 내던졌다.

"어디를 어떻게 봐도 쌍왕국 수뇌부가 루크레치아의 요망을 거절할 이유가 없기 때문이야. 루크레치아는 잃어도 그렇게까지 아까운 장기 말이 아니고, 젠지로의 각종 마법 도구 덕분에 애당초 잃을 가능성이 급격히 줄었어. 북대륙의 정보를 알고 싶어 하는 모양인 쌍왕국 수뇌부에게 있어, 루크레치아의 제안은 그야말로 뺨 맞고 싶을 때 뺨을 때려 준 격이지."

"……역시 그런가."

소파에 걸터앉은 채 젠지로는 실망한 듯 어깨를 늘어뜨렸다.

어렴풋이 느끼고는 있었다.

물론 아우라의 '쌍왕국은 북대륙의 정보를 원한다'라는 예측이 맞다는 것이 전제이지만, 그 전제를 토대로 생각하면 쌍왕국이 '황금나뭇잎호'에 사람을 태우고 싶어 한다는 것은 오히려 필연이라고마저 할 수 있었다.

"어라? 그렇게 생각이라면 왜 쌍왕국은 더 빨리 프레야 전하에게 제안을 하지 않은 거지?"

젠지로는 그런 의문을 품었다.

'잔잔한 바다'나 '진수화'의 마법 도구를 양도할 때 거래 재료로서 "황금나뭇잎호'에 쌍왕국의 대사를 태워 달라'고 말하면 프레야 공주는 거절하지 않았을 것이다.

그런 젠지로의 의문에 여왕은 조금 진지한 표정을 지으며 진중하게 대답했다.

"글쎄. 몇 가지인가 생각해 볼 수 있지만, 아마 쌍왕국은 북대륙 세력을 경계하고 있을 거야. 그래서 정보는 원하지만 공식 대사를 보내는 것 같은 표면적인 행동은 하고 싶지 않았던 것인지도 모르지."

루크레치아는 어디까지나 개인의 방문이라는 형식이기 때문에 쌍왕국은 교섭을 최소한으로 할 수 있다.

무엇보다 젠지로라는 카파 왕국의 국서가 같이 간다는 것이 결정되었다.

루크레치아가 일부러 '실은 혈연으로 따지면 샤로와 왕가의 공주'라고 퍼뜨리지 않고, 브로이 후작 가문의 딸이라는 스탠스를 관철하면 젠지로의 그림자에 완전히 숨어 있는 것도 어렵지 않겠지.

"이쪽에게 거절한다는 선택지가 있었다면……."

하늘을 올려다보며 아쉬워하는 젠지로에게 아우라가 가엾다는 듯이 말했다.

"아쉽지만 이쪽도 손님 입장이니까. 프레야 전하가 허가하겠다고 한다면 참견할 수 있을 만한 입장이 아니야."

루크레치아의 희망을 듣고 놀라움을 감추지 못했던 프레야 공주였지만, 프레야 공주에게도 루크레치아의 제안은 큰 이익이었다.

'잔잔한 바다'도 '진수화'의 마법 도구도 충분히 그 성능을 숙지했다고는 하지만, 루크레치아가 더 자세히 안다는 사실에는 변함이 없었다.

마법 도구를 탑재한 첫 장기 항행에 루크레치아라고 하는 마법 도구를 잘 아는 사람이 승선하는 의미는 매우 컸다.

게다가, 아마도이긴 하지만 프레야 공주는 마법 도구를 생산할 수 있는 샤로와 지르벨 쌍왕국과 조국인 웁살라 왕국 사이의 무역도 장래의 구상으로 넣고 있을 것이다.

그렇다면 쌍왕국 사람이 직접 웁살라 왕국을 찾아 부왕이나 오빠인 왕자와 직접 우의를 맺어 두는 것보다 더 좋은 일은 없었다.

"그럼 루크레치아가 승선하는 것은 확정이라고 생각하는 편이 좋은 건가. ……역시 공세적으로 나올까?"

젠지로가 말하는 '공세적으로 나온다'는 것은 다른 게 아니었다.

남녀 간의 의미가 포함된 공세였다.

대륙 간 항행은 편도 100일 가까이 걸리는 장거리 여행이다.

같은 배에 있을 테니 젠지로를 노리는 루크레치아가 액션을 보일 가능성이 충분히 있다.

"글쎄, 과연 어떨까? 그래 보여도 루크레치아는 자신의 목표를 위해 성실하게 행동하고 열심히 노력하잖아. 좁은 배 안에서 어설픈 행동을 해서 당신에게 미움을 받아서는 본전도 못 찾을 것이다, 정도의 생각은 할지도 몰라."

"그건 결국 나를 포기하지 않았다는 거잖아. 내가 웁살라 왕국으로 가는 주된 목적을 생각해 보면, 솔직히 루크레치아는 가능한 한 얌전히 있어 줬으면 하는데 말이야."

젠지로가 웁살라 왕국으로 가는 이유는 프레야 공주의 아버지인 웁살라 국왕에게 프레야 공주와의 혼인 허가를 받는 것이 최대의 목적이다.

일국의 제1 왕녀를 왕의 배우자의 측실로 들이고 싶다고 말하는 것만 해도 상당히 난이도가 높다.

그런데 그 배에 마찬가지로 젠지로의 측실로 들어가기를 노리는 다른 나라의 귀족 영애를 승선시킨다는 것은, 이미 그것만으로도 짓궂은 행동처럼 보인다.

"그래도 뭐, 약속해 버렸으니."

젠지로는 그렇게 말하며 오른손을 얼굴 앞으로 들어 올렸다.

그 오른손의 손목에는 수수한 철제 팔찌가 채워져 있었다.

'바람의 철퇴'.

샤로와 지르벨 쌍왕국의 마르가리타 왕녀가 양도해 준 강력한 마법 도구다.

효과는 순간적인 강풍.

주룡에 올라탄 기사조차도 밀어낼 정도의 바람을 일으킬 수 있다.

한 번 후궁의 정원에서 시험해 봤는데, 시녀들에게 사과하고 싶을 정도의 피해를 내고 말았다.

물론 무한하지는 않지만 연사도 가능했다. 젠지로 같은 무술이 초보 수준인 사람의 호신구로서는 최적이라 할 만했다.

"마르가리타 전하인가. 혈연상으로는 루크레치아의 친언니에 해당됐지?"

"응."

프란체스코 왕자와 쌍벽으로 일컬어지는 부여술사이기도 한 마르가리타 왕녀는 '바람의 철퇴'를 젠지로에게 주는 대신 요구를 하나 했다.

'여동생인 루크레치아를 잘 부탁한다'고.

구체적으로는 세 번까지 루크레치아의 부탁을 거절하지 말고 상대해 달라는 부탁이었다.

물론 부탁이라는 것은 깊은 의미가 아니라, 단순히 루크레치아의 대시, 데이트 부탁을 말하는 것이었다.

그렇게 생각하면 소홀히 할 수는 없었다.

"……하아. 엄밀히 말하면 이건 프레야 전하에게 부탁한 것이겠지만, 한 번 들어준 것으로 계산해 두자."

불평을 흘리는 젠지로를 보고 여왕 아우라는 맨 처음에는 조금 쓴웃음을 지었지만, 이윽고 진지한 얼굴로 물었다.

"젠지로. 역시 루크레치아가 측실로 들어오는 건 싫은 건가?"

"응? 루크레치아가 아니라도 측실은 싫은데?"

거의 반사적이라고 해도 좋을 속도로 그렇게 대답하는 젠지로를 여왕은 쓴웃음을 지으며 바라보았다.

"그건 알고 있어. 하지만 그래도 나라를 위해 내 의견을 받아들여 당신은 프레야 전하를 측실로 받아들여 줬잖아? 그것도 프레야 전하가 측실로 들어오는 것을 확실하게 만들기 위해 위험을 무릅쓰고 대륙 간 항행을 하는 것까지 허락해 줬어. 내 입장에서 당신에게 이런 말을 하는 것은 역시 조금 비겁하다는 생각이 들지만, 젠지로. 당신, 프레야 전하에게 호의를 품고 있지?"

굉장히 대답하기 힘든 질문이었지만 아우라가 여왕으로서 질문하는 이상 젠지로에게는 침묵을 지킨다는 선택지는 없었다.

"뭐, 그건 그렇지. 예쁘고, 좋은 아이고, 적극적이지만 불쾌한 방식으로 거리를 좁혀오지 않고, 무엇보다 존경할 만한 사람이니까."

듣자하니, 북대륙도 남대륙과 큰 차이 없는 남성 중심 사회인 모양이었다.

그런데 아직 10대인 소녀가 명목상이라고는 하지만 선장이라는 지위를 따내고, 그것도 모자라 대륙 간 항행을 성공시켰다.

그 의지, 그 용기, 그리고 그 위업.

그것은 젠지로가 경의를 품게 만들기에 충분한 것이었다.

젠지로의 대답을 듣고 아우라는 만족스럽게 고개를 끄덕이더니 본론으로 들어갔다.

"그것에 비하면 루크레치아는 측실을 들이기 싫다는 근본적인 문제 이외에 그다지 호의를 품지 않은 것처럼 느껴져. 보나 전하는 괜찮아?"

아우라는 그렇게 물었다.

현시점에서는 아직 가능성의 하나에 지나지 않았지만 국책으로 꼭 젠지로가 쌍왕국에서 측실을 받아들여야만 하는 미래는 찾아올 가능성이 있었다.

그때, 루크레치아가 치명적으로 젠지로와 궁합이 맞지 않다면, 국책 그 자체에까지 악영향을 미칠 수도 있다.

정략결혼은 문자 그대로 국가와 국가의 정략인 것은 사실이지만 남녀의 결혼이라는 것도 역시 사실이다.

결혼인 이상 남녀의 궁합이 일정 이상으로 나쁜 경우에는 파탄이 난다.

만약 결혼한 여성을 후궁에 연금해 놓고 죽을 때까지 방치해 둬도 아무렇지 않은 표정을 지을 수 있는 남자라고 한다면, 결혼이 파탄 나도 정략은 파탄 나지 않지만 젠지로는 결코 그런 타입이 아니었다.

그래서 아우라는 왕의 입장에서 물어야만 했다.

가까운 장래에 필요해질지도 모르는 정략결혼이 파탄 날 확률을 조금이라도 줄이기 위해서.

그런 아우라의 심각한 질문을 진지하게 받아들인 젠지로는 자신의 마음을 살피며 들여다보듯이 눈을 감고 잠시 생각한 후 고개를 저었다.

"아니, 어디까지나 비교의 문제지만 보나 전하보다는 루크레치아 쪽이 더 좋으려나?"

그것은 아우라에게 있어 조금 의외의 대답이었던 모양이었다.

아우라는 움찔 하고 한쪽 눈썹을 들어 올리더니.

"그런가? 내 눈에는 당신이 루크레치아보다는 보나 전하에게 좋은 인상을 품고 있는 것처럼 보였는데."

그렇게 말하는 아우라의 말을 긍정하면서도 젠지로는 작게 어깨를 으쓱했다.

"그야 그렇지만, 정작 보나 전하가 아무리 생각해 봐도 정략결혼을 염두에 두고 있지 않은 느낌이라서. 그에 비하면 루크레치아는 나에게 호의가 있는 것은 물론, 나와 정략결혼을 하려는 열의만은 보다시피니까. 꼭 둘 중 하나를 골라야 한다면, 의욕이 있는 루크레치아 쪽이 나중에 타협점을 발견하기 쉬울 것 같았을 뿐이야."

"⋯⋯⋯그렇군."

젠지로의 대답을 듣고 아우라는 일단 납득했다는 듯이 말했다.

단, 마음속은 편안하지 않았다. 손바닥에 차가운 땀이 배었고, 심장이 평소의 두 배 정도의 속도로 맥동했다.

젠지로의 방금 그 대답, 생각 방식을 아우라는 들어 본 적이 있었다.

본인이 말하면 역시 젠지로가 기분 나빠할 테니 말은 않겠지만, 그 생각은 '집안의 사정에 휘둘리는 왕족, 귀족의 「영애」가 할 만한 생각'이다.

진정한 의미에서 자신의 의사가 반영될 일 없다고 포기하고 주어진 선택지 안에서 더 상처가 적은 쪽을 고른다.

자신이 상대를 좋아하는 것보다도 상대가 자신을 좋아하는가를 우선한다.

왜냐하면 그 편이 무난하니까.

최선의 결과를 원해도 이루어지지 않는다는 사실을 전제로 받아들이는 인간의 사고 패턴.

아우라는 테이블 아래에서 양손을 펼치고 오므리기를 반복하며 손끝에 피를 보냈다.

다른 뜻 없는 쓴웃음을 짓는 젠지로의 표정으로 추측해 보건대, 본인은 아직 눈치채지 못했다.

아내이자 상사인 여왕 아우라가 '자신의 희망을 이루어 주지 못한다'라고 생각해, 자신이 체념해 버렸다는 사실을.

생각을 되짚어 보면 '국익을 위해 어쩔 수 없다'라는 표면적인 간판을 방패로 아우라와 젠지로의 의견이 충돌할 때는 거의 모두 젠지로가 양보해 왔다.

"나도 출산이 끝나면 본격적으로 일할 거야. 내년에는 샤로와 왕가의 왕위 계승도 끝났을 즈음일 테니, 왕관을 벗은 브루노 왕과 직접 절충을 하여 상대의 의도를 탐색하고, 동맹, 조약, 무역 등에서 각각 어떠한 것을 원하는지 결착을 짓겠어."

"너무 무리하면 안 돼. 이자벨라 전하가 있다고는 하지만 출산은 목숨과도 관련된 중요한 일이니까."

"그래, 알아. 고마워."

순수하게 이쪽을 사랑하는 젠지로의 시선을 본 아우라는 그 시선이 바뀔지도 모를 미래를 상상하며 혼자 멋대로 공포에 사로잡혔다.

[제5장] 출산과 출장과 출항

시간이 흘러 연도가 바뀌었다.

새로운 해를 맞이하여 열리는 신년제는 카파 왕국에게 있어 거국적인 중요한 행사였다.

카파 왕국에 와 세 번째의 신년제를 맞이한 젠지로지만 과거 두 번의 신년제와 올해의 신년제는 한 가지 큰 차이가 있었다.

그것은 아내인 여왕 아우라의 부재였다.

과거 두 번은 신년제를 주최하는 아우라 옆에 앉아 장식품처럼 있을 뿐이었던 젠지로였지만 이번만큼은 그럴 수 없었다.

여왕 아우라는 후궁에서 안정 중. 주치의 미셸과 이자벨라 왕녀가 말하길, 언제 출산해도 이상하지 않은 상태라고 한다.

다행히 용태는 안정적이라는 모양이고, 의사와 치유술사가 붙어 있으니 만에 하나의 일도 없을 거라는 보증도 받았다.

하지만 당연히 언제 진통이 시작되어도 이상하지 않은 임산부에게 신년제의 주역을 맡길 수는 없었다.

결과적으로 젠지로는 여왕 아우라를 대신해 신년제를 주최하는 중책을 맡게 되었다.

신년제를 주최한다고는 하지만 실제로 젠지로가 당일에 해야 하는 일은 그렇게 큰일이 아니었다.

　정해진 의식이 열리면 중앙에 앉아 정해진 말을 하고, 정해진 대로 움직인다. 그냥 그게 다였다.

　문제는 그런 젠지로를 단상 아래에서 올려다보는 귀족들 중에는 명백히 번뜩이는 시선을 지닌 자가 늘었다는 것이었다.

　아우라의 이름을 대신해 공식 행사를 전담하게 된 것이 이번이 처음은 아니지만, 그만큼 신년제라는 행사는 중대했다.

　그리고 일부 귀족들이 전전부터 말했던 '왕이 여성이면 정작 중요할 때 움직일 수 없는 경우가 있다'는 염려가 적중한 것이 컸다.

　요즘엔 국내 귀족들에게서 거의 듣지 못하게 된 것이지만, '젠지로 폐하'라는 명칭도 오늘 단 하루 동안 양손으로는 다 셀 수 없을 만큼 들었다.

　그래도 큰 문제 없이 신년제는 최종일, 3일째의 밤을 맞이했다.

　일반인에게 개방된 왕궁 앞뜰에 불을 밝힌 양초를 손에 든 왕도 시민들이 모였다.

　젠지로는 앞뜰이 보이는 왕궁 발코니에 설치된 자리에 앉아 손을 흔들어 시민들에게 응답해 주었다.

　지상에 별이 가득한 하늘이 펼쳐진 광경은 몇 번을 봐도 아름다웠지만, 지금의 젠지로는 그것을 만끽할 수 있는 정신 상태가 아니었다.

　의식에 들어가기 전, 후궁의 심부름꾼이 아우라의 진통이 시작되었다고 알려 왔기 때문이다.

　지금 이러고 있는 사이에도 사랑하는 아내는 후궁에서 한창 출산 중이라고 생각하니, 당장에 자리를 박차고 후궁으로 달려가고 싶은 심정이었다.

하지만 그럴 수는 없었다.

젠지로가 후궁에 가 봐야 무언가 할 수 있는 일이 있는 것도 아니었고, 반대로 이 자리에서 신년제를 무사히 마무리하는 것은 아우라를 제외하면 젠지로만이 할 수 있는 역할이었다.

아우라를 위해서도 지금 이 자리에서 할 수 있는 일을 한다.

젠지로는 자신을 그렇게 타이르며 무릎 위에 올린 주먹이 희어질 때까지 쥐고, 간신히 환한 미소를 유지했다.

"하아, 하아, 하아!"

그렇듯 1초가 한 시간으로 느껴지는 시간을 겨우 무사히 극복한 젠지로는 창피도 체면도 없이 후궁의 복도를 전력 질주했다.

"기다려 주십시오, 젠지로 님. 어두운 복도를 달리면 위험합니다."

한 손으로 LED랜턴을 들고, 또 한 손으로 자신의 스커트 옷자락을 집어 올린 시녀 루이사가 젠지로의 옆을 나란히 달리며 냉정한 목소리로 그렇게 충고했지만, 전력 질주 중인 젠지로에게는 대답할 여유조차도 없었다.

그런 모습을 보고 시녀도 포기한 것이리라.

"앞쪽을 실례하겠습니다."

하고 한마디 양해를 구한 시녀 루이사는 젠지로를 추월하더니 빙글 몸을 돌려 전력 질주하는 젠지로의 앞을 뒷걸음질로 달리며 손에 든 LED랜턴으로 젠지로의 앞을 계속 비추었다.

이윽고 목적지인 거실 앞에 도착했을 때, 시녀 루이사는 급브레이크를 걸고 그 문을 열었다.

순간 문 너머에서 복도로 밝은 하얀색 빛이 새어 나왔다.

시녀 루이사가 손에 든 LED랜턴과 비교해 봐도 압도적으로 많은 광량이었다.

아마 거실에 설치되어 있는 여러 LED 플로어 스탠드 라이트가 모두 켜져 있기 때문이다.

젠지로는 그 빛에 이끌리듯이 열린 문을 빠져나갔다.

터치다운.

그런 말이 연상될 듯한 기세로 거실로 뛰어 들어간 젠지로는 그곳에 대기하고 있던 시녀들을 붙잡고 물었다.

"아우라는?!"

최후의 힘을 쥐어짠 한마디였던가.

젠지로는 양손을 양 무릎에 대고 성대하게 기침을 했다.

후궁 시녀들은 역시 멋진 연계를 보여 주었다.

한 명이 기침하는 젠지로의 등을 쓰다듬고, 또 한 사람이 냉장고로 가서 냉수를 컵에 따르고, 그리고 또 한 사람이 젠지로의 기침이 멈춘 타이밍을 잘 보고 미소를 지으며 알려 주었다.

"아우라 폐하는 조금 전에 무사히 둘째를 출산하셨습니다. 모자 모두 문제 없습니다."

그 말을 들은 젠지로는 기쁨과 안도를 느끼기 전에 놀라움과 당혹스러움을 느꼈다.

"어? 벌써?"

멍한 표정을 짓는 젠지로에게 젊은 시녀가 물이 들어간 컵을 내밀었다.

"아, 고맙네."

젠지로가 물을 마시고, 동시에 분출된 이마의 땀을 다른 젊은 시녀가 바지런히 닦는 사이에 맨 처음의 시녀가 웃는 얼굴을 유지한 채 설명을 계속했다.

"네. 미셸 의사와 이자벨라 전하도 매우 빠른 안산이었다고 말씀하셨습니다. 젠지로 님이 돌아오시면 침실로 안내해도 좋다고 허가를 받았는데, 어떻게 하실 생각이신가요?"

그렇다고 한다면 젠지로가 할 대답은 뻔한 것이었다.

"가겠다."

"알겠습니다. 아기씨는 잠들어 계시니 조용히 해 주시길 부탁드립니다."

"그래, 고맙다."

젠지로는 시녀들이 지켜보는 가운데 천천히 침실의 문을 지났다.

"오, 젠지로. 그 모습을 보니 신년제는 무사히 끝난 모양이구려. 수고 많았어."

살짝 침실에 들어간 젠지로를 맞이한 사람은 건강한 미소를 짓고 있는 사랑하는 아내였다.

"아우라? 이제 괜찮아?"

빠른 걸음으로 다가오는 남편을 보고 침대 위에서 상반신을 일으키고 있던 아내는 혈색 좋은 얼굴로 생글거리며 손을 흔들었다.

"그래. 전혀 문제 없어. 출산 자체가 지난번의 절반도 안 되는 시간이었고, 이자벨라 전하의 마법도 있었으니까."

그 말을 듣고 젠지로는 침대 옆에 서 있는 품위 있는 중년 여성을 돌아보았다.

"이자벨라 전하. 이번 일을 진심으로 감사드립니다. 저 또한 진심 어린 인사 올립니다."

체면도 잊고 고개를 숙이는 타국의 왕족에게 이자벨라 왕녀는 부드러운 미소를 지으며 대답했다.

"대단한 일을 하지는 않았습니다. 아우라 폐하께서 자신의 힘으로 출산을 무사히 마치신 것입니다."

치유술사가 출산 현장에 있을 때, 도중에 임산부에게 기력이나 체력을 회복시켜 주는 마법을 걸어 주는 경우도 많다는 모양이지만, 이번에는 그럴 필요도 없었다고 한다.

무사히 출산이 끝난 뒤에 혹시 몰라 한 번씩 '체력 회복'과 '기력 회복'을 해 주었을 뿐으로, 자신은 필요가 없었다는 이자벨라 왕녀의 말도 꼭 틀린 말은 아니었다.

물론 그 치유마법이 없었다면 역시 아우라도 지금처럼 기운을 차리고 있지 못했겠지만.

"솔직히 이렇게 자고 있는 것이 번거로울 정도로 몸이 좋아."

"안 됩니다."

"안 됩니다, 폐하."

침대 위에서 건강함을 어필하듯이 어깨를 빙글빙글 돌리는 여왕에게 늙은 의사와 여성 치유술사는 곧장 소리를 내어 제지했다.

"……잘 알다마다. 그냥 말해 본 것뿐이오."

몇 개월간의 생활로 완전히 호흡이 척척 맞게 된 주치의 미셸과 이자벨라 왕녀의 말을 듣고 여왕은 항복이라고 말하듯이 양손을 들었다.

사랑하는 아내의 건강 상태를 확인한 젠지로는 겨우 시선을 둘째 아이에게로 돌렸다.

그 아이는 아만다 시녀장의 손에 안겨 새근새근 기분 좋게 숨소리를 내고 있었다.

잠이 들어 있는 아기를 깨울까 봐, 젠지로는 거리를 유지한 채 작은 목소리로 아만다 시녀장에게 물었다.

"아들? 딸?"

"여자아이입니다, 젠지로 님."

젠지로의 질문을 듣고 중년 시녀장은 품 안의 아기를 느릿하게 흔들면서 간결하게 대답했다.

"그렇구나. 여자아이인가."

"막 잠이 들었으니 잠시 양해 부탁드립니다."

둘째가 될 장녀의 검붉은 뺨에 손을 뻗으려던 젠지로를 시녀장은 재빨리 말렸다.

"앗, 미안."

젠지로는 뻗으려던 손을 움츠리고 잠든 아기의 얼굴을 들여다보기만 했다.

"여자아이구나."

말끄러미 바라보았지만 그 잠든 모습만으로는 솔직히 성별을 알 수 없었다.

하지만 자신의 아이, 자신의 딸이라고 생각하니, 그냥 그것만으로도 사랑스러웠다.

가까이에서 지켜보니 무의식적으로 손을 뻗어 깨워 버릴 것만 같았다.

젠지로는 아쉬움을 뒤로하고 아기를 안은 시녀장에서 떨어져, 사랑하는 아내가 누워 있는 침대로 돌아갔다.

"그러고 보니 아우라는 이름을 정했다고 했었지?"

"그래. 남자아이라면 후안, 여자아이라면 후아나라고 지을 생각이었어. 이 아이는 여자아이니 후아나야."

"후아나, 라."

젠지로는 그 이름에 익숙해지려는 듯이 "후아나, 후아나." 하고 몇 번인가 발음해 보았다.

"당신은 정했어?"

아우라의 질문을 듣고 젠지로는 조금 겸연쩍다는 듯이 눈을 이리저리 움직였다.

"아니, 아직."

남대륙에서는 문화권이 다른 사람끼리 결혼할 경우, 카를로스 젠키치처럼 양친이 하나씩 이름을 지어줄 때가 많다.

그래서 젠지로도 일본풍 이름을 생각하는 중이었는데, 결국 하나로 결정하지 못한 채 오늘을 맞이하고 말았다.

너무 끌어서는 안 되는 것이니, 늦어도 북대륙으로 출발하기 전에는 결정해야 했다.

젠지로와 아우라가 그런 이야기를 하는데, 이자벨라 왕녀가 온화한 미소를 유지한 채 말했다.

"아무래도 아우라 폐하의 몸에는 문제가 없을 듯합니다. 혹시 모르니 3일 정도 모습을 보겠지만, 그래도 문제가 없을 듯하다면 그만 물러날까 하고 생각합니다."

"어?"

이자벨라 왕녀의 말을 듣고 젠지로는 놀랐지만, 잘 생각해 보면 아주 당연한 이야기였다.

여왕 아우라가 출산을 끝낼 때까지라고 계약을 맺었기 때문이다.

오히려 3일간 상태를 봐준다는 것이 계약 외의 서비스 같은 것이었다.

하지만 미련이 남은 젠지로는 밑져야 본전이라고 생각하며 물었다.

"이자벨라 전하. 아이는, 후아나는 괜찮을까요?"

새근새근 잠이 든 모습을 보면 문제가 없어 보이긴 했지만 젠지로는 일부러 그렇게 물었다.

"현재로서는 큰 문제가 없어 보입니다. 그 이상의 자세한 내용은 안타깝지만 저의 관할 밖이고, 솔직히 그다지 좋은 것이라 할 수 없어서……."

그렇게 말하며 이자벨라 왕녀는 사람 좋은 미소를 조금 흐렸다.

이자벨라 왕녀와의 계약은 어디까지나 '무사히 출산을 끝낼 때까지 여왕 아우라의 건강을 유지해 주는 것'이지, 태어난 아이는 계약에 들어가 있지 않았다.

게다가 이자벨라 왕녀가 말하길, 막 태어난 신생아에게 회복마법을 걸어 주는 것은 그다지 좋지 않은 일이라고 한다.

그렇게 할 경우 신생아는 오히려 몸이 약해져서 오래 살 수 없는 일이 많다는 모양이었다.

물론 실제로는 태어나자마자 곧 회복마법을 걸어 주지 않으면 안될 정도로 몸이 약한 아이일 뿐인지도 모르지만, 그런 점은 현시점에서 조사해 볼 수 없었다.

"그런가요? 알겠습니다. 오늘까지 감사합니다, 이자벨라 전하."

그렇게 말하며 공손히 고개를 숙이는 젠지로에 이어, 침대 위에서 상반신만 일으키고 있던 여왕 아우라가 말을 덧붙였다.

"나도 예를 표하오. 고맙소, 이자벨라 전하. 전하가 옆에 있어 준 덕분에 아무런 걱정도 없이 아이를 낳을 수 있었소."

"과분한 말씀이십니다."

치유술사라는 직무상, 이러한 대화는 익숙한 것이겠지.

이자벨라 왕녀는 여왕 부부의 감사의 말을 침착한 모습으로 받아들였다.

그리고 나흘 후.

젠지로는 샤로와 지르벨 쌍왕국의 자란궁에 있었다.

지난번에 왔을 때 사용한 자란궁의 별채였다. 현재는 샤로와 지르벨 쌍왕국의 카파 왕국 대사관 같은 역할을 하는 곳이었다.

말할 것도 없이 '순간이동'으로 이동했다.

"젠지로 님, 어서 오십시오."

"루크레치아인가. 모레까지의 짧은 기간이지만 신세를 지겠구나."

별채의 한 방에서 금발의 소녀——루크레치아의 환영을 받은 젠지로는 그렇게 말하며 느긋하게 한손을 들었다.

얼마 전, 여왕 아우라와 둘째인 후아나에게 별일이 없다는 것을 확인한 이자벨라 왕녀가 아우라의 '순간이동'으로 쌍왕국으로 귀국.

그때 이자벨라 왕녀에게 미리 부탁하여, 다음 날에 젠지로가 쌍왕국에 날아갈 것이란 사실을 전해 두도록 했다.

그 덕에 오늘 '순간이동'으로 입국한 젠지로는 쌍왕국이 만전의 준비를 한 상태의 환영을 받았다.

"이자벨라 전하에게 건네준 서간에도 적은 대로, 이번에는 시간이 없다. 그래서 황송하다는 것을 잘 알지만, 베네딕트 예하, 브루노 전왕 폐하에 대한 인사는 서간으로 대신하니 양해해 주길 바란다. 또 주세페 폐하가 아닌 브루노 전왕 폐하 앞으로 서간을 집필한 것도 거듭 사과의 말씀 올린다. 물론 서간은 브루노 전왕 폐하, 주세페 폐하, 어느 쪽으로 보내도 상관없다."

그렇게 말하고 젠지로는 품에서 꺼낸 두 통의 서간을 옆에 대기하고 있던 시녀를 경유해 맞은편에 앉은 루크레치아에게 건네주었다.

젠지로도 '순간이동'으로 쌍왕국에 와서 처음 알게 된 것인데, 해가 바뀌는 것과 동시에 샤로와 왕가는 옥좌의 주인을 브루노 왕에서 주세페 왕태자로 이행시켰다고 한다.

아직 해가 변한 지 보름도 지나지 않았다. 꽤 분주한 왕위 계승이었던 것도 있어, 브루노 전왕(前王)도, 주세페 신왕(新王)도 업무가 잔뜩 쌓여 젠지로와 면담할 시간은 없었다.

필연적으로 그 부담이 오게 될 베네딕트 법왕도 마찬가지였다.

"네, 알겠습니다."

루크레치아가 봉랍과 서명을 확인하고 서간을 넣는 모습을 확인한 뒤, 젠지로는 곧장 본론으로 들어갔다.

"내가 이렇게 쌍왕국에 온 것은 루크레치아를 보내기 위해서다. 혹시 몰라 확인하는데, 쌍왕국의 허가는 받았겠지?"

가능하면 받지 못했으면 좋겠는데, 하는 마음을 억누르고 그런 질문을 하는 젠지로에게 루크레치아는 기합을 넣고 미소를 지으며 강하게 긍정했다.

"네! 브루노 전왕 폐하께 공식적으로 북대륙 방문 허가를 받았습니다."

"? 그런가, 그럼 좋다."

그렇게 대답하면서 젠지로는 그 미묘한 뉘앙스의 차이를 생각해보았다.

루크레치아가 북대륙에 가는 것을 공식적으로 허가한 것이지 쌍왕국의 수뇌부가 공식적으로 루크레치아를 북대륙으로 보내는 것이 아니다.

그에 더해 허가를 한 사람이 브루노 전왕이라는 발언.

확실히 루크레치아가 쌍왕국으로 귀국한 것은 작년 말이니, 아직 아슬아슬하게 브루노 전왕이 옥좌에 앉아 있던 시기이지만, 실제 행동은 올해인 이상 보통은 주세페 신왕의 이름으로 허가를 다시 받아야 하는 것이 정도이다.

그런데 브루노 전왕의 허가를 받은 것으로 그냥 유지하는 것은 유사시에 도망갈 곳을 남겨 둔 것이라고밖에 해석할 길이 없었다.

소극적으로도 보이는 그 신중함. 아무래도 아우라의 예상이 맞았던 듯했다.

나중에 아우라에게 보고해 두기 위해 머리 한 구석에 기록하면서 젠지로는 말을 계속했다.

"조금 전에 말한 대로 그다지 시간이 없다. 날씨에 따라 다르겠지만 '황금나뭇잎호'는 열흘 후에 출항할 예정이지. 늦어도 나는 5일 전에 발렌티아에 들어가야 한다. 당연히 루크레치아의 발렌티아행은 그보다 먼저다."

'순간이동'은 젠지로밖에 사용하지 못하기 때문에 '순간이동'으로 발렌티아에 가게 된다면 젠지로보다 먼저 가야 한다.

그런 점을 잘 알고 있는 루크레치아는 크고 푸른 두 눈에 강한 의지를 담아 긍정했다.

"네, 괜찮습니다. 내일 이후라면 언제든지 상관없습니다."

"루크레치아에게 할당된 '황금나뭇잎호' 승선 가능 인원은 두 명이다. 확인해 두겠는데, 타는 사람은 루크레치아 자신과 그 시녀면 되는 것이지?"

"네. 저와 플로라, 이렇게 두 명이니 잘 부탁드립니다."

브로이 후작 가문이 루크레치아에게 붙여 준 시녀 플로라.

루크레치아에게 있어 측근 중의 측근인 플로라는 일시 귀국에 동행하지 않았기 때문에 발렌티아에서 기다리는 중이다.

'순간이동'으로 긴급 귀국하는 것이라 역시 시녀까지는 데리고 오지 못했던 것이다.

"좋다. 그럼 내일 오전. '순간이동'으로 보내 주겠다. 장소는 곧장 발렌티아라도 괜찮은가?"

젠지로 자신은 일단 카파 왕도에 돌아가 아내와 아들과 딸과 마지막으로 인사를 나눈 뒤, 다시 발렌티아로 갈 생각이었다.

일단 왕도로 날려 보내고, 왕도에서 다시 발렌티아로 보내는 것은 요금이 더욱 급증한다. 하지만 재정적으로는 여유가 있는지 루크레치아는 선뜻 말했다.

"그렇다면 저도 일단 카파 왕도를 경유하고자 합니다. 그쪽에서 몇몇 볼일도 있고, 가능하면 아우라 폐하와 면회를 하고 싶습니다."

루크레치아의 제안을 듣고 젠지로는 조금 생각한 후 고개를 끄덕였다.

"좋다. 폐하도 다망하신 몸이라 솔직히 가능성은 낮다고 생각하지만, 이야기는 전해 두마. 그러면 되는 건가?"

보통이라면 왕인 아우라와 갑자기 면회 시간을 잡는 것은 불가능

히다고 잘라 말해야 하지만, 지금 아우라는 조금이나마 신체의 여유가 있었다.

산후의 몸조리를 위해 정무는 레갈라도 자작이었던 피델 재상에게, 군 관련 업무는 푸죠르 원수에게 대부분을 맡겨 두었는데, 예상외로 빨리 몸 상태가 회복되어 스케줄에 여유가 있었던 것이다.

잘하면 짧은 시간의 면회는 어떻게든 마련할 수 있을지 모른다.

그렇지만 불발될 경우, 결코 싸지 않은 '순간이동' 대금을 헛되게 쓰는 셈이 된다.

새삼 확인해 두는 젠지로에게 루크레치아는 명확하게 고개를 끄덕였다.

"상관없습니다. 배려해 주셔서 감사합니다."

"좋다. 그럼 그렇게 하도록 하지."

"……."

"……."

용건을 다 전달한 후, 대화가 이어지지 않는 것도, 그 침묵이 불편하게 느껴지는 것도 젠지로와 루크레치아가 별로 좋은 관계를 쌓지 않았다는 증거 같은 것이었다.

"저, 저어……!"

"그런데 루크레치아는."

초조해진 루크레치아가 억지로 침묵을 깨려고 한 직후, 젠지로는 문득 생각난 것처럼 무언가 말을 걸었다.

"앗, 네. 무슨 일이신가요, 젠지로 폐하."

"아니, 먼저 말하거라."

"아니요. 저는 별로 대단한 것이 아닙니다!"

"나도 별로 대단한 것은 아니다만."

"아니요, 아닙니다. 젠지로 폐하께서 먼저 말씀해 주세요."

어떤 형태든 간에 젠지로가 자신에게 무언가 질문을 던졌다.

그 기회를 놓칠 수 없다는 듯이 격렬한 반응을 보이는 루크레치아에게 두 손을 든 젠지로는 들리지 않도록 작게 숨을 내쉰 후 물었다.

"알았다. 그러면 묻겠는데, 루크레치아는 왜 '황금나뭇잎호'에 승선을 요청한 거지? 대륙 간 항해의 위험을 구체적으로는 이해하지 못했다고 하더라도, 100일 가까운 항해는 목숨의 위기가 동반된다는 것을 이해하고 있을 텐데. 그 위험을 알고도 굳이 승선을 요청한 이유를 알려 줬으면 한다."

물론 억지로 말하라고는 하지 않겠다만. 그렇게 마지막에 젠지로가 덧붙였을 때, 루크레치아는 조금 전까지의 기세를 잃더니, 대신에 무언가 심각한 망설임 같은 빛을 그 커다란 두 눈에 떠올렸다.

하지만 이윽고 결의를 다진 것인지, 루크레치아는 젠지로도 알 수 있을 만큼 확실하게 젠지로의 오른쪽 손목을 바라보며 입을 열었다.

"뭐라고 해야 할까요. 젠지로 폐하는 마르가리타 전하에게 저에 대해 들으셨으리라 생각합니다."

젠지로는 루크레치아가 바라보는 오른쪽 손목에 채운 팔찌형 마법 도구 '바람의 철퇴'를 왼손으로 쓰다듬으면서 고개를 끄덕였다.

"그래. 전체적인 사정은 들었다."

샤로와 왕가가 자랑하는 굴지의 젊은 부여술사인 마르가리타 왕녀와 루크레치아는 혈연상 자매라고 한다.

젠지로는 마르가리타 왕녀에게 '여동생을 잘 부탁한다'라는 말을 들었고, 대가로서 마법 도구인 '바람의 철퇴'를 받았다.

더욱 정확하게 말하면 루크레치아의 부탁을 세 번까지 거절하지 말고 들어 달라는 조건을 받아들인 것이다.

그렇게까지 신경을 쓰니 자매의 사이는 나쁘지 않을 거라 생각한다. 적어도 마르가리타 왕녀가 루크레치아에게 가족의 정을 품고 있다는 것은 틀림없다.

루크레치아는 명백히 일부러 그런다는 사실을 알 수 있을 만큼 부자연스러운 무표정으로 말을 계속했다.

"제 출생에 관한 이야기는 공공연한 비밀이 아니고, 애초에 비밀조차 아닙니다. 단지, 별로 명예로운 일이 아니라 공언하는 사람이 적어서 외국 분들에게는 그다지 알려지지 않았다는 정도의 이야기지요."

자조하듯이 자신의 태생에 대해 말하는 루크레치아의 말투는 매우 매끄러워서 그게 오히려 애처로웠다.

"저는 샤로와 왕가의 제2 왕자——지금은 왕제(王弟)라고 해야 할까요——필리베르토 전하와 그 정처인 요란다 님 사이에서 태어났지만, 혈통마법의 결여라는 능력의 문제로 인해 둘 사이의 아이로 있을 수 있는 자격을 상실한 사람입니다. 그래서 저는 철이 들기 전부터 브로이 후작 가문의 양녀로서 자랐습니다. 불행 중 다행은 혈연상의 가족도 양가(養家)의 가족도 모두 정이 깊은 사람이라는 것이었어요. 그리고 다행 중 불행은 그 모두가 서투르다는 생각이 들 만큼 성실한 분들뿐이었다는 것이죠. 그거야말로 어린아이를 어린아이로 봐주지 않을 만큼 성실한 사람들뿐이었답니다."

그렇게 말하고 루크레치아는 쓴웃음을 지었다. 단지 그 커다란 푸른 눈동자에 흐릿하게 눈물막이 펼쳐진 모습을 젠지로는 놓치지 않았다.

말투는 담담했지만 음색 그 자체가 슬픔으로 젖어 있었다.

"그러니 저는 무엇 하나 속는 일 없이 자랐습니다. 전혀 거짓을 듣지 않고 자랐습니다. 브로이 후작 가문의 사람은 저를 브로이 후작 가문의 일원으로 대하면서 동시에 존귀한 혈통의 사람이라며 한 발 거리를 두듯 경의를 잊지 않았습니다. 반대로 혈연상의 부모님인 필리베르토 전하나 요란다 님, 마르가리타 전하는 공식 장소에서는 왕족과 귀족이라는 상하 관계에서 한 발도 벗어나지 않는 예의를 지키는 한편으로, 사적인 장소에서는 저에게도 가족으로서의 애정을 쏟아 주었습니다."

"그건……."
루크레치아가 놓인 상황을 이해한 젠지로는 씁쓸한 것을 마신 듯 얼굴을 찌푸렸다.

조금 상상만 해 봐도 알 수 있었다. 너무나도 일그러진 환경이다.

브로이 후작 가문과 필리베르토 왕제 일가.

어느 쪽도 루크레치아에게 성실히 애정을 쏟아 주었다는 것은 틀림없다.

하지만 반대로 무엇 하나 거짓 없이 모든 정보를 알려 주고, 성실한 애정을 쏟아 주어 구제하기 힘들 만큼 일그러진 상황을 낳고 말았다.

브로이 후작 가문은 애정을 가지고 키우면서 '하지만 너는 사실 저쪽 집안의 아이란다'라고 말했고, 필리베르토 왕제 일가는 겉으로는 계속 신분의 차이가 있도록 대하면서 '하지만 너는 사실 우리 아이란다'라고 하며 사랑했다.

그렇게 양육을 받았으니, 루크레치아가 왕족으로 복귀하고 싶다고 헛된 집념 같은 바람을 가지는 것도 당연했다.

사랑하고, 애지중지하며 키워 준 두 가족이 다 같이 '사실 너는 저쪽 가문의 아이란다', '사실 너는 우리 가문의 아이란다'라고 계속 말하면, 아이는 사랑하는 가족들의 '기대'에 부응하기 위해 잘못을 고치려고 노력한다.

왕족으로 복귀해 지금의 상황을 바로잡는 것이야말로 루크레치아에게 있어서는 지상명제, 삶의 목적 그 자체인 것이리라.

겉보기는 어리지만, 루크레치아도 이미 성인이 된 나이. 지금부터 그 가치관을 수정하는 것은 불가능에 가깝다.

'이유를 알았으니 그 자란 과정은 동정하겠지만, 말려든 이쪽은 그냥 민폐일 뿐이란 말이지.'

예상 이상으로 성가신 이유 탓에 젠지로는 내심 한숨을 내쉬었다.

홀가분해진 것인지, 방침을 전환한 것인지, 루크레치아는 어린아이 같은 천진난만한 미소를 유지한 채 확실하게 말했다.

"그러니까 저는 샤로와 왕가로 복귀하고 싶습니다. 그러기 위해 공적을 세우고, 조건을 채울 생각입니다. 그 발판으로써 북대륙으로 가겠다고 지원했습니다. 이거면 젠지로 폐하의 질문에 대한 대답이 되었을까요?"

"그래, 되었다. 솔직한 대답을 해 주어 고맙구나."

젠지로는 복잡한 내심을 열심히 겉으로 드러내지 않도록 평탄한 목소리로 고마움을 표시했다.

쌍왕국에서는 루크레치아 같은 처지의 사람의 경우, 왕족에게 시집을 가는 경우만 예외적으로 낳아 준 부모님의 아이로 호적을 되돌린 뒤, 결혼을 하게 되어 있었다.

그것은 예외 중의 예외인 젠지로의 측실로 들어갈 때도 적용된다.

그리고 루크레치아는 프레야 공주에게 어드바이스를 받았다.

젠지로의 측실이 되고 싶으면 먼저 자신과의 결혼이 카파 왕국의 국익에 도움이 된다는 점을 나타내는 것이 중요하다고.

그래서 루크레치아는 자신의 가치를 높이기 위해 이번 북대륙행을 지원한 것이다.

왕족으로 복귀하기 위해서라면 좋아하지도 않는 남자와도 기쁘게 결혼한다. 그것을 위해서라면 목숨을 건 항해에 뛰어드는 것도 불사한다.

그 시종일관 변하지 않는 가치관은 계속 일관되어 오히려 상쾌할 정도였다.

이것이 완전한 남의 일이었다면 조금 응원하고 싶을 정도로 올곧았다.

그 타깃이 자신이라고 생각하니 별로 응원하고 싶은 생각은 들지 않았지만, 이렇게까지 사모하는 마음에서 멀리 떨어져 있다면 정략결혼을 할 경우, 오히려 잘 지내기가 수월할지도 모른다.

"그럼 내일 '순간이동'으로 카파 왕도로 보내지. 왕도에는 3일 정도 체재하고 4일 후에 발렌티아로 '순간이동'을 하는 일정인데 괜찮은가?"

"네, 감사합니다."

젠지로의 말을 듣고 루크레치아는 기특한 태도로 고개를 숙였다.

그때 젠지로는 문득 생각났다는 듯이 덧붙였다.

"그런데 루크레치아. 나도 초보라 그다지 대단한 말은 할 수 없지만, 그래도 대륙 간 항행 중의 배 위가 자칫 잘못하면 목숨이 달려 있을 만큼 위험한 장소라는 것은 안다. 무슨 말을 하고 싶은가 하면, 배 위에서는 조금 더 움직이기 쉬운 복장을 하도록."

".............네."

일부러 더 큰 드레스를 입고 있는 루크레치아는 긴 소매 안에 손바닥을 숨긴 채, 부끄러운 듯 작은 목소리로 알겠다는 대답을 했다.

다음 날 밤. 젠지로는 카파 왕국의 후궁에 있었다.

대륙 중서부에 있는 카파 왕국과 대륙 중중부에 있는 샤로와 지르벨 쌍왕국을 1박 2일 만에 왕복하는 것은 다른 나라의 사람이 들으면 상식을 의심할 이야기였지만, 그것을 가능하게 하는 것이 '순간이동'이라는 마법이었다.

젠지로가 사용할 수 있는 '순간이동'은 하루에 두 번. 먼저 루크레치아를 보내고 이어서 자신이 날아왔다.

쌍왕국에는 '순간이동' 이외의 수단으로 오간 적이 없는 젠지로는 그다지 감개무량할 것도 없었지만, 한 번 육로를 한 달에 걸쳐 이동했던 경험이 있는 루크레치아는 감동을 넘어 그 이해할 수 없는 효과에 가벼운 분노를 느끼기도 하는 모양이었다.

어쨌든 무사히 루크레치아를 데리고 온 젠지로는 평소대로 후궁의 거실에서 아우라와 대화의 장을 마련했다.

원래는 여왕과 그 남편이 정보를 나누는 정도의 자리일 뿐이었지만, 젠지로가 적극적으로 움직이고 비르보 공작이라는 직위를 받은 지금은 비공식 최고 회의처럼 되어 버렸다.

"고생했어, 젠지로. 이제 3일 후에는 내가 루크레치아를 발렌티아로 보낼게. 당신은 준비가 되는 대로 적당한 타이밍에 직접 발렌티아로 날아가 줘."

"아니, 가는 것도 돌아오는 것도 '순간이동'이니까 고생은 안 했지. 다행히 저편은 왕위 계승으로 어수선해서 성가신 인사도 안 하고 끝났고 말이야."

젠지로의 말을 듣고 여왕 아우라는 굳은 표정으로 생각에 잠겼다.

"샤로와 왕가가 브루노 왕에서 주세페 왕태자로 왕위를 계승했다라. 가까운 시일 내에 일어날 거라고는 생각했지만 예상보다 빨랐어. 그리고 어떤 의미에서는 매우 예상외야."

속도는 예상을 뛰어넘었지만 왕위 계승 자체는 예상하던 범위 내였다.

예상외였던 것은 프란체스코 왕자가 없을 때 왕위 계승을 했다는 것이었다.

'완전 융합파'인 브루노 전왕과 주세페 신왕이 그 이상을 체현하고 있는 프란체스코 왕자를 왕태자, 장래적으로는 차기 왕으로 삼고 싶다는 이야기는 전해 들었다. 그런데 브루노 전왕의 퇴위식 겸 주세페 신왕의 즉위식에 프란체스코 왕자를 출석시키지 않았다는 것은 틀림없이 큰 방침 전환이 있다는 증거다.

아무리 다음 왕태자 지명이 나중으로 미뤄졌다고는 해도 부왕의 즉위식에 출석하지 않았던 장남인 왕자의 경우, 보통 귀족 사회에서는 후계자에서 완전히 멀어졌다고 간주되기 때문이다.

브루노 전왕이나 주세페 신왕이 그것을 모르고 있을 리는 없다. 그렇다면 그들은 프란체스코 왕자를 장래의 왕으로 삼길 포기했든가, 또는 그 가능성을 매우 낮춰서라도 급히 주세페에게 왕위를 양위하는 것을 우선했든가. 둘 중 하나다.

"으~음. 원래 프란체스코 전하는 명목상 왕위 계승권을 포기하고 있었던 모양이니까. 억지로 프란체스코 전하를 왕태자로 임명하면 쌍왕국에 커다란 혼란을 부를 게 틀림없으니, 당분간은 그럴 여유도 없다고 판단했을지도?"

젠지로의 판단으로는 브루노 전왕도 주세페 신왕도, 이성을 중시하는 정치가처럼 보였다.

아우라가 말하듯 '서둘렀다'라는 견해가 맞다면, 자신의 희망을 억누르고 그 정도의 판단은 내릴 수 있는 사람이라고 젠지로는 짐작했다.

그런 젠지로의 견식에 여왕 아우라도 동의했다.

"그래. 그럴 가능성이 높아. 그렇다면 더욱 녀석들이 무엇을 그렇게까지 경계하는지 빠르게 알아내 두고 싶군."

"맞아. 아우라의 예상대로 북대륙을 경계하고 있을 가능성도 높을 테니, 이쪽도 주의해 둘게."

"부탁해."

일단 브루노 전왕과 주세페 신왕에 대한 대응을 결정하자, 두 사람의 대화는 다음으로 넘어갔다.

"9일 후에는 출항인가. 뭔가 요즘엔 시간의 흐름이 빨라."

나이가 들었나, 하고 농담을 하는 젠지로를 아우라가 조금 무서운 얼굴로 노려보았다.

아우라는 젠지로보다 연상이었기 때문이다.

긁어 부스럼을 만들었다는 사실을 깨달은 젠지로는 조금 빠른 속도로 말을 이어나갔다.

"어어~. 그래서 출항 말인데. 사람도 짐도 벌써 발렌티아에 도착해 있는 서지? 나랑 루크레치아 이외에는."

어설프게 위기를 모면하려는 것이 빤히 보였지만, 진심으로 화를 낸 것이 아니었던 여왕은 쓴웃음 한 번으로 넘어가 주었다.

"그래. 소비룡 편으로 연락이 들어왔는데, 짐은 이미 '황금나뭇 잎호'에 적재한 모양이야. 사람도, 나탈리오를 비롯한 호위는 이미 육로로 발렌티아로 들어갔고, 시녀 세 명은 내가 '순간이동'으로 보냈어."

젠지로를 비롯한 게스트에게 할당된 방은 남자 방, 여자 방을 합쳐 두 개뿐이었지만, 그것과는 별도로 선창의 창고를 하나 더 빌렸다.

일국의 왕족이 타국의 왕녀를 아내로 맞으러 가는 것이다. 아주 당연한 이야기로, 빈손으로 가는 것은 비상식을 넘어 용자라 부를 만한 짓이었다.

그래서 빌린 창고에는 대국 카파 왕국의 위신을 건 금은보화와 프레야 공주의 조언을 받아 적재한 용 종류의 가죽과 뼈, 그에 더해 수 센티미터 정도로 얇고 둥글게 썬 통나무 등을 실었다.

얇은 통나무가 어떤 의미에서는 가장 좋은 선물이 될 터였다.

목재 자원이 고갈되어 가는 웁살라 왕국에 '우리나라에는 이 정도의 나무가 잔뜩 나 있습니다'라고 어필하는 것이다.

이번에는 외교 전문가가 동행하지 않기 때문에 맨 처음의 교섭은 젠지로가 할 수밖에 없었다. 부담감이 상당하다.

"일단 프레야 전하를 측실로 들이는 거야 어쨌든, 카파 왕국과 웁살라 왕국의 정식 국교 수립과 대륙 간 무역에 관해서는 단초를 마련하는 정도로 하고, 구체적인 교섭은 후일에 전문가에게 맡기는 것으로 해 두면 되는 거지?"

불안에 휩싸인 젠지로의 그런 확인을, 다행히 여왕은 긍정해 주었다.

"그래. 당신은 실무자 회담의 허가만 받아와 주면 돼. 아니, 노골적으로 말해 미안하지만, 상대가 구체적인 숫자를 섞어 교섭을 하려고 해도 절대로 응하지 마."

아우라에게 있어 젠지로는 사랑하는 남편이고, 인격적으로도 가장 신뢰할 수 있는 사람이다.

하지만 그렇다고 해서 그 능력까지 신뢰하고 있는 것은 아니었다.

그런 능력에 관한 평가를 냉엄하게 하지 못하면 왕이라는 큰 임무는 맡을 수 없다.

"알았어. 그런 일이 있으면 끝까지 모르쇠로 일관할게."

능력 부족을 자각하고 있는 젠지로는 쓴웃음을 지을 뿐 특별히 기분 나빠하지 않았다.

"그렇게 해 줘."

"그렇다면 어쨌든 간에 '순간이동' 허가와 '순간이동'의 거점이 될 방은 반드시 확보해 둬야겠구나."

배를 타고 편도로만 100일 가까이 걸리는 먼 거리에 대신 사람을 보내는 이야기를 아무렇지 않게 할 수 있는 것도 젠지로가 한 번 그곳에 도착하면 그 이후로는 '순간이동'으로 사람 한둘은 쉽게 오가게 할 수 있기 때문이었다.

"그래. 하지만 그건 그다지 걱정하고 있지 않아. 당신이 원래의 복적을 달성하면 필연적으로 성립될 이야기에 지나지 않으니까."

"응? 무슨 말이야?"

고개를 갸웃하는 젠지로에게 아우라는 단적으로 설명했다.

"당신과 프레야 전하의 혼인을 인정하면서 '순간이동'을 인정하지 않을 녀석은 없어. 아버지로서도, 왕으로서도 말이지."

"아, 그렇구나."

듣고 보니 너무 당연한 이야기였다.

프레야 공주가 측실로 들어오는 것이 결정되면 필연적으로 프레야 공주는 남대륙의 카파 왕국에 살게 될 테고, 카파 왕국과 웁살라 왕국의 무역도 성립될 길이 열리게 된다.

아버지로서의 정이 있다고 한다면 배로 편도 100일이 걸리는 시집에서 마음만 먹으면 매달이라도 친정을 방문할 수 있는 '순간이동' 준비에 반대하지 않을 테고, 왕으로서 계산이 가능하다면 큰 이익을 가져다줄 무역 상대국과의 직통 라인을 허용할 정도의 견식은 가지고 있을 테니 말이다.

"그렇다면 그것에 관해선 별로 준비해 둘 필요 없는 거 아니야?"

"음. 당신은 무사히 프레야 전하를 아내로 맞아들이는 일에 전력을 다해 줘."

"그렇게 생각한다면 어떻게 해서든 이유를 붙여서 루크레치아의 승선을 거절해 줬으면 했어……."

풀썩하고 고개를 숙인 젠지로는 그렇게 약한 소리를 했다.

젠지로가 하는 말도 지당했다.

타국의 공주님을 측실로 맞아들이게 해 달라고 허가를 받으러

가는 배에 다른 측실 입후보자를 승선시킨다는 것은 명백히 모순되는 행동이다.

"미안. 고생을 시키는군."

뭐라 할 말이 없는 여왕은 겸연쩍다는 듯이 말을 흐렸다.

"루크레치아는 출항 전에 나와의 면담을 원했지? 그렇다면 그때 못을 박아 둘게. 첫 번째 되시는 프레야 전하의 측실이 확정되지 않는 한, 두 번째 이야기는 한 발짝도 나아가지 않는다. 그러니 그쪽에서는 네가 측실로 들어가고 싶어 한다는 이야기를 절대로 공언하지 말라고."

"그렇게 못을 박아 둬 주는 것은 고맙지만, 그건 이야기의 흐름이 첫 번째가 확정되면 두 번째도…… 같은 식으로 이어질 것 같은 느낌이 드는데?"

"……"

"뭐라고 좀 말해 봐, 여보야."

"그 건에 관해서는 이쪽도 포괄적인 상황을 보고 가능한 한 요망을 들어줄 수 있도록 노력할 생각입니다."

"천연덕스러우시군요, 여왕 폐하."

딴지를 걸면서도 아우라의 입장에서는 남편의 개인적인 요구와 국익을 저울질할 수 없다는 것을 이해하고 있는 젠지로는 자신의 정신 상태를 위해서도 이 자리에서 더 이상의 추궁은 자제했다.

그렇게 전체적으로 진지한 이야기가 끝나자, 젠지로는 시계를 확인했다.

"앗, 벌써 이런 시간이구나. 지금 젠키치와 '요시노'의 얼굴을 봐

두자."

그렇게 말한 젠지로는 들썩들썩이라는 의태어가 들리는 듯한 표정으로 자리에서 일어섰다.

요시노(善乃). 고민하고 고민한 끝에 며칠 전, 겨우 젠지로가 둘째 아이에게 지어준 이름이었다.

"그래. 카를로스도 후아나도 이 시간이라면 일어나 있을 가능성이 높아. 안아줄 수 있을지도 몰라."

카파 왕국 제1 왕자, 카를로스 젠키치 카파.

마찬가지로 카파 왕국 제1 왕녀 후아나 요시노 카파.

대국 카파 왕국의 미래를 의무적으로 짊어져야 할 왕자와 왕녀.

하지만 부모인 아우라와 젠지로가 보기엔 귀여운 자신의 아이들이다.

특히 젠지로는 앞으로의 며칠간을 놓치면 그 후, 100일 이상 확정적으로 만나지 못하게 된다.

"좋~아. 안아 줘야지. 안아 줄 거야, 그럼 안아 주고말고."

"부탁이니까 또 울 때까지 계속 안지는 말아 줘. 카산드라도 에스메랄다도 화나면 무서우니까."

두 유모의 이름을 거론하며 여왕은 짐짓 일부러 몸을 떨어 보였다.

———————◆———————

다음 날 낮.

여왕 아우라는 빈 시간을 이용해 루크레치아 브로이를 왕궁의 한 방으로 불렀다.

"이렇게 비공식 자리에서 만나는 것은 처음이군. 새삼스럽지만 일단 이름을 밝히지. 카파 왕국 국왕, 아우라 1세다."

"샤로와 지르벨 쌍왕국의 귀족, 루크레치아 브로이라고 합니다. 오늘은 황송하게도 아우라 폐하께서 저의 바람을 들어주셔서 기쁘기 그지없습니다."

위압적인 여왕 아우라의 말을 듣고도 루크레치아는 귀족 자녀답게 웃는 얼굴을 만들며 대답했지만, 잘 보면 여왕의 위압감에 압도되고 있는 모습을 확인할 수 있었다.

역시 대전에서 살아남은 여왕과 이제 막 성인이 된 어린 여자아이는 차원이 다른 모양이었다.

소파에 앉은 여왕이 일부러 거칠게 다리를 꼬더니, 위압하듯이 말을 거듭했다.

"시간이 없으니 서론은 모두 생략해 줬으면 한다. 루크레치아, 무슨 용건이지?"

번득이는 눈으로 여왕 아우라가 노려보자, 루크레치아는 흰 목을 내보이듯이 꿀꺽 침을 삼키고 간신히 정신을 가다듬으며 목소리를 냈다.

"네, 네엣! 그럼 저도 단도직입적으로 여쭙겠습니다. 조건을 가르쳐 주십시오. 제가 젠지로 폐하와 결혼을 하려면 무엇이 필요한가요?"

"호오……."

말 그대로 단도직입적인 질문을 듣고 여왕은 조금 흥미가 생긴 것인지 한쪽 눈썹을 들어 올렸다.

작은 동물처럼 떨고 있지만 떨면서도 여왕 상대로 자신의 의사를 똑바로 전달하다니, 꽤 배짱이 좋다.

그래서 아우라는 서비스로 가르쳐 주었다.

"전부다."

"전부, 말인가요?"

고개를 갸웃하는 루크레치아에게 아우라는 자세히 설명했다.

"그래, 전부다. 카파 왕국의 국익. 카파 왕국의 백성, 최소한 상층부의 이해. 나의 이익. 그리고 서방님의 감정. 그 모든 것을 채울 필요가 있다."

비정한 권고였지만, 실제로 프레야 공주는 그 모든 조건을 채웠다.

대륙 간 무역이라는 국익. 완고하게 측실을 거부했던 젠지로를 멋지게 설득해 자신의 측실 입성이라는 전례를 만들어 얻은 귀족들의 이해. 대륙 간 무역을 왕국이 아닌 왕가 주도로 한다는, 아우라를 위한 이익 유도. 그리고 적극적이면서도 절묘한 거리감으로 벌어들인 젠지로의 호감도.

같은 것을 요구하는 것은 가혹하다면 가혹하겠지만, 현실적으로

그런 프레야 공주의 측실 입성마저도 본심으로는 환영하지 않는 젠지로의 심정을 생각하면, 농담이 아니라 모든 조건을 채우는 것이 최소한의 라인이었다.

"국익에 관해서는 쌍왕국에 맡겨도 된다. 프레야 전하와는 달리 너의 경우 나라가 주도하는 이야기니까. 내 이익도 그곳에서 내 의지대로 취하겠다. 하나, 우리나라의 귀족들의 이해와 남편의 호감도. 이 두 가지는 너 자신이 어떻게든 하는 수밖에 없다."

"넷!"

아우라의 말을 듣고 루크레치아는 힘차게 웃으며 고개를 끄덕였다.

이 시점에 루크레치아는 완전히 아우라의 속임수에 걸려들었다.

젠지로의 측실이 되기 위해서는 국익과 아우라 개인의 이익이 필요하다고 말해 놓고, '국익에 관해서는 쌍왕국에 맡겨도 된다'라고 했는데, 뒤집어 보면 '쌍왕국과의 거래가 실패하면 루크레치아가 아무리 발버둥 쳐도 측실 입성은 어렵다'라는 말이었다.

아우라로서는 국제 정세만 허용된다면, 젠지로의 희망대로 쌍왕국에서 측실을 들이고 싶지 않았다. 그러기 위해 파놓은 말의 함정이지만, 대전을 살아남은 아우라의 후각은 그 함정이 헛되이 끝날 가능성이 높다고 느꼈다.

그렇지만 그러한 숨은 의미를 감지하지 못한 금발 소녀는 돌연 의욕을 불태웠다.

"알겠습니다. 그럼 카파 왕국의 귀족 분들의 이해를 얻고, 젠지로 폐하의 마음을 잡으면 되는 것이지요?"

작게 주먹을 쥔 루크레치아의 표정을 보고 너무 깊이 들어가 진흙에 다리가 빠진 주룡을 연상한 여왕 아우라는 사랑하는 남편에게 피해가 가지 않게 하기 위해서 충고를 해 주었다.

"하나 조언해 두지. 서방님은 득점이 많은 것보다 실점이 적은 것을 우선하는 가치관을 가졌다. 특히 인생을 나눌 입장인 사람의 경우는 그런 경향이 현저하지. 좋은 기회라고 생각해 함부로 접근했다가 혐오감을 품게 한다면, 원래대로 다시 되돌리는 것은 쉽지 않을 거야."

젠지로는 좋아하는 요소도 많지만 싫어하는 요소도 많은 사람보다 좋아하는 요소는 적어도 싫어하는 요소가 하나도 없는 쪽을 오랫동안 같이 있을 사람으로 선호한다.

물론 아우라는 젠지로가 아니기 때문에 그건 아우라 개인적인 견해에 지나지 않았지만, 아마 틀림없이 맞을 것이라는 확신이 있었다.

그런 분위기를 감지한 것일까.

"귀중한 조건을 해 주셔서 감사합니다."

루크레치아는 지극히 진지한 표정으로 깊숙이 고개를 숙였다.

———◆———

그리고 8일 후.

젠지로는 발렌티아 항구에 있었다.

지금은 승선이라는 일종의 의식이라 복장은 움직이기 힘든 제3 정장이었다.

　짐의 대부분은 먼저 보냈기 때문에 이미 젠지로용 객실과 창고에 들어가 있어 이번에는 빈손이다.

　일단 품에는 늦지 않게 완성된 방위 자석 등이 들어가 있었지만 그것은 아직 프레야 공주에게 보여 줄 생각이 없었다.

　철을 전자석으로 자성을 띠게 만들었을 뿐인 자석은 자력이 약해 오래 지속되지 않는 경우가 많은 데다, 자성을 띠게 만든 장본인 인 젠지로가 아마추어여서 생각했던 것만큼의 완성도로 만들어지지 않았기 때문이다.

　완성도가 낮은 것은 숫자로 보충하려고 다섯 개 정도 같은 것을 만들어 가지고 왔지만, 현재 선원들이 태양이나 별을 보고 방향을 이끌어 내는 방법보다 훨씬 신빙성이 낮았다.

　이번 항해를 통해 어느 정도의 정확성을 확인하면 그때 프레야 공주에게 어필해 볼까 생각 중이었다.

　목제인 계단식 트랩을 올라 '황금나뭇잎호'의 갑판에 서 보니 그곳에는 일동이 정렬한 채 젠지로를 기다리고 있었다.

　젠지로의 호위기사인 나탈리오와 나탈리오가 선택한 동료 기사 한 명, 그리고 병사 둘.

　이미 기본이 된 시녀 이네스와 원래 아우라의 시녀로 이번이 첫 동행인 마르그레테. 그리고 또 한 명의 젊은 후궁 시녀.

　남자가 넷, 여자가 셋.

　거기에 젠지로 자신이 더해진 합계 여덟 명이 '황금나뭇잎호'에 승선하는 카파 왕국의 모든 인원이었다.

그에 더해 젠지로보다 한 발 먼저 '순간이동'으로 발렌티아에 도착한 루크레치아도 수행원인 시녀 플로라와 함께 젠지로를 맞이했다.

손님은 이 열 명뿐. 나머지는 '황금나뭇잎호'의 선원들이었다.

남북대륙 사이의 거친 바다를 넘어 온 역전의 선원들을 이끄는 사람은 남성 선장복을 두른 은발의 소녀.

힘세고 다부진 선원들을 뒤로 거느린 프레야 공주가 젠지로에게 공손히 말했다.

"카파 왕국 국왕 아우라 1세의 반려이자 비르보 공작인 젠지로 비르보 카파가 '황금나뭇잎호'에 승선하길 희망합니다. 허가해 주실 수 있을까요?"

"네, 젠지로 폐하. '황금나뭇잎호'의 선장 프레야 웁살라는 폐하의 승선을 환영합니다. 어서 오십시오, '황금나뭇잎호'에."

그렇게 말하며 프레야 공주는 스윽 오른팔을 푸른 하늘을 향해 높이 들었다.

다음 순간, 갑판 위에 폭발음이 울려 퍼졌다.

프레야 공주의 뒤에서 대기하던 선원들이 일제히 목소리를 크게 높인 것이다.

잘 들어 보니 '환영의 목소리'를 올리고 있는 것이었지만, 음량이 너무 크고 목소리를 높이는 선원들이 강건한 거인들인 탓에 위협을 넘어 거의 음압(音壓) 병기 같았다.

소심한 젠지로였지만 간신히 뒷걸음질 치고 싶은 마음은 아슬아슬하게 참아 냈다.

아마 얼굴은 공포로 굳어 있을 테지만, 그 정도는 관대히 넘어가 줬으면 했다.

프레야 공주의 입매가, 이를 물고 웃음을 참고 있는 것처럼 일그러져 있으니, 최소한 프레야 공주는 젠지로의 겁먹은 모습을 꿰뚫어 본 듯했다.

환영의 목소리가 그치자, 이번엔 젠지로가 손을 들고 발언했다.

"환영해 주어 고맙다. 그런데 나는 배에 관해선 초보, 배 위에서는 그저 방해꾼에 불과하다."

사실은 배 위든 땅 위든, 과격한 곳의 대부분의 장소에서 젠지로는 방해꾼에 지나지 않았지만, 이 자리에서 그렇게까지 폭로를 할 필요는 없다.

모두가 흥미롭게 이쪽에 말에 귀를 기울이고 있다는 사실을 이해한 젠지로는 잠기지 않을까 할 만큼 큰 목소리로 말했다.

"들자 하니 배 위에서는 순간적으로 판단이 늦으면 목숨과 연결된다고 한다. 그러니, 사전에 프레야 선장에게 들었을지도 모르지만, 여기서 나는 새삼 선언한다. 지금부터 배에서 내릴 때까지는 누가 어떤 말투로 어떤 말을 하든지 일절 문제 삼지 않겠다. 말투에 신경 쓰는 잠시의 주저가 생사를 가를지도 모르기 때문이다. 나탈리오. 나의 호위인 너희는 특히 그 취지를 잘 이해해 두도록. 전문가인 선원들이 충분히 힘을 발휘하는 것이 배 위에서는 내 몸을 지키는 최선의 방법이라는 것을 알고 있으라."

젠지로의 시선을 본 기사 나탈리오를 비롯한 네 명의 호위들은 명령을 받들었다.

"네, 알겠습니다!"

기사 나탈리오 일행의 경례를 받고 작게 고개를 끄덕인 젠지로는 그대로 시선을 정면에 서 있는 프레야 공주 쪽으로 되돌렸다.

더 정확하게 말하면 시선을 돌린 곳은 프레야 공주가 아니라 그 뒤에 사열하고 있는 '황금나뭇잎호'의 선원들이었다.

그것을 잘 알고 있는 것이리라.

"선장님, 괜찮겠습니까?"

"상관없습니다, 부선장."

뒤에 대기하고 있던 가장 높아 보이는 중년 남자가 처억 앞으로 나섰다.

'황금나뭇잎호'의 선원으로서는 그다지 큰 편이 아니었지만 젠지로가 보기엔 충분히 위압적인 육체였다.

무엇보다 그 다갈색 수염과 자신감 넘치는 얼굴의 표정이 실물 이상으로 그를 커 보이게 만들었다.

"'황금나뭇잎호' 부선장인 마그누스입니다. 그럼 허가를 얻었으니, 배 위에서는 사양 않고 말을 하겠습니다, 젠지로 폐하."

"그래. 앞서 한 말을 철회하는 짓은 하지 않을 걸세. 북대륙까지

질 부탁하네, 마그누스 부선장."

그렇게 말하며 젠지로는 내민 부선장의 손을 마주 쥐었다.

"부선장이라고만 하시면 됩니다. 마그누스라는 녀석은 그 외에도 있고, 배 위에서의 호칭은 알기 쉽고 짧은 것이 가장 좋으니까요. 이쪽도 폐하는 폐하라고만 부르겠습니다."

"알겠다, 부선장."

"네, 폐하."

전체적인 인사가 끝나자, 드디어 그때가 왔다.

그래, '황금나뭇잎호'의 출항이다.

"오늘은 파도도 잔잔하고, 바람도 딱 좋군. 잠시 동안은 갑판에 있어도 문제없습니다. 단, 반드시 어딘가를 붙잡아 주십시오."

"알겠다. 그 말대로 하지."

그런 부선장의 말에 고개를 끄덕이고, 젠지로 일행은 선원들의 안내를 받아 갑판 위에 섰다.

갑판 위에 설치된 난간 같은 곳을 젠지로와 시녀 세 명, 그에 더해 루크레치아와 그 시녀인 플로라가 붙잡았다.

호위라는 입장 탓에 기사 나탈리오를 포함한 네 명은 아무 곳도 붙잡지 않고 서 있었다.

젠지로를 비롯한 손님들이 난간을 붙잡은 모습을 확인한 다음, 프레야 공주가 호령을 내렸다.

"'황금나뭇잎호' 출항하라!"

그 목소리를 듣고 선원들은 일제히 움직이기 시작했다.

목제 트랩을 치우고, 닻을 끌어올리고, 메인 돛대에 돛을 펼쳤다.

흰 돛이 바람을 모아 천천히 움직이기 시작한 목조 범선은 잔교를 떠나 큰 바다를 향해 나아갔다.

그때, 앞이 아니라 뒤를 본 것은 역시 젠지로의 성격인 것이리라.

"점점 멀어져 가는구나."

힘차게 나아가게 될 큰 바다가 아니라 멀어져 가는 육지를 보고 젠지로는 그런 말을 흘렸다.

"안심하십시오. 젠지로 님은 저희가 지키겠습니다."

안심시키듯이 그렇게 말하는 기사 나탈리오에게 "믿겠네." 하고 젠지로가 말을 걸었을 그때였다.

"조심하라! 이제 곧 항구 밖으로 나간다!"

그런 부선장의 경고대로 '황금나뭇잎호'는 세 개의 방파제를 넘어 항구에서 외해로 빠져나갔다.

필연적으로 파도는 격렬해지고 선체는 크게 흔들렸다.

"오?"

난간을 붙잡고 있던 젠지로 일행과 문자 그대로 토할 듯이 훈련을 거듭한 '황금나뭇잎호'의 선원들은 문제없었지만, 문제는 아무 곳도 잡고 있지 않은 바다의 초보자들. 기사 나탈리오와 그 동료들이었다.

"우왓?!"

"크억?!"

흔들리는 갑판에 다리가 꼬여 크게 엉덩방아를 찧거나, 네발로 기듯이 쓰러진 나탈리오 일행을 보고 "믿겠네."라고 말하는 것은 그 냥 비꼬는 소리에 불과하다.

난처해진 젠지로가 눈을 이리저리 움직이자, 호위 병사 두 사람 이 꿋꿋한 발걸음으로 다가와 상사인 기사 두 사람에게 손을 내밀 었다.

"괜찮으십니까, 나탈리오 님?"

"잡으십시오, 로베르토 님."

"미, 미안하다."

"고맙다."

부하인 병사의 손을 빌려 간신히 일어선 기사 두 사람에게 젠지 로는 참지 못하고 충고했다.

"익숙해지기 전에는 무리하지 말고 난간을 잡으면 어떤가?"

"네, 죄송합니다."

"말씀대로 하겠습니다."

지금 자신들은 호위를 할 여유가 없다는 사실을 이해한 것이 겠지.

나탈리오와 또 한 명의 기사는 허세를 부리지 않고 난간을 붙잡 았다.

"이것 참, 꼴사나운 모습을 보이고 말았습니다. 발렌티아에 먼저 온 뒤로 어부에게 작은 배를 빌려 매일 배 위에서 서 있는 연습을 계속했지만, 역시 벼락치기로는 안 되는군요."

머리를 긁는 나탈리오에게 동료 기사도 "동감이야." 하고 동의를 표했다.

의외로 주눅 들지 않은 기사 나탈리오 일행의 모습을 보고 젠지로도 가벼운 말투로 말을 걸었다.

"그건 정말 고생 많았군. 하나, 앞으로 최소한 100일이란 시간이 있으니 말이야. 그동안 익숙해지도록 하게."

"하하, 우울해지는 이야기군요."

"하지만 좋든 싫든 틀림없이 익숙해질 듯하군요. 아무튼 적응하지 않으면 생활을 못할 테니까요."

오래도록 젠지로의 호위를 맡아 속마음을 아는 나탈리오는 물론 같이 지낸 시간이 얼마 되지 않는 다른 한 명의 기사도 젠지로의 가벼운 말을 받아 주었다.

이들은 이 항해 중에 같은 방에서 지내게 된다.

가능한 한 빨리 마음을 터놓지 않으면 지내기 힘들고 불편해진다.

"하지만 그에 비하면 저 병사 두 사람은 훌륭한 몸가짐이군."

"아, 저 녀석들은 발렌티아 사람입니다. 지금은 병사이지만, 어부 태생으로 배 위에서 행동하는 것은 특기이지요."

"배 위에서는 명백히 저희보다 믿음직할 겁니다. 젠지로 님도 위험할 때는 저희보다 저들을 의지해 주십시오."

"알겠다. 너희는 그만큼 상륙한 뒤에 의지하지."

"그때는 목숨과 바꿔 지켜드릴 각오입니다."

"현재는 목숨을 걸어도 헛된 죽음이 될 가능성이 더 높으니까요. 한심한 이야기입니다만."

젠지로와 기사 두 사람이 의외로 심각해질 수 있는 내용을 어디까지나 가볍게 웃으며 계속 이야기하고 있는 사이에 배는 앞으로 나아갔다.

발렌티아 항구가 보이지 않게 되었고, 마지막까지 보였던 등대도 이윽고 수평선 너머로 사라졌다.

"이제 안 보이는구나……."

말을 한 순간, 서늘한 감각에 휩싸였다.

그 후에도 한동안 아무것도 없는 바다를 보던 젠지로였지만, 역시 계속 보고 있을 정도로 즐거운 광경은 아니었다.

젠지로는 마찬가지로 갑판의 난간을 붙잡고 바다를 보던 금발 소녀에게 말을 걸었다.

"루크레치아. 알고 있으리라 생각하지만, 우리 승객 방은 두 개밖에 없다. 필연적으로 루크레치아는 내 시녀들과 같은 방에서 머물러야 하는데, 괜찮은가?"

젠지로가 먼저 말을 걸 거라고는 생각하지 못했는지, 루크레치아는 순간 놀란 표정을 지었지만 금세 얼굴 가득 미소를 되찾더니.

"신경 써 주셔서 감사합니다, 젠지로 폐하. 집단생활은 솔직히 말씀드려 처음이지만 힘내겠습니다."

그렇게 말하며 그 작은 몸을 자랑하듯이 오른손 손바닥으로 탁하고 자신의 가슴을 두드렸다.

"적응하기 힘들면 저의 선장실로 와 주셔도 괜찮습니다, 루크레치아 님."

선장으로서 전체적인 지시를 다 내리고, 부선장에게 뒤를 맡긴 프레야 공주는 그렇게 말하며 이쪽을 향해 걸어왔다.

날씨가 좋고 파도도 잔잔하다고는 하지만, 젠지로는 아직 난간에서 손을 놓을 수 없을 만큼 흔들리는 중인데, 프레야 공주는 육지에서 오가는 듯한 발걸음이었다.

"선장실은 넓고, 사용하는 사람은 저와 스카디뿐이니, 그쪽의 객실보다는 환경이 좋답니다. 단지 선장실인 이상 긴급할 시에는 선원들이 양해 없이 뛰어들어 오지만요."

한없이 장식에 가깝다고는 해도 프레야 공주는 이 '황금나뭇잎 호'의 선장이다.

배나 바다에 이변이 일어나면 선원들은 주야를 구별하지 않고 프레야 공주에게로 달려간다.

잠옷 차림일 때는 물론 한창 옷을 갈아입는 중이나 물로 몸을 닦고 있을 때에 선원이 뛰어들어 오는 일도 있다고 한다.

"정중하게 거절하겠습니다."

프레야 공주만큼 각오를 다지지 못한 루크레치아는 뻣뻣한 얼굴로 그렇게 제안을 거절했다.

"장기 항행은 매우 가혹하다는 듯하더군. 도저히 참을 수 없을 때는 내가 '순간이동'으로 돌려보내 줄 테니 그때는 무리하지 말고 말하거라."

정신 상태가 안정되어 있지 않은 긴급 상태라면 몰라도, 순조로운 항해 중이라면 젠지로도 배 위에서 '순간이동' 정도는 사용할 수 있다.

젠지로의 말을 듣고 루크레치아는 순간적으로 활짝 환한 표정을 지었지만 곧장 붕붕 고개를 저으며 유혹을 물리쳤다.

"감사합니다. 하지만 괜찮습니다. 저는 마지막까지 함께할 거니까요."

조금이라도 쓸 만한 사람이라고, 모국인 쌍왕국과 입성을 노리는 카파 왕국에 어필하고자 하는 루크레치아로서는 도중 하선은 있을 수 없는 일이었다.

"그렇다면 지금 선실로 안내해 드리겠습니다. 선실은 육상의 방과는 다른 부분이 많으니 설명을 드리는 편이 좋으리라 생각합니다."

프레야 공주의 제안을 젠지로도 루크레치아도 거절할 이유가 없었다.

"알겠습니다. 그럼 부디 부탁드리겠습니다."

"부탁드립니다, 프레야 전하."

"그럼 따라와 주십시오. 여기서 객실까지는 난간이나 벽이 반드시 좌우에 있으니 항상 한쪽 손은 어딘가에 대고 있을 수 있도록 주의해 주세요."

그렇게 말하며 프레야 공주는 그 몸에 두른 선장복의 옷자락을 나부끼듯이 빙글 몸을 돌려 착실한 발걸음으로 걷기 시작했다.

그 뒤를 따라 난간을 따라가듯이 걷기 시작한 젠지로는 입속으로 중얼거렸다.

"100일간 지내게 될 방인가. 이쪽 세계에 온 뒤로는 후궁 다음으로 오래 지내게 될 공간인데 주거 환경이 후궁과는 하늘과 땅 차이겠구나."

긴 100일이 될 것 같다.

그런 최후의 말은 마음속으로만 중얼거린 젠지로는 넘어지지 않도록 꽉 난간을 붙잡으면서 앞서 가는 프레야 공주의 등을 쫓아갔다.

[에필로그] **여왕과 왕자와 뒷거래**

젠지로가 배 위의 사람이 되었을 무렵, 왕도의 여왕 아우라는 이미 평소의 업무로 돌아가 있었다.

그렇지만 재상과 원수를 임명한 지금, 아우라의 일은 주로 그들을 체크하는 것이어서 이전보다는 많은 시간이 남았다.

재상, 원수의 업무 보고서를 훑어보고 부정을 방지하기 위해 그것보다 아래쪽의 서류도 랜덤으로 몇 장인가 뽑아 체크를 한 뒤, 위에 올라가 있는 서류와 모순되지 않는지를 확인한 여왕은 의자 위에서 한 번 기지개를 켰다.

"흐음, 오늘은 이 정도인가. 역시 재상과 원수를 두니 이쪽의 작업량은 크게 주는구나."

뭔가가 부족하다는 듯이 어깨를 돌리는 여왕에게 얼굴이 갸름한 비서관은 여전히 담담한 말투로 못을 박았다.

"반대로 말하면 앞으로의 정무와 군 업무 중 폐하께서 직접 판단을 내리셔야 하는 일은 재상이나 원수도 판단을 하기 어려운 중요한 것들뿐입니다."

"알고 있어. 준비는 해 둘 거야. 이후의 예정은 없었지?"

안절부절못하며 여왕은 비서관에게 물었다.

파비오 비서관이 "네." 하고 말하면 다음에 바로 후궁으로 돌아갈 생각이라는 것이 뻔히 보였다.

이제 막 태어난 장녀 후아나 왕녀는 물론, 장남인 카를로스 왕자도 아직 유아라 불리는 나이였다.

아이들이 기다리는 후궁으로 돌아가고 싶어 하는 아우라의 마음은 당연하다 할 수 있었다.

하지만 안타깝게도 비서관의 대답은 여왕의 기대를 배반했다.

"오늘 아침의 단계에서는 그럴 예정이었습니다만, 갑작스럽게도 방금 전, 프란체스코 전하의 면회 요청이 도착했습니다. 어떻게 하시겠습니까?"

프란체스코 왕자의 면회 의뢰.

역시 그것은 거절할 수 없었다.

적어도 후궁에서 자신의 아이를 귀여워하는 것보다는 우선되어야 했다.

"⋯⋯⋯⋯드시라 하라."

여왕은 풀썩 고개를 숙인 채 그렇게 지시를 내렸다.

"야아, 아우라 폐하. 갑작스러운 방문, 죄송합니다. 받아들여 주셔서 감사합니다."

여전히 야무지지 못한 미소를 짓는 금발 왕자를 보니 조금 짜증이 났지만 아우라는 평소와 다름없이 대답했다.

"상관없소. 프란체스코 전하가 상대라면 체념을 하게 되니까 말이오."

왕족에게는 있을 수 없는 직접적이고 난폭한 말도 프란체스코 왕자가 상대라면 오히려 필요한 깃이었다.

아나나 다를까, 프란체스코 왕자는 별로 신경을 안 쓰는 모습으로, 명랑한 웃음을 유지한 채 이야기를 계속했다.

"아하하, 이해해 주셔서 감사합니다. 아무래도 요즘 저의 용무는 보나의 눈을 피해야 할 필요가 있는 것들뿐이라, 사전에 일정을 잡을 수가 없습니다."

"그건 이해하고 있고말고."

여왕 아우라는 한숨을 내쉬면서도 프란체스코 왕자의 주장을 인정했다.

"그렇다면 여전히 시간은 없을 테지. 용건을 말해 주시오."

재촉하는 여왕에게 금발 왕자는 품에서 용피지 한 장을 꺼냈다.

"그럼 먼저 가장 중요한 용건을 잊기 전에 말씀드리겠습니다. 이것을 아우라 폐하께 건네 드리라는 할아버지의 통달입니다."

그렇게 말하며 프란체스코 왕자가 내민 용피지는 확실히 마력을 띠고 있었다.

마력을 띤 용피지. 말할 것도 없이 마법 도구인 '쌍연지'였다.

두 장이 한 쌍이 되어야 성립하는 것으로, 태운 문자라는 형태로 정보를 주고받는 마법 도구.

그것을 '한 장만' 건네준 의미를 이해하지 못할 만큼 여왕 아우라는 우둔하지 않았다.

"쌍이 되는 또 한 장은 누구 손에 있소? 브루노 전왕 폐하인가? 주세페 신왕 폐하?"

"전자입니다. 할아버지에게 있어서도 아버지에게 있어서도 젠지로 폐하가 '황금나뭇잎호'에 승선하셨다는 것은 조금 예상외였던 듯, 이 같은 수단을 선택했습니다."

듣자 하니 브루노 전왕이 급히 주세페 신왕에게 왕위를 양위한 이유 중 하나가 브루노 전왕의 몸을 홀가분해지게 하기 위해서라는 모양이었다.

현 국왕이나 차기 국왕인 왕태자가 단독으로 타국을 방문하는 것은 어렵다.

하지만 왕관을 양도한 전왕이라는 입장이라면 아슬아슬하지만 카파 왕국에 직접 들어가는 것도 허용된다.

그렇게 홀가분해진 브루노 전왕이 전격적으로 카파 왕국을 방문해 여왕 아우라와 무릎을 맞대고 앞으로의 국가 전략에 대해 대화할, 그런 생각이었던 모양이다.

"하지만 그건 젠지로 폐하께 여유가 있을 때의 이야기였습니다. 아무리 그래도 70을 넘은 할아버지가 육로를 이용해 카파 왕국까지 오실 수는 없으니까요."

그렇게 말하며 프란체스코 왕자는 긴장감 없는 웃음을 지은 채 긁적긁적 하고 머리를 긁었다.

모든 것은 젠지로가 있을 때를 전제로 한 이야기였다.

시간적으로도 체력적으로도 브루노 전왕이 카파 왕국을 찾는 것은 '순간이동'으로 맞이하러 와 줄 젠지로의 존재가 없이는 불가능한 일이었다.

"그렇군. 그래서 이 쌍연지인가."

납득했다는 듯이 고개를 끄덕이는 아우라에게 프란체스코 왕사는.

"네. 그래서 조금이나마 이렇게라도 아우라 폐하와 정보를 나누고 싶다고 하시더군요."

사실은 직접 찾아와 이야기를 하고 싶었지만 젠지로가 북대륙으로 가는 바람에 당분간은 그럴 수 없게 되어, 최소한의 연락 수단으로 쌍연지를 꺼낸 것이다.

"음, 안 하는 것보다야 낫겠지."

그렇게 말하며 여왕은 오른손 중지로 받은 쌍연지를 탁 하고 쳤다.

신랄한 말이었지만, 프란체스코 왕자도 인정하지 않을 수 없었다.

"네, 그렇죠."

직접 얼굴을 맞대고 이야기하는 것과 쌍연지의 문자로 대화하는 것은 정보의 양도 질도 크게 차이가 난다.

극단적으로 말해 나머지 한 장을 가지고 있는 사람이 브루노 전왕이라고는 하지만, 프란체스코 왕자가 그렇게 말하고 있을 뿐, 사실은 전혀 다른 사람일 가능성도 부정하지는 못했다.

그런 의심이 있는 상태에서 솔직한 이야기를 할 수 있을 리 없었다. 한 장의 쌍피지로는 주고받을 수 있는 정보량도 크게 제한된다.

"최종적으로는 할아버지가 이쪽으로 오시게 되리라 생각합니다. 물론 젠지로 폐하께서 북대륙에서 귀환한 뒤의 이야기가 되겠지만요."

"나와 서방님은 일심동체. 전왕 폐하가 일부러 이쪽에 오시지 않더라도 그쪽에 간 서방님과 속을 터놓고 이야기를 하시면 되는 것이 아니오?"

젠지로가 브루노 전왕, 주세페 신왕에게 강한 격의(隔意)를 품고 있다는 것을 잘 알면서 여왕 아우라는 그렇게 비꼬듯이 말했다.

듣는 사람이 브루노 전왕이나 주세페 신왕이라면 조금 과한 말이었을지도 모르지만, 프란체스코 왕자에게는 그야말로 남의 얘기였다.

"아하하하, 말씀하신 대로이네요. 하지만 아쉽게도 할아버지도 아버지도, 젠지로 폐하를 꽤 껄끄럽게 생각하시는 모양입니다."

"흥."

마음은 알지만 자업자득이다. 그런 말을 아우라는 입 밖에 내지는 않았다.

실제로 젠지로라는 남자는 다루기가 어렵다. 가치관이 너무 독특하고, 여러 방면에서 욕망이 약해 기분을 상하게 했을 때, 기분을 되돌리기 위한 수단이 한정되어 있기 때문이다.

솔직히 그런 점에 관해서는 여왕 아우라도 남의 말을 할 처지가 아니었다.

프레야 공주를 측실로 받아들이기 위해 북대륙으로 떠나는 원정. 그리고 이번엔 쌍왕국에서 측실을 들일 가능성.

모두 젠지로가 확실히 '싫다'고 명언한 것인데, '국익을 위해'라며 아우라가 억지로 밀고 나가 부탁하는 일이 이어졌다.

젠지로는 마음이 바뀌어 싫었던 것이 싫지 않게 된 것이 아니었다. 무언가의 이익과 바꾸어 불이익을 받아들인 것도 아니다.

그냥 아우라의 설득을 받아 참고 있을 뿐이었다.

계속 어쩔 수 없이 참게 되면 누구든 언젠가는 한계가 온다.

아우라는 문득 어떠한 생각에 이르렀다.

'흐음, 그런 의미에서 나는 브루노 전왕들과 같은 문제를 안고 있다고 말할 수 있는 것인가.'

기분을 상하게 만들고 말아, 어떻게든 관계를 회복하고 싶어 하는 브루노 전왕과 주세페 신왕.

그리고 현재 젠지로에게 많은 인내를 요구하고 있고, 앞으로도 요구하게 될 것이 거의 확정적인데도 기분을 풀어 줄 유효한 방법을 찾지 못하고 있는 여왕 아우라.

브루노 전왕과 주세페 신왕이 멋지게 젠지로와의 관계를 회복할 수 있다면, 아우라에게도 좋은 본보기가 된다.

"그것도 좋겠지. 서방님이 무사히 돌아온 뒤의 이야기지만, 브루노 전왕 폐하가 내방하신다고 한다면 환영하겠소."

"감사합니다. 그 취지는 그것을 통해 알려 주시면 좋을 듯합니다."

그렇게 말하며 손에 있는 쌍피지를 향해 시선을 보내는 프란체스코 왕자에게 아우라는 작게 고개를 끄덕였다.

"알겠소. 그럼 그렇게 해 두지. 용건은 그것뿐이오?"

이야기를 마무리하려는 여왕에게 금발의 왕자는 당황한 듯이 빠른 속도로 말했다.

"아니요. 저의 부탁은 따로 또 있습니다."

"……말씀해 보시오."

틀림없이 변변치 않은 것이다. 그런 확증이 있어도 듣지 않을 수 없는 여왕은 한숨을 집어삼키고 말을 재촉했다.

그런 여왕의 고민을 알 리 없는 프란체스코 왕자는 얼굴 가득 미소를 지으며 예상대로 변변치 못한 소리를 했다.

"그 보석, 양산 가능하게 되었지요? 다음 양산품을 팔아 주십시오."

"지난번에 세 개를 건네주었던 것으로 기억하오만?"

"전부 망가뜨려 버렸습니다."

천연덕스럽게 말하는 프란체스코 왕자에게 아우라는 더는 감정을 숨기지 않고 오른손으로 얼굴을 감싸며 고개를 저었다.

"부여마법의 마법 도구, '마법 도구를 제작하는 마법 도구'를 만들어 봤습니다. 이론은 완성되었다고 생각했는데, 아무래도 어딘가 미완성인 부분이 있었던 모양입니다."

"마법 도구 제작에 실패하면 매체가 되는 물건이 부서지는 것이외까?"

일반적으로 이쪽 세계의 마법은 실패하면 발동되지 않을 뿐이다.

프란체스코 왕자의 말이 사실이라면 '부여마법'은 꽤 이질적인 마법이다.

하지만 그런 여왕 아우라의 말을 듣고 프란체스코 왕자는 전혀 움츠리는 기색도 없이 미소를 짓더니.

"아니요. 정확하게 말하면 망가진 것이 아니고 망가뜨렸습니다. 의도한 대로의 효과를 가지지 못한 마법 도구는 위험하니, 파손 처리를 해야만 합니다."

하고 설명했다.

"그렇군. 그것도 그런가."

프란체스코 왕자의 설명을 듣고 여왕 아우라는 납득했다.

예를 들어 발화 마법 도구를 제작했다고 치자.

제작자의 의도는 마법 도구의 상부에 작은 불꽃이 들어오는 것이었는데, 실제로는 마법 도구의 어딘가에 랜덤으로 작은 불꽃이 들어오게 되면, 그건 '발화 마법 도구'로서 완성되어 있지만, 위험해서 실제로는 사용할 수 없다.

이처럼 의도한 것과 다른 동작을 일으키는 마법 도구가 만들어져 버렸을 경우에는 반드시 파손 처리하도록 샤로와 왕가에서는 엄격히 지도한다.

"그래서 전부 망가뜨려 버렸으니, 다음 물건을 주세요. 물론 공짜로 달라고는 안 합니다. 보석 네 개를 건네주시면, 그중 하나로 폐하께서 바라시는 마법 도구를 제작해 드리겠습니다."

샤로와 왕가와 카파 왕가의 약속을 무시하고 뒷거래를 당당하게 제안하는 배짱에는 오히려 감탄이 나올 정도였다.

"샤로와 왕가와의 교섭은 아직 끝나지 않았소."

"그러니까 지금 개인적인 거래를 부탁드리는 겁니다."

확신범 같은 금발 왕자의 말을 듣고 아우라는 일부러 한숨을 내쉬었다.

그렇지만 아우라에게 있어 나쁜 거래는 아니었다.

무엇보다 이것을 기회로 하나 시험해 보고 싶은 것이 있었다.

아우라는 고민하는 척을 한 뒤, 자못 마지못해서라는 듯한 표정으로 말했다.

"……어쩔 수 없군. 단, 이게 마지막이외다. 이후에는 샤로와 왕가의 허가를 얻어야 하오. 현물은 내일, 그쪽으로 보내겠소. 지난번과 마찬가지로 이쪽이 양품이라 판단한 것은 모두 프란체스코 전하에게 보여줄 테니, 양품, 불량품을 잘 구별해 주시오. 불량품에는 구체적인 지적도 부탁하오."

그 양품 중에서 네 개를 골라 가져가라고 말하는 아우라에게 프란체스코 왕자는 "알겠습니다." 하고 들뜬 목소리로 받아들였다.

"내 의뢰품은 '폭염(爆炎)'인데, 가능하겠소?"

예상외였는지 프란체스코 왕자는 조금 허를 찔린 듯 진지한 표정을 지었다.

"'폭염' 말인가요? 아쉽지만 저는 그런 마법을 습득하지 않았는데요."

"내가 습득하고 있소. '순간이동'이나 '공간 차단 결계' 때와 마찬가지로 내가 협력하면 되겠지."

"그렇다면 가능하지만, 성능은 어떤가요? '폭염'이라면, 혈통마법이 아니라도 꽤 큰 마법이라, 매체가 그 보석이라도 간단하다고는 할 수 없습니다만."

"일회용이라도 상관없소."

"아, 그렇다면 하루 만에 가능합니다."

그 말을 들은 것만으로도 아우라의 목적은 반쯤 달성한 것이나 마찬가지였다.

가슴속에서 끓어오르는 차가운 충동을 억누르고, 아우라는 열심히 평정을 유지한 목소리로 말했다.

"그렇소? 그럼 거래 성립이군."

"네. 감사합니다, 아우라 폐하. 오늘은 이만 실례하겠습니다."

목적을 달성한 프란체스코 왕자가 들썩거리는 발걸음으로 퇴실하는 모습을 여왕은 평소처럼 위엄 있는 미소를 지으며 바라보았다.

그리고 타악 하는 소리를 내며 문이 닫히자, 천천히 마음속으로 열을 센 뒤, 아우라는 원래의 얼굴로 돌아가 천장을 올려다보았다.

"그런가. 만들 수 있는 건가. '폭염' 마법 도구를 하루 만에."

겨우 젠지로가 무엇을 우려했는지 조금씩 보이기 시작한 아우라였다.

지금까지 마법 도구는 귀중품이었기에 '치유의 비석'처럼 가치가 높은 것으로 정평이 난 것 이외에는 일회용 마법 도구가 거의 존재하지 않았다.

제조에 몇 년. 요금은 국고에 큰 타격. 하지만 사용은 일순간일 경우, 가격에 걸맞은 것은 '치유의 비석' 정도뿐이었다.

그래서 지금까지 '치유의 비석' 이외의 마법 도구는 반복해서 사용하는 것이 주류였다.

무기로 말하면 끝에 불꽃을 두른 창이나 바람을 막는 외투 등. 그야말로 가보로서 몇 대에 걸쳐 계속 사용할 수 있는 것들뿐.

하지만 보석──유리구슬의 양산화로 그 가치관이 확 변한다.

제조는 하루, 요즘은 왕후 귀족이라면 용돈으로 여러 개씩 구입 가능.

그 조건이라면 일회용의 마법 도구화도 꽤 많은 마법이 비용 대비 효율에 걸맞게 된다.

"이래선 투석기의 돌이나 고정식 대형 쇠뇌에 사용하는 화살의 10배 정도 가격으로, 자칫하면 몇 배 정도의 가격으로 '폭염'이나 '큰 바위 제작'의 일회용 마법 도구를 만들 수 있겠어."

아우라의 뇌리에 지난 대전의 전장이 떠올랐다.

투석기가 날리는 큰바위나 대형 쇠뇌가 날리는 창보다도 장대한 화살.

그것과 같은 빈도로 '폭염'이나 '큰바위 제작'이라는 일회용 마법 도구가 이리저리 날아다니는 전장.

"……조심스럽게 말해도, 전장이 일변해 버리겠군."

여왕은 부들 하고 몸을 떨었다.

"보석의 양산뿐이라면 그렇게까지 문제가 없지만 말이지."

아무리 유리구슬이 있으면 양산할 수 있다고 해도 부여마법을 사용할 수 있는 사람은 한정되어 있다.

주세페 신왕처럼 정치를 돌봐야 하는 샤로와 왕가 사람에게는 애초에 마법 도구 제작에 소비할 시간이 없고, 프란체스코 왕자 같은 기술자 지향인 사람도 왕족인 이상 잡무로 인해 다른 일을 할 수 없는 때도 있고, 새로운 마법 도구의 제작을 위해 고민을 해야 할 일도 있다.

하지만 프란체스코 왕자가 만드는 '마법 도구를 제작하는 마법 도구'가 완성되면 이야기가 달라진다.

유리구슬만 있으면 자동적으로 마법 도구를 계속 만들 수 있다. 한 대당 하루에 하나라도 1년이면 300개 이상이 자동적으로 양산된다.

그 일회용 마법 도구를 양산할 수 있는 나라와 그렇지 않은 나라가 전쟁터에서 대치한다면.

"승산이 보이지 않는군."

발상을 하나 전진시킨 아우라는 그렇게 말하며 한숨을 내쉬었다.

지금까지 아우라는 마법 도구가 대량 생산 가능하게 될 미래에 대한 이야기를 듣고, 지금까지 존재했던 마법 도구가 대량으로 나도는 일만을 상상했다.

하지만 대량 생산, 대량 소비가 전제일 경우, 생산되는 마법 도구도 역시 달라지는 것이 순리다.

"유리구슬의 제조 기술을 1년이라도 오래 계속 비밀로 하는 것은 당연한 조치이지만, 영원히 비밀로 할 수는 없는 것이니."

기술을 비밀로 하는 것은 오랜 안목으로 보면 불가능하다고 단언해도 좋을 만큼 어렵다.

장래에 유리구슬의 제조 기술이 유출되면, 샤로와 지르벨 쌍왕국이 세계의 패자가 될 수 있다는 젠지로의 염려도 꼭 호들갑이라고 단언할 수 없게 된다.

그것을 막는 수단은 하나.

"역시 샤로와 왕가에서 측실을 받아들이는 것은 피할 수 없는 것인가."

빙글빙글 돌아 결국 원래의 장소로 결론이 되돌아오자, 여왕은 폐를 텅 비우듯이 크게 한숨을 내쉬었다.

『이상적인 기둥서방 생활12』에서 계속

[부록] 주인과 시녀의 간접교류^{장기부재}

젠지로는 카파 왕국 국왕의 배우자이자 요즘에는 비르보 공작이라는 독자적인 지위도 얻은 고위 왕족이다.

실권이야 어쨌든 격식상으로는 여왕 아우라에 이은 국내 두 번째 귀인인 젠지로이지만, 그 생활은 굳이 따지자면 소박했다.

물론 소박하다고는 해도 그건 왕후 귀족의 기준일 때의 이야기이지만, 사치를 부리는 취미가 없다는 것은 사실이었다.

다만 그런 젠지로도 본인은 전혀 의식하지 못한 채, 매우 사치를 부리는 것이 몇 가지인가 있다.

그중 하나가 '과일'이다.

젠지로는 과일을 생으로 먹길 즐긴다. 푸르트타르트나 파이처럼 가공한 것도 싫어하지는 않지만, 한쪽을 선택하라고 한다면 망설이지 않고 생과일을 선택할 정도로 기호가 확실했다.

그걸 알고 있기 때문에 젠지로의 식탁에는 생식이 가능한 과일이 자주 올라오는데 그건 카파 왕국에서는 상당한 사치였다.

조금 생각해 보면 알 수 있는 일이지만 '품종 개량'이라는 개념조차 존재하지 않는 이 세계에서는 생으로 그냥 먹어도 '맛있다'라고 생각할 수 있을 만한 과일은 매우 희소하다.

그런, 의식하고 있지 않은 젠지로의 사치지만, 현재 젠지로는 한창 북대륙을 향해 대륙 간 항행을 하는 중이었다.

돌아올 때는 '순간이동'을 사용한다고 해도 최소한 100일——3개월 이상은 확실히 부재중이 된다.

후궁에는 냉장고라는 뛰어난 보존 장소가 있지만, 역시 3개월 이상 생과일을 보존할 수는 없다.

여왕 아우라는 대체로 가공한 과일을 선호했다. 특히 최근에 선호하는 것은 젠지로가 개발한 증류주에 절인 과일인 모양이었다.

그 결과 후궁 시녀들은 그런 면에서도 젠지로가 남긴 부산물 덕을 보고 있었다.

낮이 지난 시간, 주방 일각에 설치된 테이블 의자에 젊은 시녀 두 명이 앉아 각양각색의 과일을 입에 넣었다.

"음~. 맛있어!"

나무 접시에 담긴 망고 같은 과일을 목제 스푼으로 입에 옮기고는 감동스러운 목소리를 흘린 사람은 많이 곱슬곱슬한 짧은 흑발이 특징적인 소녀——페였다.

"젠지로 님용 과일은 같은 거라도 전부 맛이 어딘가 다르다니까~."

씨앗이 큰 체리 같은 과일을 먹고 녹아내리듯 행복한 미소를 지은 사람은 후궁 시녀 중에서도 유난히 풍만한 가슴을 자랑하는 소녀——레테였다.

페와 레테가 둘이서 즐겁게 왕족용 과일을 먹으며 맛을 음미하고 있는데, 주방의 문이 열리고 두 사람의 그림자가 들어왔다.

몸집이 작은 소녀가 한 명, 그리고 살집과 키가 중간 정도인 소녀가 한 명.

페 일행의 후배에 해당하는 시녀. 니르다와 미레라였다.

흑발을 짧은 포니테일로 묶은 몸집이 작은 소녀——니르다가 경계심 제로의 미소를 지으며 타박타박 테이블 가까이로 다가갔다.

"페 씨, 레테 씨. 휴식 중이신가요?"

"저희도 같이 괜찮을까요?"

이어서 시녀복 차림임에도 좋은 태생임을 숨기지 못하는, 길고 광택이 넘치는 흑발이 특징적인 소녀——미레라가 그렇게 물었다.

페와 레테로서도 특별히 거절할 이유는 없었다.

"좋아. 자, 옆자리가 비었어."

"이거 먹을래? 젠지로 님용 과일, 맛있어~."

네 명의 시녀들이 하나의 테이블을 둘러싸고 화기애애하게 지냈다.

"오전 일은 두 분이 다 하셨죠? 힘들지 않으셨나요?"

의젓한 미레라의 말을 듣고 페는 의기양양하게 평평한 가슴을 내밀며 대답했다.

"전혀. 오늘 점심은 젠지로 님도 아우라 폐하도 후궁에 안 계셔서 편했어."

젠지로는 '황금나뭇잎호'를 타고 항행 중이고 여왕 아우라는 왕궁의 오찬회에 출석했다. 그래서 오늘의 후궁 주방 일은 시녀들이 먹을 음식을 만드는 것뿐이라 매우 편했다.

돌로레스가 '황금나뭇잎호'에 승선한 지금, 문제아 3인방은 페와

레테 둘이서 일을 해야 했지만, 전체 업무량도 줄어서 그나지 힘들지는 않았다.

사람이 한 명 줄었다는 점에서는 니르다와 미레라도 마찬가지였다.

"그쪽이야말로 괜찮아? 루이사 없이. 일도 우리처럼 익숙하지 않잖아."

무슨 일이 있으면 나한테 상의해. 그렇게 선배 티를 내려는 페에게 니르다가 조금의 악의도 없는 미소를 지으며 대답했다.

"네, 그때는 부탁드립니다. 하지만 지금은 괜찮습니다."

니르다, 미레라와 항상 셋이서 일하는 루이사는 현재 임시로 여왕 아우라를 수행하는 시녀를 맡았다.

원래 여왕 아우라를 수행하던 마르그레테가 젠지로와 함께 '황금나뭇잎호'를 타고 북대륙으로 가고 있기 때문에 그 구멍을 메우는 것이라는 모양이었다.

당연하지만 여왕 아우라를 수행하는 시녀는 마르그레테 한 명이 아니었다. 그런데 결원을 젠지로의 시녀인 루이사로 메운 것은 조금 위화감이 느껴지기도 하는 일이었지만, 시녀들은 참견할 수 있는 일이 아니어서 일단 모두 가능하면 신경 쓰지 않으려고 했다.

"저는 루이사나 니르다처럼 일을 잘 못해서 확실히 조금 걱정스럽기는 합니다. 니르다에게 민폐를 끼칠지도 모르겠습니다."

그렇게 말하고 형태가 좋은 눈썹을 조금 찌푸린 사람은 미레라였다.

본인이 말하는 대로 미레라의 일처리는 빈말로도 솜씨가 좋다고 할 수 없었다.

명문 백작 가문의 본가에 가까운 분가 쪽 태생이지만, 부모님을 대전으로 잃은 관계 탓에 사실상 본가의 영애로서 자란 미레라는 좋든 나쁘든 천생 좋은 집안 출신 아가씨다.

원래라면 시녀를 부릴 입장이면 입장이지 시녀로서 일할 입장은 아니었으니, 당연하다면 당연하다.

하지만 그런 고귀한 신분의 아가씨가 시녀로서 일하는 것이 이상하지 않은 곳이 후궁이라는 특수 공간이다.

"솔직히 조금 더 허드렛일을 할 사람을 늘려 주셨으면 감사할 것 같은데요."

불평을 흘리는 미레라에게 페는 자못 사정을 잘 알고 있는 듯한 얼굴로 말했다.

"그건 어려울 거야. 후궁은 안전을 확보하기 위해서 신용을 가장 첫째로 두고 사람을 고용하니, 아무래도 사람은 늘리기 어렵대. 세탁처럼 밖에서 할 수 있는 일은 밖으로 돌리지만, 그것 이외에는 말이지."

그건 이전에 아만다 시녀장에게 들은 말을 그대로 한 것이었지만, 미레라를 납득시키기에는 충분했던 듯했다.

"그러네요. 침실의 청소, 욕실의 청소, 그리고 식사 시중. 신용이 첫째인 것은 이해합니다."

후궁 시녀는 주인에게 악의를 품으면 해를 끼칠 수 있는 거리에 있다. 사람을 늘리는 것에 신중을 기하는 것은 당연하다고 할 수 있었다.

"하지만 후궁 시녀를 늘리는 건 틀림없나 봐~. 모실 분이 늘어났으니까~."

행복하게 과일을 입으로 옮기면서 레테가 느긋한 말투로 그렇게 말했다.

"그건 그래. 카를로스 전하나 후아나 전하의 시중도 유모인 사람들에게만 다 맡길 수는 없잖아."

측실로서 후궁에 들어오게 될 프레야 공주가 어느 정도의 시녀를 자신의 나라에서 데리고 오느냐에 달리기도 한 문제라, 확실하게는 알 수 없었지만, 카파 왕국 측에서도 프레야 공주를 시중들 시녀를 증원할 필요가 있을 것이다.

그런 자신들의 장래와 관련된 다소 심각한 이야기를 잡담으로 계속 이어가는데, 타악 하고 또 문이 열리고 이번에도 사람 그림자 두 개가 들어왔다.

뚱뚱한 중년 시녀와, 이쪽도 말랐지만 그 이상의 위엄을 몸에 두른 중년의 시녀.

조리 담당 책임자인 바네사와 후궁의 최고 책임자인 아만다 시녀장이었다.

움찔하고 의자에서 일어서려고 하는 페 일행을 바네사가 굵은 목소리로 웃으며 제지했다.

"그대로 있어도 괜찮단다. 지금은 아직 휴식 시간이니까."

"바네사가 말한 대로입니다. 특별히 주의를 주기 위해서 온 것은 아닙니다. 단지 연락사항이 있으니 그대로 들어 주십시오."

아만다 시녀장의 말을 듣고 페를 비롯한 네 명은 의자에 다시 앉았다.

하지만 당연하게도 조금 전처럼 느슨한 분위기는 거의 사라졌다.

아만다 시녀장이 "편하게 있으세요."라고 말했지만, 정말로 편하게 있는 사람은 니르다 정도뿐이었다.

기껏 휴식 시간인데 너무 긴장하게 만들면 미안하다고 생각한 것이리라. 시녀장은 간결하게 이야기했다.

"오전에 일한 모습을 지켜본 결과, 역시 둘이서 일을 하기는 어려울 것이라는 결론이 나왔습니다. 오늘처럼 아우라 폐하께서 낮에 후궁으로 돌아오지 않으시는 날에는 문제없지만, 돌아오시는 날에는 조금 일손이 부족하겠지요. 그러니 페, 레테, 니르다, 미레라. 앞으로는 넷이 한 조가 되어 두 군데의 일을 담당해 주십시오. 알겠지요?"

둘이서 한 군데를 담당하는 것보다 넷이서 두 군데를 담당하는 편이 더 융통성 있게 일할 수 있다.

일손이 부족한 현재 상황에도 어떻게든 일이 돌아가게 만들려는 고육책이었다.

아만다 시녀장이 덧붙이듯이 말했다.

"현재 아우라 폐하께서 추가 인원을 엄선하고 계시니, 가까운 시일 내에 새로운 인원이 추가될 겁니다. 그때까지 참아 주세요."

"뭔가 요즘 그 말을 몇 번씩 계속 듣고 있는 듯한……."

"페, 뭔가 말했습니까?"

흘끔 노려보는 아만다 시녀장의 박력에 페는 당황해 입을 막고 고개를 가로저었다.

"아니요, 아무것도 아닙니다. 아만다 시녀장님."

"좋습니다. 그럼 앞으로는 그렇게 일해 주길 바랍니다."

"네, 알겠습니다."

네 명의 젊은 시녀들은 기세에 눌린 것처럼 그렇게 외쳤다.

뜻밖의 형태로 4인 1조가 되어 버린 페, 레테, 니르다, 미레라 네 명이 향한 곳은 왕자, 왕녀가 잠자는 침실 구역이었다.

만 나이로 1세 6개월인 장남 카를로스 젠키치 왕자와 태어난 지 아직 한 달도 되지 않은 장녀 후아나 요시노 왕녀는 조금 떨어진 각각 다른 방에서 지냈다.

혹서기가 되면 얼음을 절약해야 하는 관계상, 두 사람을 같은 방에서 지내게 하는 안도 나왔지만, 현재는 각각 다른 방에서 지낸다.

이유는 아주 단순한데, 서로의 울음소리 탓에 다른 한쪽까지 따라 울어 버리기 때문이었다.

돌봐주는 유모들의 수고가 배로 느는 동시에 수면 시간이 절반이 되어 버려, 현재는 각각 서로의 울음소리가 들리지 않을 정도로 떨어진 방에서 지내고 있는 것이다.

페 일행은 그런 두 개의 방 중 하나에 조용하고 느릿하게 발을 들였다.

선두에 선 페는 노크를 하지 않고, 문을 열고 닫는 데에도 큰 소리가 울리지 않도록 느릿하게 밀어서 문을 연 다음, 반쯤 연 문의 틈

새로 얼굴을 내밀었다.

작은 아기용 침대 옆에 앉은 보동보동한 중년 여성――카를로스 왕자의 유모인 카산드라가 입매에 검지를 대고 침묵을 지시한 후, 손짓으로 입실을 허가했다.

그 허가를 받고 페 일행 네 명은 우르르우르르 카를로스 왕자의 침실로 들어갔다.

페 일행의 일은 유모인 카산드라를 돕는 것――이 아니었다.

3개월 이상이나 자신의 아이와 만나지 못하는 젠지로가 맡긴 특별 임무를 하기 위해서였다.

낮잠 중인 카를로스 왕자를 깨우지 않도록 세심하게 주의를 기울여 작은 침대로 다가간 페는 신중한 손놀림으로 앞치마 주머니에서 그것을 꺼내 양손으로 잡았다.

휴대용 게임기.

단, 현재는 정지 화면 촬영 모드였다.

페는 익숙한 손놀림으로 작은 침대에 누워 있는 아기의 사진을 찍었다.

찰칵, 하고 한 장. 각도를 바꿔서 또 한 장. 만약을 위해 한 장 더.

총 세 장의 사진을 촬영한 페는 휴대용 게임기를 슬립모드로 되돌리고 앞치마 주머니에 넣었다.

만에 하나라도 잠을 자는 아이를 깨워서는 안 되었기 때문에 제스처만으로 유모인 카산드라에게 "실례했습니다." 하고 전달하자, 카산드라도 몸짓 손짓으로 "수고했다. 어서 퇴실하렴." 하고 대답했다.

　꾸벅 머리를 숙인 페 일행 네 명은 그대로 들어왔을 때와 똑같이 살그머니 소리를 죽이면서 천천히 퇴실했다.

　그 후, 또 하나의 방에서 후아나 왕녀를 상대로 같은 미션을 성공시킨 페 일행 네 명은 거실로 돌아가 안도의 숨을 내쉬었다.

　"후우, 무사히 종료. 후아나 전하는 어쩔 수 없다고 해도, 오늘은 카를로스 전하도 잠들어 있다니. 평소보다 두 배 더 긴장했어."

　"누가 아니래~. 하지만 페는 역시 대단해. 제대로 양쪽 모두 깨우지 않고 '사진'을 찍었잖아~."

　레테에게 칭찬을 받아 페는 자랑스럽게 고개를 뒤로 젖혔다.

　"헤헷, 그렇지 뭐. 젠지로 님이 가져오신 이런 물건을 다루는 것에 관해서는 내가 제일 정통하다고 자부하고 있어."

　젠지로가 멀리 떠난 사이에 정기적으로 카를로스 왕자와 후아나 왕녀의 모습을 정지화로 촬영한다.

　이게 젠지로가 페와 레테에게 부여한 특별 임무였다.

　최소한 3개월간, 사랑하는 자신의 아이와 만나지 못하게 된 젠지로가 마련한 최소한의 대책이었다.

　특히 이제 막 태어난 후아나 왕녀는 3개월 정도면 놀랍도록 변한다.

　카를로스 왕자 때를 통해 그것을 알고 있는 젠지로로서는 그 생후 3개월간을 지켜볼 수 없다는 것이 너무 아쉬웠다.

　적으나마 위안을 받기 위해 성장 과정을 사진 촬영하여 나중에

즐기려는 심산이었다.

본인이 말하듯, 이것은 휴대용 게임기를 다루는 데 정통한 페 외에는 부탁할 수 없는 일이었다.

정확하게 말하면 페 이외에 돌로레스도 같은 일을 할 수 있었지만, 돌로레스는 '황금나뭇잎호'에 승선하고 있었기 때문에 이 자리에는 없었다.

돌로레스에게는 휴대전화나 휴대용 음악 플레이어를 주고 젠지로가 들어갈 수 없는 북대륙의 이곳저곳을 촬영하라고 임무를 맡겼다.

참고로 돌로레스에게 그 임무를 맡긴 사람은 젠지로가 아니라 여왕 아우라였다.

어려운 임무였지만 배짱이 있고 요령이 좋은 돌로레스라면 무사히 해낼 거라고 여왕 아우라는 생각했다.

아무튼 페는 거실 소파에 앉은 채 휴대용 게임기를 조작해 오늘 촬영한 정지화를 확인했다.

카를로스 왕자를 세 장, 후아나 왕녀를 세 장.

총 여섯 장의 사진을 페를 중심으로 네 명의 시녀가 확인했다.

"응, 오늘도 잘 찍혔어."

만족스럽게 고개를 끄덕이는 페 옆에서 신인 시녀 두 사람이 감탄을 흘렸다.

"후와아, 굉장해. 정말로 모습을 잘라내 볼 수 있군요!"

"이게 젠지로 님 고향의 마법 도구……. 굉장한 것을 가지고 계시네요."

냉장고나 LED 라이트 등에는 익숙해진 신인 시녀들도 이것을 보고는 새삼 놀란 듯했다. 정지화뿐만 아니라, 음성이 나오는 동영상도 촬영할 수 있다고 가르쳐 주면 얼마나 놀랄까?

사진으로 카를로스 왕자와 후아나 왕녀를 비교하고는 레테가 둥실둥실한 말투로 말했다.

"이렇게 비교해 보니 역시 카를로스 전하는 많이 크셨구나~. 후아나 전하, 작아서 귀여워~."

"많이 큰 건도 사실이지만 원래 막 태어난 시점에도 카를로스 전하는 후아나 전하보다도 전체적으로 컸었나 봐. 미셸 님이 말씀하셨어."

"헤~. 그렇구나~? 역시 남자아이라서 그런가~?"

최종적으로는 정지화 데이터를 USB케이블에 연결해 컴퓨터의 폴더에 저장해야 했지만, 역시 페냐 돌로레스도 그렇게까지는 하지 못했다.

아니, 어쩌면 돌로레스 정도라면 가능할지도 모르지만, 젠지로의 컴퓨터에는 영주 귀족들의 세수(稅收) 일람 등이 표 계산 소프트웨어의 형태로 담겨 있었다.

그것은 앞으로도 왕가의 무기로서 소유하고 싶었기 때문에, 원칙적으로 젠지로의 컴퓨터는 왕족 이외에는 부팅해서는 안 되었다.

젠지로의 취향에 맞춰 한계에 아슬아슬하게 닿을 만큼 느슨한 분위기가 감도는 카파 후궁이었지만 엄격해야 할 곳은 엄격했다. 주로 아만다 시녀장과 여왕 아우라가.

그렇게 다 찍은 사진을 만끽하고 있는데, 문득 미레라가 생각이 떠올랐다는 듯 입을 열었다.

"하지만 젠지로 님은 정말로 카를로스 전하도 후아나 전하도 사랑하시는 거군요."

동경하듯이 말하는 미레라의 말을 듣고 룸메이트인 니르다가 크고 검은 눈동자에 어리둥절함을 담아 물었다.

"어? 그렇지만 젠지로 님의 아들과 딸이니 당연한 게 아닌지……."

피가 이어진 아이니까 사랑하는 것이 당연.

표면상으로 하는 말도 아니고, 자신을 다독이는 말도 아니고, 순수하게 아무런 의심도 없이 '당연한' 말을 하는 니르다를 미레라는 무심코 동경하는 시선으로 바라보고 말았다.

"왕족이나 고위 귀족의 경우, 자신의 아이라고 해서 순수하게 애정을 쏟을 거라고는 할 수 없어요."

왜 변경백 가문 서출의 딸에게 이제 와서 이런 귀족 가문의 기본 중의 기본을 가르쳐 줘야만 하는 걸까.

태생을 생각하면 니르다만큼 그런 귀족 사회의 더러움을 당연하게 실감하고 있는 사람은 그다지 없을 텐데.

"그렇구나?"

그 말을 듣고도 아직 실감을 하지 못해 어리둥절해 있는 니르다가 어떻게 자라 왔는지 미레라는 솔직히 상상도 되지 않았다.

미레라는 현재의 마르케스 백작인 마누엘 마르케스의 조카딸에 해당한다.

부모님이 지난 대전에서 사망했기 때문에 본가인 마르케스 백작 가문의 양녀로서 자랐다.

마르케스 백작 가문의 사람들은 미레라를 틀림없이 소중히 키워줬지만, 그 근원에 있는 것이 육친으로서의 애정인가 하면 고개를 저을 수밖에 없었다.

예외는 마르케스 백작의 후처인 옥타비아 부인이었지만, 옥타비아 부인의 경우, 모든 사람에게 애정을 쏟는 사람이라, 그건 그거대로 또 특수한 사례였다.

미레라는 장래에 마르케스 백작의 눈에 든 남자를 데릴사위로 맞아들여 마르케스 백작 가문의 분가를 다시 부흥시켜야 할 의무가 있었다.

이렇듯 후궁 시녀를 하는 것도 조금이라도 좋은 남자를 낚을 수 있도록 관록을 쌓기 위해서였다.

만약 만에 하나 미레라가 무언가의 이유로 도저히 분가 재부흥이 불가능한 경력을 쌓거나 부족한 몸이 되어 버리면. 마르케스 백작은 아주 자연스럽게 자신을 내버릴 것이라고, 미레라는 인식하고 있었다.

"그래요."

"으~응."

아직 납득하지 못한 니르다의 모습을 보고 미레라는 물론, 두 사람의 대화를 듣고 있던 페와 레테도 불안해져 끼어들었다.

"조금 불쾌한 이야기지만, 미레라의 말도 사실이야."

"응, 니르다는 굉장히 무방비하니까 나도 걱정돼."

아무래도 룸메이트나 선배들에게 큰 걱정을 끼쳤다는 사실을 이해한 니르다였지만, 그래도 실감이 나지 않는 것은 마찬가지였다.

그래서 솔직하게 그 취지를 밝혔다.

"응, 지금 미레라나 두 사람에게 들은 내용은, 왕도에 올라온 뒤로 다른 사람에게도 들은 것들이야. 가장 친절하게 가르쳐 주신 사람은 아만다 시녀장님이지만, 그 이외의 사람도 모두 그런 말을 해. '귀족 사회는 방심할 수 없는 무서운 곳이니 조심하세요', '그렇게 멍하니 있으면 언젠가 되돌릴 수 없는 일을 당한다'라고."

"그런 말까지 들었는데 니르다는 이해하지 못하는 건가요?"

걱정스러워서 어쩔 수가 없었다. 그런 표정으로 말을 하는 미레라에게 니르다는 난처한 듯이 고개를 숙이더니 살짝 위를 올려다보며 자백했다.

"응, 그런데 다 그렇게 말해. 정말로 전부 다."

"그래서 그만큼 니르다가 무방비하다며 걱정하는 거잖아?"

"응, 그런데 정말로 다들 그렇게 말해요."

"?"

역시 조금 이상하다는 사실을 깨달은 미레라 일행이 입을 닫은 사이에 니르다는 왕도에 올라온 뒤로 오늘까지 계속 의문스럽게 생각했던 것을 말했다.

"만나는 사람, 사람마다 모두 귀족 사회는 무서운 사람, 나쁜 사람이 많으니 조심하세요, 주의하세요라고 해요. 정말로 모두가. 제가 만난 카파 왕국의 귀족분들 모두가요. 그래서 잘 모르겠어요. 저에게 그렇게 말하며 충고해 주시는 다정한 귀족 분들이 말하는 '귀족 사회의 무서운 사람, 나쁜 사람'은 어디에 있는 걸까요?"

"아?"

"아하하……."

"그, 그건……."

겨우 하고 싶은 말을 했다는 듯이 개운한 표정을 짓는 니르다 앞에서 페, 레테, 미레라는 말문이 막혔다.

사자가 토끼에게 말한다.

"사자는 토끼를 먹는 생물이야. 조심해."라고.

사자 한 마리가 그렇게 말했다면 토끼도 사자에게 경계심을 품을 테지만, 만나는 100마리의 사자 모두가 같은 말을 하면, 토끼는 사자를 무서운 생물이라고 과연 인식할 수 있을까?

무방비하고 천진난만하며 무지.

귀족 사회에서는 치명적이라도 할 수 있는 세 가지 결점을 모두 가지고 있는 니르다는 그 세 가지가 마구 뒤섞인 덕에, 높은 확률로 상대한 사람의 독기를 빼는, 매우 특수한 방어 능력을 획득하고 있었다.

❖

젠지로가 '황금나뭇잎호'에 승선한 덕에 실은 조용하면서도 크게 운명이 바뀐 한 사람이 있었다.

그 사람은 바로 니콜라이다.

'황금나뭇잎호'의 승무원으로 열렬한 산양 애호가인 니콜라이는 산양을 돌보는 것 외에도 짠 젖에서 버터나 치즈 등을 만드는 실력도 출중한 사람으로, 젠지로가 보기에 실로 아낄 만한 인재였다.

그런 니콜라이도 원래는 '황금나뭇잎호'를 타고 같이 웁살라 왕국으로 귀국할 예정이었다.

당연하다면 당연하다. '황금나뭇잎호'의 선원은 원래 웁살라 왕국 사람이다. 대륙 간 항해에 나선 이상, 여행지에서 죽을 각오는 했을지 몰라도 살아 있는데 귀국하지 않는다는 선택지는 없다.

실제로 가축을 돌보는 방법도, 짠 젖으로 버터나 치즈를 만드는 방법도, 카파 왕국 사람에게 모두 다 전수하지 못했지만, 지금을 놓치면 귀국할 기회는 없는 것이나 마찬가지이니 억지로 만류할 수는 없었다.

하지만 젠지로라는 '순간이동' 사용자가 '황금나뭇잎호'에 승선하여 상황이 바뀌었다.

젠지로가 무사히 웁살라 왕국에 도착하면 앞으로 카파 왕국과 웁살라 왕국은 순간이동으로 오갈 수 있게 된다.

"무료로 '순간이동'을 사용해 보내 줄 테니, 조금 더 이쪽에 남아 축산을 모두에게 가르쳐 줄 수 없는가?"

여왕 아우라와 왕의 배우자 젠지로가 한결같이 그렇게 부탁하는 데다, 직속 주인인 프레야 공주도 '강제할 수는 없지만, 받아들여 준다면 저희도 도움이 됩니다'라고 말하니, 말단 선원에 지나지 않는 니콜라이로서는 그냥 강요나 마찬가지였다.

니콜라이의 카파 왕국 체재는 연장되었고, 오늘도 방금 짠 우유나 막 만든 버터, 생크림을 후궁에 전달했다.

우유, 버터, 생크림.

유제품이 갖춰져 젠지로가 지구에서 가지고 온 레시피의 대부분이 재현 가능해졌다.

포유류 가축에 익숙하지 않은 남대륙 사람에게 산양젖 그 자체는 평이 좋지 못했지만 버터나 생크림을 사용한 과자는 젊은 사람을 중심으로 꽤 호평이었다.

그날 밤에도 조리 담당 책임자 바네사가 중심이 되어 구운 버터 쿠키를 시식하는 페, 레테, 니르다, 미레라의 얼굴에는 행복한 미소가 떠올라 있었다.

"맛있어."

"응, 역시 바네사 님이야~. 이렇게 얇게 구운 과자를 태우지 않고 굽다니~."

그냥 맛있는 것을 먹을 수 있어서 행복한 미소를 짓는 페와는 달리 레테는 바네사의 묘기에 새삼 감탄했다.

"음, 그거야 감과 경험이지. 하지만 너희의 반응을 보니, 이건 젠지로 님 전용이 아니라, 밖에 내놔도 될 것 같구나."

젊은 시녀들의 반응을 보고 바네사는 시익, 회심의 미소를 지었다.

기본적으로 젠지로의 미각은 별로 신용할 수 없었다.

당연하지만 현대 일본에서 성인이 될 때까지 자란 젠지로와 이세계인 카파 왕국의 왕족·귀족 층의 미각이 같을 리가 없었다.

그래서 젠지로가 가지고 온 레시피를 재현해도 카파 왕국에서는 받아들여지지 않는 것도 많았지만, 이 버터쿠키는 아무래도 예외인 듯했다.

설탕과 버터를 잔뜩 사용한 쿠키는 칼로리도 높았지만, 카파 왕국은 원래 설탕의 일대 생산지였기 때문에 '단 것을 너무 많이 먹으면 살찐다'라는 개념을 모두 이해했다.

버터쿠키가 확산된다는 것만으로는 비극적인 체형으로 변하는 사람이 새삼 나타날 리 없었다.

일단 체형을 신경 쓸 필요도 없어 보이는 니르다는 다람쥐처럼 갉작갉작 하고 양손으로 쿠키를 들고 먹었다.

"후와아. 정말로 맛있어요."

보고 있는 것만으로도 주변까지 행복해질 것 같은 얼굴로 쿠키를 먹는 니르다의 옆에서는 미레라가 놀라움이 섞인 진지한 표정으로 같은 쿠키를 조금씩 입에 넣었다.

"…………이건."

"응? 왜 그러지, 미레라?"

바네사의 질문에 미레라는 예의 바르게 입안의 것을 완전히 삼킨 뒤, 한 템포 늦게 입을 열었다.

"바네사 님. 이 '버터쿠키' 만드는 법은 저희에게도 가르쳐 주실 수 있는 거지요?"

"그거야 그렇지. 언제까지고 나 혼자서 만들면 손이 부족해지니까. 너희에게도 가르쳐 줄 거란다."

아주 당연한 말을 아주 당연하게 하는 바네사에게 미레라는 조금 용기를 내어 물었다.

"그럼 어기서 배운 레시피는 비밀로 해야 하는 건가요? 저희가 시녀직을 그만둔 후의 이야기인데요."

"아, 그런 이야기구나. 아니, 그건 전혀 문제 없단다. 단지 젠지로 님의 레시피는 버터와 치즈처럼 다른 곳에서는 구할 수 없는 재료를 사용한 것도 많아서. 별로 의미는 없지 않을까?"

그렇게 염려하는 바네사의 말을 듣고 미레라는 오히려 기쁘다는 듯이 미소 지었다.

"아니요. 그건 오히려 딱 좋은걸요. 감사합니다, 바네사 님."

특별한 재료를 사용하지 않으면 재현할 수 없는 요리나 과자라는 것은, 반대로 말해 많은 사람에게 알려져도 다른 사람이 마음대로 재현할 위험이 낮다는 말이기도 하다.

미레라는 생각했다.

젠지로는 유제품이라는 남대륙에서는 거의 입수 수단이 없는 음식 재료를 선호한다.

그래서 왕궁에 산양 우리를 만들게 하고 산양을 번식시키고 있다.

전문가가 남아 준 것도 있어 산양의 번식은 순조로운 듯했다.

이대로 가면 왕궁에서 생산되는 유제품은 틀림없이 늘어난다. 늘어나면서도 아직 귀중한 상태가 몇 년은 계속된다고 봐도 좋다.

몇 년 후, 미레라가 후궁에서 나갔을 무렵.

버터나 생크림은 젠지로 개인만으로는 다 소비하지 못하지만, 왕국 전체로 보면 매우 귀중한 음식 재료가 될 가능성이 높았다.

그때, 미레라의 양아버지인 마르케스 백작의 재력과 교섭력이라면, 그 남은 유제품을 우선적으로 매입하는 것도 어렵지 않을 게 분명하다.

거기에 유제품을 사용한 레시피를 체득한 미레라가 가세하면 '원래 왕궁 외에서는 볼 수 없었던 특별한 과자를 내놓을 수 있는 마르케스 백작 가문'이라는 형태가 된다.

대외적으로는 마르케스 백작 가문과 카파 왕가의 친밀함을 나타내는 좋은 수단이 될 테고, 그 수단의 작성에 협력하면 마르케스 백작 가문 내에서 미레라의 입지도 강화된다.

"바네사 님. 가르쳐 주시면, 저, 정말 열심히 하겠습니다."

"그래. 철저하게 단련해 주마."

반짝반짝 눈을 밝히는 미레라에게 바네사는 입속으로만 "이렇게 조금 검은 야심을 가진 아이는 요즘 보기 드문데 말이야." 하고 쓴 웃음을 지으며 중얼거렸다.

◆

밤에 해야 할 일을 마치고 의무화되어 있는 입욕을 마치면, 시녀들도 각자 자신의 방으로 돌아가 취침을 한다.

세 사람의 방에 돌아간 페와 레테 두 사람은 각각 자신의 잠옷으로 갈아입고 설치된 침대에 그 몸을 내던졌다.

보통이라면 해가 떨어진 후에는 잠을 자는 것밖에 할 일이 없었지만, 후궁 시녀에게는 젠지로가 휴대용 게임기를 빌려 주었다.

자신의 침대에 똑바로 누운 페는 익숙한 손놀림으로 휴대용 게임기의 슬립 모드를 해제한 뒤 게임을 시작했다.

　"……"

　"……"

　아무 말 없는 가운데 최소한으로 줄인 게임의 BGM만이 좁은 실내에 흘렀다.

　이윽고 페는 게임기를 다시 슬립 상태로 되돌렸다.

　"졸려~?"

　레테가 질문을 하자 페는 컴컴해진 실내에서 고개를 가로저었다.

　"아니, 뭔가 집중력이 계속 이어지지 않아서."

　평소에는 이 정도 시간 동안 게임기를 독차지하고 있으면 돌로레스가 덤벼든다. '대체 언제까지 독차지하고 있을 거야. 이제 그만 이쪽으로 넘겨'라고 하면서.

　내가 먼저야. 아니, 나야. 그렇게 언제나 쟁탈전을 벌이고, 아주 가끔 서로 양보하면서 노는 것이 페에게는 '게임을 즐기는 것'으로 완전히 정착되어 있었다.

　"저어, 레테. 자?"

　"아니, 아직이야~."

　취침 시간이 지나도 게임기를 가져와 몰래 놀기. 완전히 나쁜 습관이 몸에 밴 문제아 3인방은 이 정도의 시간이어선 아직 졸음이 쏟아지지 않는다.

　페는 컴컴한 공간에서 몸을 뒤척이며 혼잣말처럼 말을 흘렸다.

　"돌로레스는 지금 뭐 하고 있을까?"

　"자고 있지 않을까? 아, 그런데 배 안의 방은 굉장히 좁을 테니

잠을 잘 못 잘지도~."

"글쎄. 돌로레스에게 그런 섬세함이 있을 거라고는 생각하기 어려운데."

몸 둘 곳이 없다는 듯이 페는 또 몸을 뒤척였다.

그 소리가 들린 것인지 레테는 조금 미소를 짓더니, 평소처럼 다정한 목소리로 말했다.

"걱정된다~."

"별로. 돌로레스라면 배가 침몰해도 괜찮을걸? 그 커다란 여자라면 어디에서든 발이 닿을 테니까."

그 말이 허세라는 것을, 오랫동안 룸메이트로 지내온 레테는 훤히 다 알았다.

"나는 걱정돼~. 항해 중에 사고가 나는 것도 걱정되지만, 무사히 북대륙에 도착한 뒤로도~. 그곳엔 마르그레테 씨 같은 사람들뿐이잖아? 그곳에 가면 우리도 눈에 띌 거야. 돌로레스, 괴롭힘당하거나 하지 않을까~?"

"괜찮겠지. 젠지로 님이 같이 있잖아."

이번 말은 허세가 아니었다.

페도 이러쿵저러쿵하지만 귀족의 딸이었다. 이 세계에서 카파 왕국의 국력이 어느 정도인지 이해하고 있고, 젠지로의 의리가 강하다는 것도 알았다.

그 카파 왕국의 왕족인 젠지로가 지켜 주는 이상, 적어도 겉으로 드러나게 젠지로의 시녀를 모멸하는 사람이 그렇게 쉽사리 있을 리가 없었다.

하지만 그런 상식조차 다를 가능성이 있는 곳이 '다른 대륙'이라는 전혀 다른 문화권의 무서움이었지만, 아무래도 페의 시야는 그렇게까지 넓지 않았다.

이번엔 레테가 몸을 뒤척였다. 큰 두 가슴이 흔들리고 눌렸지만, 공교롭게도 이곳은 컴컴한 공간이고 페와 레테, 이렇게 두 사람밖에 없었기 때문에 그 진귀한 광경을 보는 행운을 누릴 수 있는 사람은 없었다.

"북대륙은 어떤 곳일까~?"

"굉장히 추운 곳이래."

"그렇구나~."

춥다고 해 봐야, 페와 레테에게는 잘 상상이 되지 않았다.

카파 왕국에서는 가장 기온이 많이 떨어지는 활동기 후기의 밤에도 10도를 밑돌지 않는다.

페 일행이 웁살라 왕국의 추위를 상상하는 것은 이쪽에 오기 전의 프레야 공주 일행이 카파 왕국의 더위를 상상하는 것만큼 어려운 일이었다.

"그리고 이쪽과는 달리 용이 없대."

"용이 없어~? 그럼 새랑 쥐 같은 것만 있는 걸까~?"

"그 대신 다른 생물이 있다는 모양이야. 그거 있잖아, 젠지로 님이 구입한 산양이라든가, 그런 거."

"아, 그렇구나~. 재미있을 것 같은 곳이네~. 치즈나 버터처럼 내가 모르는 음식이 잔뜩 있겠지~?"

"어쩌면 돌로레스가 눈치 좋게 선물을 사 와 줄지도?"

"그럼 좋겠다~."

"……."

"……."

찾아보고, 고르고 골라, 가능한 한 밝은 이야기를 하려고 해도 컴컴한 곳에 있으면 아무래도 나쁜 방향으로 상상이 펼쳐지고 만다.

"걱정이다, 돌로레스."

"…………응."

결국 못 이기겠다는 듯이 페는 희미하게 들릴 정도의 작은 목소리로 그렇게 긍정했다.

NOVEL V ★

이계의 마술사

글 히로 텐키 / 그림 miogrobin / 번역 아르셀
46판 / 356p / 7,000원

무적의 발명소녀가 종횡무진으로 뛰어다닌다!

사이좋은 형제와 소꿉친구의 영향으로 기계 만지기와
무도(武道)를 즐기며, 조금 장난기 넘치는(?) 여고생 츠즈키
사쿠야는 캠프장으로 향하던 산길에서 갑자기 고풍스러운
드레스를 입은 공주님을 만나게 된다.
말도 안 되는 사태에 사태에 말려들어 타고나 활동력과
발명력을 바탕으로 위기를 빠져나가는 사이에 어느 황제가
다스리는 나라가 불온한 움직임을 보이기 시작하는데…….

왕립육군 로빈중대 ❷

글 납자루 / 그림 노가미 타케시
46판 / 292p / 7,000원

제국에서는 마력을 정제한 수정인 '마정석'을 이용하여
전쟁의 판도를 뒤바꿀 마법엽병을 운영하기 시작했다.
이를 상대하기 위해 창설한 대 마법사 공병으로 임관한
클로에 소위는 난생 처음으로 전쟁이란 것을
온몸으로 체험하게 된다.

본디, 전쟁과는 인연이 없어야 했을 클로에 소위를
전쟁이란 괴물은 어떤 모습으로 바라보고 있는가?

어느 날, 폭탄이 떨어져서

글 후루하시 히데유키 / 그림 히가 유카리
46판 / 240p / 7,000원

다양한 시간선(時間線)위에서 펼쳐지는 매혹적인
보이 밋 걸(Boy Meet Girl) 일곱 편

▶소꿉친구였던 여자아이가 충격적인 고백과 함께 찾아온다.
▷여자친구가 갑자기 정신만 과거로 돌아가 버린다.
▷옆집 여자아이가 죽었다. 하지만 계속 나의 곁에 있다.
▷오래된 도서관을 지키는 토트 신님은 무엇을 기다리는가.
▷영혼만 존재하는 급우는 누구의 마음을 담고 있는 것인가.
▷10년 전과 통하는 창문. 그곳에서 본 여학생은 이미 죽었다.
▷60년의 시간을 넘어 영원으로 들어가는 사랑 이야기.

미래/커피 그녀의 사랑

글 치토세 아야 / 그림 아마가이타로
46판 / 360p / 7,000원

어느 날, 고등학생 미나토 료타로가 집에 돌아오니
난생 처음보는 여자애가 있었다.
유키네라는 이름의 소녀(가슴 없음)은
미래에서 찾아온 료타로의 딸이며, 과거로 온 이유는

아빠의 결혼을 막기 위해서라는데……!?

조금 신기하고 가슴 따뜻해지는,
제6회 GA문고대상 장려상 수상작

마법소녀 육성계획 무인편 ~ restart(전/후)

글 엔도 아사리 / 그림 마루이노
46판 / 268p / 7,000원

마법소녀들은 갑자기 어느 게임에 초대되었어.
정신을 차려보니 우리는 정교한 가상 세계 속에 내동댕이
쳐져 있었지. 이 세계로 들어온 마법소녀는 나 뿐만이
아니었어, 광장에 모인 사람은 나까지 모두 16명.
마법나라에서 마법소녀의 훈련 시뮬레이터로 개발한 안전한
게임의 테스터로 선발되었고, 호화로운 특전이 있다는 설명을
들었지.
하지만 의사도 묻지 않고 다짜고짜 소환하는 법이 어디담?
그래도 기왕이니 참가하도록 할까?

엘프 × 비키니 × 머신건!

글 카미노 오키나 / 그림 bob
46판 / 296p / 7,000원

비키니를 입은 미녀들이 총을 난사합니다!

졸업까지 앞으로 1년 남은 어느 겨울날,
나는 친척들으 터무니 없는 강요로 전학을 가게 되었다.
마지막으로 작별인사를 하려는 생각으로
방과후에만 만날 수 있는 선배를 찾아 갔는데…….
학교에 알 수 없는 결계가 생성되었다.
부지 밖으로 도망치라는 선배의 외침을 뒤로하고
뛰어가는 도중에 새하얀 빛이 덮쳐온다.

보육기사와 몬스터소녀들

글 카미아키 마사후미 / 그림 모리쿠라 엔
46판 / 228p / 7,000원

마족 어린이집을 호위하러 갔으나,
맡은 일은 마족 어린이들의 육아…라고!?

오랜 전쟁 끝에 평화조약을 맺은 인류와 마족
양측은 평화를 유지하기 위한 증표로
인간과 마족의 공동 어린이 집을 운영하기로 한다!

갑옷 대신 앞치마를 두르고
몬스터소녀를 가르치는 일을 과연 해낼 수 있을까!?

부활했더니 레벨1이었으므로,
살아남기 위해 영웅소녀를 꼬시기로 했습니다.

글 히비키 유 / 그림 유란
46판 / 264p / 7,000원

그대 같은 소녀와는… 짐은 싸우지 않는다네.
후후, 죽어서도 말이지!

짐은 쓰러지며 최후의 일격을 날리려는 찰나,
순백의 긴 머리를 가진 젊은 소녀 모습인 영웅왕이 눈에 들어왔다.
그렇기에, 짐은 최후의 일격 대신 가장 멋진 미소를 건네 주었다.
짐은 죽으면서도 소녀에게 상처를 입히는 일은 할 수 없었기에!
그리고 다시 666년 동안 잠에 빠져든다.
다음 번에는 분명, 짐을 위한 하렘이 펼쳐질 것이라 믿으며…

노블 위치스
제506 통합전투항공단 비상!

글 난보 히데히사 / 그림 시마다 후미카네
& 이누마 도시노리
46판 / 232p / 7,000원

노블리스 오블리주를 지키기 위해,
두 위치가 푸른 하늘을 누빈다!

「메카소녀(メカ娘)」를 메이저 반열로 끌어올린
시마다 후미카네의 책임감수!
대인기 애니메이션「스트라이크 위치스」
대망의 신 시리즈가 시작합니다!

마법소녀 육성계획 limited 前/後

글 엔도 아사리 / 그림 마루이노
46판 / 각 260p / 7,000원

'너희는 마법의 재능을 가지고 있어.'
방과 후 실험 준비실에 나타난 요정은
실내에 있던 여중생들을 마법소녀로 변신시켜 버렸다.

'마법소녀가 되어서 악한 마법사로부터 나를 구해 줘!'
만화나 애니메이션같은 전개에 술렁이는 소녀들.
이제 막 탄생한 일곱 명의 마법소녀는
요정에게 협력하기로 약속하는데……

화제의 매지컬 서스펜스 배틀, 드디어 3막 스타트!

이상적인 기둥서방 생활 ⑪

초판 1쇄 발행 2019년 8월 15일

저자 와타나베 츠네히코

발행인 원종우
발행처 (주)이미지프레임

주소 (13814) 경기도 과천시 뒷골1로 6, 3층
영업부 02-3667-2653 **편집부** 02-3667-2654 **팩스** 02-3667-2655
메일 edit01@imageframe.kr **웹** vnovel.blog.me

ISBN 979-11-6085-945-4 04830 **(세트)** 978-89-6052-269-5